SIMPLESMENTE
O PARAÍSO

O Arqueiro

GERALDO JORDÃO PEREIRA (1938-2008) começou sua carreira aos 17 anos, quando foi trabalhar com seu pai, o célebre editor José Olympio, publicando obras marcantes como O menino do dedo verde, de Maurice Druon, e Minha vida, de Charles Chaplin.

Em 1976, fundou a Editora Salamandra com o propósito de formar uma nova geração de leitores e acabou criando um dos catálogos infantis mais premiados do Brasil. Em 1992, fugindo de sua linha editorial, lançou Muitas vidas, muitos mestres, de Brian Weiss, livro que deu origem à Editora Sextante.

Fã de histórias de suspense, Geraldo descobriu O Código Da Vinci antes mesmo de ele ser lançado nos Estados Unidos. A aposta em ficção, que não era o foco da Sextante, foi certeira: o título se transformou em um dos maiores fenômenos editoriais de todos os tempos.

Mas não foi só aos livros que se dedicou. Com seu desejo de ajudar o próximo, Geraldo desenvolveu diversos projetos sociais que se tornaram sua grande paixão.

Com a missão de publicar histórias empolgantes, tornar os livros cada vez mais acessíveis e despertar o amor pela leitura, a Editora Arqueiro é uma homenagem a esta figura extraordinária, capaz de enxergar mais além, mirar nas coisas verdadeiramente importantes e não perder o idealismo e a esperança diante dos desafios e contratempos da vida.

QUARTETO SMYTHE-SMITH

Julia Quinn

SIMPLESMENTE O PARAÍSO

Traduzido por Ana Rodrigues

*** LIVRO UM ***

ARQUEIRO

Título original: *Just Like Heaven*
Copyright © 2011 por Julie Cotler Pottinger
Copyright da tradução © 2017 por Editora Arqueiro Ltda.

Todos os direitos reservados. Nenhuma parte deste livro pode ser utilizada ou reproduzida sob quaisquer meios existentes sem autorização por escrito dos editores.

coordenação editorial: Taís Monteiro
produção editorial: Ana Sarah Maciel
preparo de originais: Gabriel Machado
revisão: Flávia Midori, Jean Marcel Montassier e Livia Cabrini
diagramação: Ana Paula Daudt Brandão
capa: Renata Vidal
imagens de capa: Alex_Bond / Shutterstock (ornamento de fundo); macrovector_official / Freepik (sapatos); Zaie / Shutterstock (notas musicais)
impressão e acabamento: Lis Gráfica e Editora Ltda.

CIP-BRASIL. CATALOGAÇÃO NA PUBLICAÇÃO
SINDICATO NACIONAL DOS EDITORES DE LIVROS, RJ

Q64s
  Quinn, Julia, 1970-
    Simplesmente o paraíso / Julia Quinn ; tradução Ana Rodrigues. - 1. ed. - São Paulo : Arqueiro, 2025.
    288 p. ; 23 cm.   (Quarteto Smythe-Smith ; 1)

  Tradução de: Just like heaven
  Continua com: Uma noite como esta
  ISBN 978-65-5565-791-3

  1. Romance americano. I. Rodrigues, Ana. II. Título. III. Série.

25-95750   CDD: 813
                                       CDU: 82-31(73)

Gabriela Faray Ferreira Lopes - Bibliotecária - CRB-7/6643

Todos os direitos reservados, no Brasil, por
Editora Arqueiro Ltda.
Rua Artur de Azevedo, 1.767 – Conj. 177 – Pinheiros
05404-014 – São Paulo – SP
Tel.: (11) 2894-4987
E-mail: atendimento@editoraarqueiro.com.br
www.editoraarqueiro.com.br

Para Pam Spengler-Jaffee.
Você é uma diva em todos os sentidos.

E também para Paul,
embora, quando o consultei para saber
como salvar meu herói enfermo,
ele tenha respondido: "Não tem jeito, ele vai morrer."

PRÓLOGO

Marcus Holroyd estava sempre sozinho.

A mãe morrera quando ele tinha 4 anos, mas, surpreendentemente, esse acontecimento pouco tivera efeito em sua vida. A condessa de Chatteris cuidava do filho do mesmo modo que a mãe dela criara os próprios filhos – a distância. Ela não era irresponsável: ficara extremamente orgulhosa por encontrar a melhor ama de bebês para o herdeiro que dera ao marido. A Srta. Pimm tinha quase 60 anos e já tomara conta de dois futuros duques e do filho de um visconde. Lady Chatteris colocara o bebê nos braços de Pimm e avisara à ama que o conde tinha intolerância a morangos, portanto era provável que o mesmo acontecesse com o menino. E assim partira para desfrutar a temporada social de Londres.

Marcus viu a mãe em precisamente sete ocasiões, e então ela morreu.

Lorde Chatteris era mais chegado à vida no campo do que a esposa e ficava com mais frequência na residência de Fensmore, a enorme casa em estilo Tudor no norte de Cambridgeshire que fora o lar dos Holroyds por gerações. Porém, o conde criava o filho do modo como o pai dele o criara. Isso significava que apenas se certificou de colocar a criança em cima de um cavalo aos 3 anos e, depois, não viu razão para se importar mais com o menino até que tivesse idade suficiente para conduzir uma conversa de forma razoavelmente sensata.

O conde não desejava se casar de novo, embora o alertassem de que seria bom ter outro filho além do herdeiro. Lorde Chatteris olhou para Marcus e viu um garoto inteligente, atlético e de aparência passável. E o mais importante: era bem saudável e vigoroso. Sem motivo para supor que Marcus pudesse ter um problema súbito e morrer, não viu razão para se sujeitar a outra rodada de caça a uma esposa ou, pior, para se sujeitar a outra esposa. Em vez disso, escolheu investir no filho.

Marcus teve os melhores tutores. Foi instruído em todos os detalhes possíveis da educação de um cavalheiro. Era capaz de reconhecer todas as espécies da fauna e flora locais. Cavalgava como se houvesse nascido em cima de uma sela e, mesmo que seus talentos na esgrima e no tiro não fossem levá-lo a ganhar uma competição, ele ficava bem acima da média. Conseguia fazer operações matemáticas sem desperdiçar uma gota de tinta. Compreendia latim e grego.

Aos 12 anos.

Talvez por coincidência, esse foi o mesmo período em que o pai decidiu que ele já devia ser capaz de conduzir uma conversa decente.

Também foi quando o conde resolveu que Marcus daria o próximo passo em sua instrução: deixaria Fensmore para estudar no Eton College, a instituição onde todos os meninos Holroyds iniciavam sua educação formal. Esse acabou sendo o acontecimento mais feliz e afortunado na vida do jovem rapaz, pois Marcus Holroyd, herdeiro do condado de Chatteris, não tinha amigos.

Nem um único.

Não havia meninos adequados no norte de Cambridgeshire com quem Marcus pudesse brincar. A família nobre mais perto eram os Crowlands, que tinham apenas meninas. A segunda mais próxima era da aristocracia rural, o que teria sido aceito sob as circunstâncias, mas os filhos deles não tinham a idade apropriada para fazer companhia a Marcus. Lorde Chatteris não permitiria que o filho andasse com camponeses, por isso simplesmente contratou mais tutores. Um menino ocupado não poderia ser solitário; além do mais, nenhum filho dele iria querer correr pelos campos feito um selvagem com a cria turbulenta do padeiro.

Se o conde houvesse perguntado a opinião de Marcus, teria recebido uma resposta diferente. Mas lorde Chatteris via o filho apenas uma vez por dia, antes da refeição da noite. A conversa entre eles durava cerca de dez minutos, então Marcus subia para a ala infantil, o pai seguia para a sala de jantar formal, e só.

Era impressionante que Marcus não tivesse se sentido profundamente infeliz no Eton. Ele não sabia como interagir com os colegas. No primeiro dia, quando todos os demais corriam pelo colégio como um bando de selvagens (nas palavras do valete do conde, que o deixara lá), o garoto ficou de lado, tentando não olhar para os outros, tentando parecer que *tinha a intenção* de ficar de lado, desviando o olhar.

Marcus não sabia como agir. Não sabia o que dizer.

Mas Daniel Smythe-Smith sabia.

Além de ser o herdeiro do condado de Winstead, Daniel tinha cinco irmãs e mais de trinta primos em primeiro grau. Não havia ninguém que soubesse se socializar melhor. Em questão de horas, ele se tornara o rei incontestável entre os meninos mais novos de Eton. Tinha autoconfiança, um sorriso fácil, uma absoluta ausência de timidez. Era um líder nato, capaz de tomar decisões com a mesma rapidez com que contava piadas.

E fora alojado na cama bem ao lado da de Marcus.

Eles se tornaram grandes amigos e, quando Daniel convidou Marcus para ir a sua casa nas primeiras férias, o jovem Chatteris aceitou. Os Smythe-Smiths moravam em Whipple Hill, que não ficava muito longe de Windsor, logo o menino facilmente viajava com frequência para casa. Marcus, por outro lado... Bem, ele não morava na distante Escócia, porém levava mais de um dia para alcançar o norte e chegar a Cambridgeshire. Além disso, o pai nunca ia para casa em férias curtas e também não via razão para o filho fazer isso.

Então, quando chegaram as segundas férias e Daniel voltou a convidar Marcus, ele aceitou.

E de novo.

E de novo.

E mais uma vez, até Marcus passar mais tempo com os Smythe-Smiths do que com a própria família. É claro que os Holroyds eram formados por apenas uma pessoa, mas, quando Marcus parava para pensar a respeito (o que fazia com bastante frequência), percebia que passava de fato mais tempo com cada Smythe-Smith do que com o pai.

Até mesmo com Honoria, a irmã caçula de Daniel. Ao contrário do resto da família, ela não tinha nenhum irmão com idade próxima à sua. Era cinco anos mais nova que o penúltimo filho da prole, supostamente um feliz acidente para encerrar a maravilhosa carreira de procriadora de lady Winstead.

Contudo, cinco anos era um espaço de tempo grande, ainda mais quando se tinha apenas 6 anos, como era o caso de Honoria. As três irmãs mais velhas já estavam casadas ou noivas e Charlotte, com 11 anos, não queria saber da caçula. Daniel também não, mas parecia que a ausência dele levara Honoria a se apaixonar terrivelmente pelo irmão, porque quando ele vinha da escola para casa, a menina o seguia por todo lado, como um cachorrinho.

– Não faça contato visual – orientou Daniel a Marcus certa vez, quando estavam tentando evitar Honoria em uma caminhada até o lago. – Se não a ignorarmos, estará tudo perdido.

Eles caminhavam com determinação, a cabeça voltada para a frente. Iam pescar e, na última vez em que Honoria se juntara aos dois, acabara derrubando todas as minhocas.

– Daniel! – gritou ela.

– Ignore-a – murmurou Daniel.

– Daniel!!!!!!!!!!!! – A menina passou do gritinho para o berro.

O jovem se encolheu.

– Mais rápido. Se chegarmos ao bosque, ela não nos encontrará.

– Ela sabe onde é o lago – Marcus sentiu-se compelido a lembrar ao amigo.

– Sim, mas…

– *Daniel!!!!!!!!!!!!*

–… mamãe vai pedir a cabeça de Honoria se ela entrar sozinha no bosque. Nem mesmo minha irmã é tola o bastante para provocá-la assim.

– Dan… – Ela se interrompeu. Então, em uma voz tão triste que era impossível não se virar para olhá-la, chamou: – Marcus?

Ele se virou.

– Nããããããooooooooo! – gemeu Daniel.

– Marcus! – gritou Honoria, feliz. Ela correu e parou de súbito na frente deles. – O que estão fazendo?

– Vamos pescar – grunhiu Daniel. – E você não vai junto.

– Mas eu gosto de pescar.

– Eu também. Sem você.

A menina franziu o rosto.

– Não chore – pediu Marcus depressa.

Daniel não se deixou impressionar:

– Ela está fingindo.

– Não estou fingindo!

– Não chore – repetiu Marcus, porque, sinceramente, isso era o mais importante.

– Não vou chorar – retrucou Honoria, batendo as pestanas – se me deixarem ir com vocês.

Como uma menina de 6 anos sabia bater as pestanas? Ou talvez não soubesse, porque um instante depois estava franzindo os olhos e esfregando-os.

– Qual é o problema agora? – perguntou Daniel.

– Entrou alguma coisa no meu olho.

– Talvez tenha sido uma mosca – sugeriu Daniel com maldade.

Honoria gritou.

– Talvez essa não tenha sido a melhor coisa a dizer – observou Marcus.

– Tire! Tire! – pediu ela com gritinhos agudos.

– Ai, acalme-se – falou Daniel. – Está tudo bem.

Entretanto, a menina continuou gritando e batendo no rosto. Por fim, Marcus a agarrou e segurou sua cabeça com firmeza, as mãos nas têmporas de Honoria, por cima das dela.

– Honoria, Honoria!

Ela piscou, arquejou e enfim ficou quieta.

– Não há mosca nenhuma – afirmou ele.

– Mas…

– Provavelmente era um cílio.

A boca da menina se abriu em um pequeno "o".

– Posso soltá-la agora?

Ela assentiu.

Lentamente, Marcus a soltou e recuou um passo.

– Posso ir com vocês?

– Não! – vociferou Daniel.

A verdade era que Marcus também não desejava a companhia dela. Honoria tinha 6 anos. E era menina.

– Vamos ficar muito ocupados – disse ele, mas sem a indignação de Daniel.

– Por favor?

Marcus gemeu. Ela parecia tão desamparada, com o rosto marcado pelas lágrimas… Os cabelos castanho-claros, divididos de lado e puxados para trás com alguma espécie de prendedor, caíam lisos e finos pelas costas até logo abaixo dos ombros. Os olhos dela – quase da cor exata dos olhos de Daniel, de um tom fascinante e único de azul-arroxeado claro – eram enormes, estavam marejados e…

– Eu falei para não fazer contato visual – alertou Daniel.

Marcus gemeu de novo.

– Quem sabe só desta vez?

– Ah, que bom! – Ela saltou como um gato pego de surpresa, então deu um abraço impulsivo (mas felizmente rápido) em Marcus. – Ah, obrigada,

Marcus! Obrigada! Você com certeza é o melhor! O melhor dos melhores! – A menina estreitou os olhos e encarou Daniel de um jeito assustadoramente adulto. – Ao contrário de *você*.

A expressão do irmão foi igualmente antipática.

– Tenho *orgulho* de ser o pior dos piores.

– Não me importo – anunciou Honoria e pegou a mão de Marcus. – Vamos?

Marcus fitou a mão da menina. Uma sensação desconhecida, estranha e de certo modo desagradável começou a se agitar no seu peito. Ele levou certo tempo para perceber que era pânico. Não conseguia se lembrar da última vez que alguém lhe dera a mão. A ama, talvez? Não, ela gostava de segurá-lo pelo pulso. Tinha mais firmeza assim, Marcus a ouvira dizer à governanta certa vez.

Fora o pai? A mãe, em algum momento antes de morrer?

O coração dele batia acelerado e logo sentiu a mãozinha de Honoria ficar escorregadia na sua. Devia estar suando, ou ela é que estava, embora Marcus estivesse quase certo de que era ele.

Olhou para Honoria, que lhe sorria.

Marcus soltou a mão da menina.

– Ahn, temos que ir agora – falou, constrangido. – Enquanto ainda está claro.

Os Smythe-Smiths olharam para ele, curiosos.

– Não é nem meio-dia – comentou Daniel. – Por quanto tempo pretende pescar?

– Não sei – retrucou Marcus, na defensiva. – Talvez demore.

Daniel balançou a cabeça.

– Papai acaba de renovar o estoque do lago. Você provavelmente poderia arrastar uma bota pela água e pegar um peixe.

Honoria arquejou de prazer. Daniel se virou para a irmã no mesmo instante.

– Nem pense nisso.

– Mas…

– Se minhas botas forem parar em algum lugar perto da água, juro que vou afogar você.

Ela fez biquinho e baixou os olhos, resmungando:

– Eu estava pensando nas *minhas* botas.

Marcus não conseguiu conter uma risadinha. No mesmo instante, Honoria ergueu os olhos e o encarou com uma expressão traída.

– Teria que ser um peixe muito pequeno – comentou Marcus rapidamente. Isso não pareceu satisfazê-la.

– Não dá para comê-los quando são assim tão pequenos – tentou Marcus. – São quase só espinhas.

– Vamos – resmungou Daniel.

Seguiram pelo bosque, as perninhas de Honoria precisando do dobro de passadas para acompanhar os dois garotos.

– Na verdade, não gosto de peixe – comentou a menina, determinada a manter um fluxo permanente de conversa. – Eles cheiram muito mal. E têm um gosto *peixoso*...

Então, no caminho de volta...

–... Ainda acho que aquele rosa parecia grande o bastante para ser comido. Se a pessoa gostar de peixe, o que não é o meu caso. Mas se você gosta *mesmo* de peixe...

– Nunca mais a convide para vir conosco – disse Daniel a Marcus.

–... o que não é o meu caso. Mas acho que mamãe gosta de peixe. E tenho certeza de que ela iria gostar de um peixe *rosa*...

– Não convidarei – assegurou Marcus.

Criticar uma menininha parecia o máximo da rudeza, mas Honoria era exaustiva.

–... embora Charlotte não fosse gostar. Charlotte odeia rosa. Jamais usaria uma roupa rosa. Diz que a faz parecer emaciada. Não sei o que quer dizer "emaciada", mas parece uma coisa desagradável. Eu gosto de lavanda.

Os dois garotos deixaram escapar suspiros idênticos. Iam continuar a caminhar, mas Honoria pulou na frente deles e abriu um sorriso torto.

– Combina com os meus olhos.

– O peixe? – perguntou Marcus, olhando para o balde que carregava.

Lá dentro, três trutas de bom tamanho se debatiam. Haveria mais – no entanto, Honoria sem querer chutara o balde e devolvera para o lago os dois primeiros peixes que Marcus pescara.

– Não. Você não estava me *escutando*?

Marcus se lembraria para sempre daquele momento. Fora a primeira vez que se vira diante da mais incômoda peculiaridade feminina: a pergunta que tinha apenas respostas erradas.

– *Lavanda* combina com os meus olhos – esclareceu Honoria com grande autoridade. – Meu pai é que falou.

– Então deve ser verdade – disse Marcus com alívio.

Ela girou uma mecha no dedo, mas o cacho se desfez assim que foi solto.

– Marrom combina com os meus cabelos, mas eu prefiro lavanda.

Marcus enfim pousou o balde. Estava ficando pesado e a alça começava a marcar sua mão.

– Ah, não – disse Daniel. Ele pegou o balde e o devolveu ao amigo. – Vamos para casa. – Lançou um olhar irritado na direção de Honoria. – Saia do caminho.

– Por que você é gentil com todo mundo menos comigo? – perguntou a menina.

– Porque você é uma peste! – ele quase gritou.

Era verdade, mas Marcus tinha pena da menina. Apenas em parte do tempo. Honoria devia se sentir como filha única e ele sabia muito bem como era a experiência. Desejava apenas participar, ser incluída em jogos e brincadeiras, em todas as atividades que a família constantemente lhe dizia que era jovem demais para se envolver.

Honoria recebeu o golpe sem se retrair. Permaneceu imóvel, encarando o irmão com raiva. Então, deixou o ar escapar com força pelo nariz.

Marcus desejou ter um lenço.

– Marcus – disse Honoria. Ela se virou para fitá-lo, mas também para dar as costas ao irmão. – Gostaria de tomar um chá de bonecas comigo?

Daniel abafou o riso.

– Levarei minhas melhores bonecas – informou a menina, muito séria.

Santo Deus, tudo menos isso.

– E haverá bolos – acrescentou ela, em uma vozinha formal que assustou o rapaz.

Marcus lançou um olhar de pânico na direção de Daniel, mas não recebeu nenhuma ajuda.

– E então? – exigiu saber Honoria.

– Não – disparou Marcus.

– Não? – Ela o encarou, muito séria.

– Não posso. Estou ocupado.

– Fazendo o quê?

Marcus pigarreou. Duas vezes.

– Coisas.

– Que tipo de coisas?

– *Coisas.* – Ele se sentiu péssimo, então acrescentou, para não parecer tão inflexível: – Daniel e eu fizemos alguns planos.

Ela pareceu arrasada. Seu lábio inferior começou a tremer e, ao menos daquela vez, Marcus não achou que a menina estava fingindo.

– Desculpe – acrescentou ele, porque não tivera a intenção de magoá-la.

Mas, pelo amor de Deus, um *chá de bonecas*? Não havia um único menino de 12 anos no mundo que quisesse participar de um evento desses.

Marcus estremeceu.

O rosto de Honoria ficou vermelho de raiva e ela se virou para encarar o irmão.

– Você o fez dizer isso.

– Eu não falei uma palavra – retrucou Daniel.

– Odeio você – disse a menina em voz baixa. – Odeio vocês dois. – Então passou a berrar: – Odeio vocês! Principalmente você, Marcus! Odeio você de verdade!

Honoria correu para casa o mais veloz que suas perninhas magras permitiam, o que não era assim tão rápido. Marcus e Daniel ficaram parados onde estavam, observando em silêncio enquanto ela se afastava.

Quando Honoria estava perto da casa, Daniel meneou a cabeça e afirmou:

– Ela o odeia. Agora você é oficialmente um membro da família.

E ele era. Daquele momento em diante, era.

Até a primavera de 1821, quando Daniel arruinou tudo.

CAPÍTULO 1

Março de 1824
Cambridge, Inglaterra

Lady Honoria Smythe-Smith estava desesperada.

Desesperada por um dia ensolarado, desesperada por um marido, desesperada... por um novo par de sapatos, pensou com um suspiro exausto enquanto baixava os olhos para as sapatilhas azuis arruinadas.

Sentou-se pesadamente em um banco de pedra do lado de fora da Loja de Tabaco do Sr. Hilleford para Cavalheiros Exigentes e apoiou as costas na parede, tentando desesperadamente (aí estava a terrível palavra mais uma vez) manter o corpo todo sob o toldo. Caía um toró. Não estava chuviscando ou apenas chovendo: era um aguaceiro, um temporal, uma tempestade torrencial, chovia a cântaros, bacias, tinas.

Àquela altura, ela não ficaria surpresa se uma banheira desabasse do céu.

E fedia. Até então Honoria considerava o odor de charutos o pior cheiro do mundo, mas não, bolor era pior, e a Loja de Tabaco do Sr. Hilleford para Cavalheiros que Não se Importavam se Seus Dentes Ficassem Amarelos tinha uma camada negra suspeita alastrando-se pela parede externa, que cheirava como a morte.

Sinceramente, ela poderia estar em uma situação pior?

A chuva levara trinta segundos para ir de um pingo a uma torrente. O resto do grupo com quem fizera compras estava do outro lado da rua deliciando-se com o estoque do Empório Elegante de Fitas e Adereços da Srta. Pilaster, que, além de ter todo tipo de mercadorias divertidas e belas, tinha um perfume muito melhor do que o do estabelecimento do Sr. Hilleford.

A Srta. Pilaster vendia perfume, pétalas secas de rosas e pequenas velas com aroma de baunilha.

O Sr. Hilleford cultivava bolor.

Honoria suspirou. Assim era a sua vida.

Ela se demorara demais diante da vitrine de uma livraria e assegurara às amigas que as encontraria na loja da Srta. Pilaster em um ou dois minutos, que se tornaram cinco e, então, no exato momento em que Honoria estava se preparando para atravessar a rua, os céus se abriram e ela não tivera escolha senão se refugiar sob o único toldo no lado sul da Cambridge High Street.

Honoria ficou olhando melancólica para a chuva, vendo-a empoçar a rua. As gotas acertavam os paralelepípedos com uma força tremenda, esguichando como minúsculas explosões. O céu escurecia mais a cada segundo e, como bem conhecia o clima inglês, ela sabia que o vento começaria a qualquer momento, transformando o lugar em que estava em um abrigo completamente inútil.

Seus lábios se estreitaram em uma expressão deprimida e ela levantou os olhos semicerrados para o céu.

Seus pés estavam molhados.

Estava com frio.

E nunca, jamais em sua vida, saíra das fronteiras da Inglaterra, portanto conhecia, *sim*, o clima inglês, e sabia que em três minutos se encontraria em um estado ainda mais lastimável do que o atual – o que de fato não havia pensado ser possível.

– Honoria?

Ela baixou os olhos, confusa, e voltou-os para a carruagem que acabara de parar à sua frente.

– Honoria?

Conhecia aquela voz.

– *Marcus?*

Ah, céus, era só o que faltava para completar seu tormento. Marcus Holroyd, o conde de Chatteris, feliz e seco em sua carruagem luxuosa. Honoria percebeu que estava boquiaberta, embora não soubesse por que ficara surpresa. Marcus morava em Cambridgeshire, não muito longe da cidade. Além disso, se alguém iria vê-la quando estava parecendo um cachorro molhado e desgrenhado, sem dúvida seria Marcus.

– Santo Deus, Honoria – disse ele, olhando para ela com severidade naquele seu modo presunçoso tão típico –, você deve estar congelando.

Ela conseguiu dar de ombros muito levemente.

– Está um pouco fresco demais.

– O que está fazendo aqui?

– Arruinando meus sapatos.

– O quê?

– Fazendo compras – respondeu Honoria e indicou o outro lado da rua – com amigas. E primas.

Não que as primas dela também não fossem suas amigas. Mas tinha tantas que mereciam uma categoria própria.

A porta da carruagem foi aberta.

– Entre – falou ele.

Não *Entre, por favor* ou *Por favor, precisa se secar*. Apenas *Entre*.

Outra moça talvez houvesse jogado os cabelos para o lado e dito: "Você não manda em mim!" Outra ainda, um pouco menos orgulhosa, poderia ter pensado isso, mesmo se não tivesse coragem de falar em voz alta. Mas Honoria estava com frio e valorizava mais o conforto do que o orgulho. Além do mais, aquele era Marcus Holroyd e ela o conhecia desde pequena.

Desde os 6 anos, para ser mais precisa.

Aquela também fora provavelmente a última vez que conseguira se mostrar em vantagem, pensou Honoria, fazendo uma careta. Aos 7 anos, ela atormentara tanto Marcus e o irmão, Daniel, que os dois começaram a chamá-la de "Mosquito". Quando ela alegou receber aquilo como um elogio, que adorava o som exótico e perigoso do apelido, eles deram uma risadinha debochada e passaram a chamá-la de "Carrapato".

E Carrapato ela fora desde então.

Marcus também já a vira mais molhada do que aquilo. Aliás, encharcada. Quando Honoria tinha 8 anos e pensara estar bem escondida entre os ramos do velho carvalho em Whipple Hill. Marcus e Daniel haviam construído um forte na base da árvore, onde não era permitida a presença de meninas. Ao descobrirem Honoria, jogaram seixos na garota até ela perder o apoio e cair.

Lembrando-se do episódio, ela se dava conta de que não deveria ter escolhido ficar em cima de um galho que se debruçava sobre o lago.

Porém, Marcus a resgatara, bem mais do que Daniel já fizera por ela.

Marcus Holroyd, pensou Honoria, melancólica. Ele estivera presente ao longo de praticamente toda a vida dela. Antes de ser lorde Chatteris, antes de Daniel se tornar lorde Winstead. Antes de Charlotte, a irmã mais próxima de Honoria em idade, ter se casado e saído de casa.

Antes de Daniel também partir.

– *Honoria.*

Ela ergueu os olhos. A voz de Marcus era impaciente, mas sua expressão mostrava uma ponta de preocupação.

– Entre – repetiu ele.

A moça assentiu e obedeceu. Pegou a mão dele e aceitou sua ajuda para entrar na carruagem.

– Marcus – disse Honoria, tentando se acomodar no assento com toda a graça e despreocupação que exibiria em uma elegante sala de visitas, apesar das poças d'água aos seus pés. – Que surpresa adorável vê-lo.

Ele apenas a encarou, franzindo ligeiramente as sobrancelhas escuras. Honoria sabia que Marcus estava tentando decidir qual era o modo mais eficiente de repreendê-la.

– Estou hospedada na cidade. Com os Royles – explicou ela, embora ele nada houvesse perguntado. – Ficaremos por cinco dias... Cecily Royle, minhas primas Sarah e Iris, e eu. – Honoria aguardou um momento por algum lampejo de reconhecimento nos olhos dele. – Você não se lembra delas, não é?

– Você tem muitas primas – argumentou ele.

– Sarah é a de cabelos cheios e escuros, olhos também.

– Olhos cheios? – murmurou Marcus, abrindo um sorrisinho.

– *Marcus.*

Ele riu.

– Muito bem. Cabelos cheios. Olhos escuros.

– Iris é muito pálida. Cabelos louro-avermelhados? – tentou ela. – Ainda não se lembra.

– Ela vem daquela família de flores.

Honoria se retraiu. *Era* verdade que tio Edward e tia Maria haviam batizado as filhas com nomes de flores: Rose, Marigold, Lavender, Iris e Daisy – rosa, calêndula, lavanda, íris e margarida.

– Sei quem é a Srta. Royle – falou Marcus.

– Ela é sua vizinha. Tem que saber quem é.

Ele apenas deu de ombros.

– De qualquer modo, estamos aqui em Cambridge porque a mãe de Cecily acha que poderíamos usufruir de um aperfeiçoamento.

A boca de Marcus se curvou em um sorriso vagamente zombeteiro.

– Aperfeiçoamento?

Honoria se perguntou por que as mulheres sempre precisavam de *aperfeiçoamento*, enquanto os homens iam para a escola.

– Ela conseguiu convencer dois professores a nos permitirem ouvir suas preleções.

– É mesmo? – Ele pareceu curioso. E reticente.

– A vida e a época da rainha Elizabeth – recitou Honoria com cuidado. – E, depois disso, alguma coisa sobre grego.

– Você fala grego?

– Não, nenhuma de nós – admitiu ela. – Mas o professor foi o único disposto a falar para mulheres. – Honoria revirou os olhos. – Ele pretende fazer as preleções duas vezes seguidas. Devemos esperar dentro de um escritório até os alunos saírem do auditório; caso nos vejam, é possível que percam totalmente a razão.

Marcus assentiu, pensativo.

– É quase impossível para um cavalheiro manter a cabeça nos estudos na presença de tamanho encanto feminino.

Por alguns segundos, Honoria pensou que ele estivesse falando sério e relanceou um olhar severo na direção de Marcus antes de cair na gargalhada.

– Ah, por favor... – disse ela, dando um soquinho de brincadeira no braço dele.

Algumas familiaridades eram sem precedentes em Londres, mas ali, com Marcus... Afinal, ele era praticamente irmão dela.

– Como está sua mãe? – perguntou Marcus.

– Está bem – respondeu Honoria, embora não fosse verdade. Não totalmente.

Lady Winstead nunca se recuperara por completo do escândalo de Daniel, forçado a deixar o país. Ela alternava entre se dedicar em excesso a minúcias e fingir que o filho nunca existira.

Era... difícil.

– Ela pretende morar em Bath – acrescentou Honoria. – A irmã dela mora lá e acho que as duas se dão bem. Mamãe não gosta de Londres, na verdade.

– Sua mãe? – perguntou Marcus, com certa surpresa.

– Não como costumava gostar. Não desde que Daniel... ah, você sabe.

Marcus cerrou os lábios. Ele sabia.

– Mamãe acha que as pessoas ainda estão falando sobre o que aconteceu – disse Honoria.

– E estão?

Honoria deu de ombros, impotente.

– Não tenho ideia. Acho que não. Ninguém falou comigo diretamente. Além do mais, já se passaram quase três anos. É de imaginar que as pessoas já tenham outros assuntos, não?

– Imagino que todos deveriam ter outros assuntos quando a situação com Daniel aconteceu – comentou Marcus em tom sombrio.

Honoria levantou uma sobrancelha ao perceber a expressão severa dele. Havia mesmo razão para Marcus ter assustado tantas debutantes. As amigas de Honoria, por exemplo, tinham medo dele.

Bem, isso não era inteiramente verdade. Elas só se mostravam assustadas quando estavam na presença de Marcus. O resto do tempo passavam sentadas diante das escrivaninhas desenhando os próprios nomes entrelaçados ao dele – tudo em uma letra rebuscada ridícula –, enfeitados com corações e querubins.

Marcus Holroyd era um ótimo partido.

Não que ele fosse muito bonito, porque não era... não exatamente. Os cabelos tinham uma bela cor escura, os olhos também, mas havia algo em seu rosto que Honoria achava bruto. A testa quadrada, reta demais, os olhos um tanto fundos.

Ainda assim, havia algo nele que prendia a atenção. Uma altivez, um toque blasé, como se Marcus não tivesse paciência para bobagens.

Isso deixava as moças loucas por ele, embora a maior parte delas fosse a bobagem em pessoa.

Sussurravam sobre Marcus como se ele fosse o herói de um romance ou o vilão gótico e misterioso que precisava ser redimido.

Já para Honoria, ele era apenas Marcus, o que não era nada simples, na verdade. Ela odiava a condescendência com que ele a tratava, observando-a com desaprovação. Marcus fazia Honoria voltar no tempo, como se fosse novamente uma criança irritante ou uma adolescente desajeitada.

Ao mesmo tempo, era reconfortante tê-lo por perto. Os caminhos deles já não se cruzavam com a frequência de antes – tudo era diferente agora que Daniel se fora –, mas quando Honoria entrava em uma sala e Marcus estava lá...

Ela o conhecia.

E, por mais estranho que fosse, isso era bom.

– Pretende ir a Londres para a temporada social? – perguntou Honoria com educação.

– Apenas para parte dela – respondeu ele, a expressão indecifrável. – Tenho assuntos para tratar aqui.

– É claro.

– E você?

Honoria pestanejou, sem entender.

– Pretende ir a Londres para a temporada social? – esclareceu Marcus.

Honoria entreabriu os lábios. Com certeza ele não estava falando sério. Para onde mais ela iria, solteira? Não era como se...

– Você está brincando? – perguntou ela, desconfiada.

– É claro que não.

Mas ele estava sorrindo.

– Isso não é engraçado. Não tenho escolha. Preciso participar da temporada social. Estou desesperada.

– Desesperada – repetiu ele, com uma expressão vaga, bem frequente em seu rosto.

– *Tenho* que encontrar um marido este ano.

Ela sentiu a cabeça balançando para a frente e para trás, embora não estivesse certa do que enfatizava. A situação dela não era muito diferente da situação da maioria das amigas. Não era a única jovem ansiando por casamento. Porém, Honoria não estava procurando um marido apenas para admirar a aliança no dedo ou para se regozijar com seu status de jovem matrona elegante. Queria uma casa que fosse sua. Uma família – grande, barulhenta, que nem sempre se preocupasse em ter modos.

Não aguentava mais o silêncio que se abatera sobre seu lar. Odiava o som dos próprios passos sobre o piso, odiava o fato de, com frequência, serem o único barulho que ouvia por toda a tarde.

Precisava de um marido. Era o único modo.

– Ah, vamos, Honoria... – disse Marcus, e ela não precisou fitar seu rosto para adivinhar-lhe a expressão: cética e condescendente, com apenas um toque de tédio. – Sua vida não pode ser tão terrível assim.

Honoria cerrou os dentes; detestava aquele tom.

– Esqueça tudo o que eu falei – resmungou ela, porque na verdade não valia a pena tentar explicar a situação a ele.

Marcus soltou o ar de uma forma que também pareceu condescendente.

– Será difícil você encontrar um marido aqui.

Honoria bufou, já arrependida de ter levantado o assunto.

– Os estudantes daqui são jovens demais – comentou ele.

– São da minha idade – retrucou ela, caindo direto na armadilha.

Contudo, Marcus não comentou a vitória.

– É por isso que você está em Cambridge, não é? Para socializar com esses estudantes que ainda não foram para Londres.

Honoria continuou olhando para a frente com determinação quando respondeu:

– Eu já disse que estamos aqui para assistir às preleções.

Ele assentiu.

– Sobre grego.

– *Marcus.*

Ele sorriu. Só que não foi exatamente um sorriso. Marcus era sempre tão sério, tão rígido, que, em qualquer outra pessoa, aquele seria apenas um meio sorriso seco. Honoria imaginou com que frequência ele sorria sem que ninguém percebesse. Marcus tinha sorte por ela conhecê-lo tão bem; outros o considerariam desprovido de humor.

– Por que isso? – perguntou ele.

Ela se surpreendeu com a pergunta. Virou-se para encará-lo.

– Por que o quê?

– Você revirou os olhos.

– Revirei?

Sinceramente, Honoria não tinha ideia se fizera isso ou não. Mas por que ele a encarava com tanta atenção? Pelo amor de Deus, aquele era *Marcus*. Honoria olhou pela janela.

– Acha que a chuva deu uma trégua?

– Não – respondeu Marcus, sem sequer mover a cabeça para conferir.

De fato ele não precisava mesmo olhar: fora uma pergunta tola, com a única intenção de mudar de assunto. A chuva ainda atingia a carruagem sem piedade.

– Devo deixá-la nos Royles? – perguntou ele educadamente.

– Não, obrigada.

Honoria esticou um pouco o pescoço, tentando ver, através do vidro e da tempestade, uma mínima parte que fosse da vitrine da Srta. Pilaster. Não conseguiu enxergar nada, mas foi uma boa desculpa para não encarar Marcus, por isso exagerou na tentativa.

– Vou me juntar às minhas amigas em um instante.

– Está com fome? – perguntou Marcus. – Parei mais cedo na Flindle's e tenho alguns bolos embalados para levar para casa.

Os olhos dela brilharam.

– Bolos?

Ela não apenas disse a palavra: soltou-a em um suspiro. Ou talvez em um gemido. Mas não se importou. Marcus sabia que doces eram o ponto fraco dela, assim como o dele. Daniel nunca fora particularmente fã de sobremesas e, mais de uma vez, quando crianças, Honoria e Marcus haviam se debruçado juntos sobre um prato de bolos e biscoitos.

Daniel dizia que os dois pareciam selvagens, o que fazia Marcus rir loucamente. Honoria nunca entendeu o porquê.

Marcus pegou algo em uma caixa aos seus pés.

– Ainda ama chocolate?

– Eternamente.

Ela se pegou sorrindo com camaradagem. E talvez em ansiedade também.

Marcus começou a rir.

– Lembra-se daquela torta que a cozinheira fez…

– A que o cachorro comeu?

– Quase chorei.

Ela fez uma careta.

– Acho que eu realmente chorei.

– Cheguei a dar uma mordida.

– Eu não dei nenhuma – replicou Honoria, ainda ansiando pelo doce perdido. – Mas o aroma era divino.

– Ah, isso era. – Parecia que a lembrança o capturara. – Era mesmo.

– Sabe, sempre achei que Daniel tivesse alguma coisa a ver com o fato de Buttercup ter entrado na casa.

– Com certeza ele teve alguma coisa a ver. A expressão dele…

– Espero que você tenha acertado as contas.

– A vida de Daniel ficou por um fio naquele dia – assegurou Marcus.

Ela sorriu, então perguntou:

– Não está falando sério, não é?

Ele retribuiu o sorriso.

– Não.

Marcus riu da lembrança e estendeu um pequeno pedaço de bolo de chocolate, adorável e marrom em cima do papel branco encerado. Tinha um aroma paradisíaco. Honoria inspirou fundo, feliz, e sorriu.

Então, ergueu os olhos para Marcus e sorriu de novo. Por um momento, sentira-se ela mesma outra vez, como a moça que fora apenas alguns anos antes, quando o mundo se estendia à sua frente, uma esfera cintilante repleta de promessas. Nem se dera conta de que sentia falta daquela sensação de pertencimento, de estar no lugar certo, com alguém que a conhecia plenamente e, ainda assim, achava que valia a pena rir com ela.

Era estranho que fosse Marcus a fazê-la sentir-se daquela forma.

E, por vários motivos, também não era nada estranho.

Honoria pegou o bolo da mão dele e encarou o doce, sem saber como iria comê-lo.

– Lamento, mas não tenho nenhum tipo de talher – comentou Marcus, em tom de desculpas.

– Posso acabar fazendo uma sujeira e tanto – falou ela, esperando que ele percebesse que o que realmente estava dizendo era *Por favor, diga-me que não se importa se eu espalhar farelos de bolo por toda a sua carruagem.*

– Terei que comer um também. Para que não se sinta só.

Ela tentou não sorrir.

– Que generosidade da sua parte…

– Estou certo de que é meu dever como cavalheiro.

– Comer o bolo?

– É um dos meus deveres cavalheirescos mais agradáveis.

Honoria riu e deu uma mordida.

– Meu Deus…

– Bom?

– Maravilhoso.

Ela deu mais uma mordida.

– Na verdade, *mais* do que maravilhoso.

Marcus sorriu e comeu o próprio bolo, devorando metade dele em uma única mordida. Então, enquanto Honoria o observava com certa surpresa, ele colocou a outra metade na boca e a devorou.

Não era um bolo muito grande, mas ainda assim… Honoria deu uma mordidinha no próprio pedaço, tentando fazê-lo durar mais.

– Você sempre fez isso – comentou Marcus.

Honoria levantou os olhos.

– O quê?

– Comer a sobremesa devagar, apenas para torturar os outros.

– Gosto de fazê-la render. – Honoria arqueou a sobrancelha para ele e deu de ombros. – Se você se sente torturado, o problema é seu.

– Desalmada – murmurou ele.

– Com você, sempre.

Ele deu uma risadinha de novo e Honoria ficou impressionada ao se dar conta de quanto Marcus era diferente no âmbito privado. Era quase como se ela tivesse de volta o velho Marcus, o rapaz que praticamente morava em Whipple Hill. Ele de fato se tornara membro da família, chegando até a se juntar a eles em suas terríveis pantomimas familiares. Marcus fizera o papel de árvore todas as vezes e, por algum motivo, isso sempre divertira Honoria.

Ela gostava daquele Marcus. Na verdade, tinha *adorado* aquele Marcus.

Mas ele se fora nos anos mais recentes, sendo substituído pelo homem silencioso, de olhar severo, que o resto do mundo conhecia como lorde Chatteris. Era uma situação triste, na verdade. Para ela e, provavelmente, ainda mais para ele.

Honoria terminou de comer o bolo, tentando ignorar a expressão divertida de Marcus. Então aceitou o lenço dele para limpar os farelos das mãos.

– Obrigada – agradeceu, devolvendo-o.

Ele meneou a cabeça.

– Quando você…

Marcus foi interrompido por uma batida forte na janela.

Honoria olhou além de Marcus para ver quem estava batendo.

– Perdão, senhor – desculpou-se um criado em um libré familiar. – Será lady Honoria quem o acompanha?

– Sim.

Honoria se inclinou para a frente.

– Esse é… ahn… – Muito bem, não sabia o nome do homem, mas ele acompanhara o grupo de moças durante o dia de compras. – É um dos criados dos Royles.

Honoria deu a Marcus um sorriso rápido e constrangido antes de se levantar e logo se abaixar para sair da carruagem.

– Preciso ir. Minhas amigas estão esperando por mim.

– Eu a visitarei amanhã.

– O *quê*?

Ela estacou onde estava, encurvada como uma velha.

Marcus ergueu uma das sobrancelhas em uma despedida zombeteira.

– Com certeza sua anfitriã não se importará.

A Sra. Royle iria se importar com um conde solteiro, que ainda não tinha 30 anos, visitando Honoria na casa dela? Honoria teria que impedir a mulher de organizar uma festa.

– Estou certa de que será um prazer para ela – conseguiu dizer.

– Ótimo.

Marcus pigarreou.

– Faz tempo que não nos vemos – completou.

Honoria o encarou, pasma. Nunca imaginava que Marcus houvesse dirigido um único pensamento a ela quando os dois não estavam em Londres, indo de um evento a outro durante a temporada social.

– Fico feliz por você estar bem – comentou ele abruptamente.

Honoria não saberia explicar por que ficou tão espantada com aquela declaração. Mas ficou.

Realmente ficou.

Marcus observou o criado dos Royles acompanhar Honoria até a loja, do outro lado da rua. Então, quando teve certeza de que ela estava em segurança, bateu três vezes na lateral da carruagem, sinalizando ao cocheiro para que seguissem em frente.

Surpreendeu-se por vê-la em Cambridge. Não ficara atento a Honoria quando não estava em Londres, mas, por algum motivo, achara que saberia se ela fosse passar algum tempo tão perto da casa dele.

Deveria começar a fazer planos para ir a Londres para a temporada social. Não mentira para Honoria quando dissera que tinha negócios a tratar ali, embora provavelmente tivesse sido mais exato falar que preferia permanecer no campo. Não havia nada que exigisse a presença dele em Cambridgeshire, mas muitas coisas seriam facilitadas por isso.

Para não mencionar que detestava a temporada social. Detestava. Mas se Honoria estava determinada a conseguir um marido, então ele iria a Londres para se certificar de que ela não cometesse erros desastrosos.

Afinal, fizera um juramento.

Daniel Smythe-Smith fora seu amigo mais próximo. Não, seu único amigo, seu único amigo *de verdade*.

Milhares de conhecidos e um único amigo de verdade.

Aquela era a vida dele.

Só que Daniel se fora, estava em algum lugar da Itália, se o que relatara em sua última carta ainda valia. E não era provável que voltasse, não enquanto o marquês de Ramsgate vivesse, inclinado como estava à vingança.

Que erro terrível fora a coisa toda. Marcus dissera a Daniel para não jogar cartas com Hugh Prentice. Mas não, Daniel apenas rira, determinado a tentar a sorte. Prentice sempre ganhava. Sempre. Ele era brilhante, todos sabiam disso. Matemática, física, história... Prentice acabava ensinando aos mestres da universidade. O homem não trapaceava no carteado, apenas ganhava todas as vezes porque tinha uma memória fantástica e uma mente que via o mundo em padrões e equações.

Ao menos fora o que o próprio Prentice contara a Marcus quando os dois estudaram juntos em Eton. A verdade era que Marcus ainda não entendia bem do que o colega falava, sendo que fora o segundo melhor aluno em matemática. Mas perto de Hugh... Ora, não havia comparação.

Ninguém em sã consciência jogava cartas com Hugh Prentice, mas Daniel não estava em sã consciência naquele dia: um pouco bêbado, um pouco eufórico com alguma garota que levara para a cama. Assim, sentara-se diante de Hugh e jogara com ele.

E vencera.

Nem mesmo Marcus conseguira acreditar.

Não que tivesse achado que Daniel trapaceara. Ninguém o considerava um trapaceiro. Todos gostavam dele. Todos confiavam nele. No entanto, ninguém jamais vencera Hugh Prentice.

Só que Hugh andara bebendo. E Daniel também. Assim como todos eles. Quando Prentice virara a mesa e acusara o outro de trapacear, a sala toda se transformara num inferno.

Marcus ainda não conseguia se lembrar exatamente do que fora dito, mas em poucos minutos ficara decidido: Daniel Smythe-Smith encontraria Hugh Prentice ao amanhecer do dia seguinte. Com pistolas.

Com alguma sorte, os dois estariam sóbrios o bastante depois para se dar conta da própria idiotice. Mas não fora o caso.

Hugh atirara primeiro, a bala passara raspando no ombro esquerdo de

Daniel. E, enquanto todos ainda arquejavam – o educado a fazer teria sido atirar no ar –, Daniel levantou o braço e atirou em resposta.

E Daniel – maldição, ele sempre tivera uma péssima pontaria – acertara a parte de cima da coxa de Hugh. Fora tanto sangue que Marcus ainda se sentia zonzo só de lembrar. O médico presente gritara. A bala atingira uma artéria, nada mais poderia ter provocado tamanha torrente de sangue. Por três dias, todos se preocuparam tanto com o fato de Hugh estar entre a vida e a morte que ninguém nem pensara muito na perna, que tivera o fêmur estraçalhado.

Hugh sobrevivera, mas não conseguia mais caminhar sem a ajuda de uma bengala. E o pai dele – o terrivelmente poderoso e furioso marquês de Ramsgate – jurara que levaria Daniel à justiça.

Por isso Daniel fugira para a Itália.

Por isso o pedido ofegante, de último minuto, no estilo "prometa-me agora que estamos parados no porto e o navio está prestes a partir": *Olhe por Honoria, por favor? Cuide para que ela não se case com um imbecil.*

É claro que Marcus concordara. O que mais poderia dizer? Mas ele nunca contara a Honoria sobre a promessa. Santo Deus, teria sido um desastre. Já era difícil o bastante ficar atento sem que ela soubesse. Se Honoria desconfiasse de que Marcus estava agindo como *in loco parentis*, teria ficado furiosa. A última coisa de que precisava era que Honoria tentasse atrapalhar sua missão.

O que ela faria. Marcus tinha certeza disso.

Não que Honoria fosse voluntariosa de propósito. Na maior parte do tempo, era uma jovem perfeitamente razoável. Porém, mesmo a mais razoável das mulheres se ressentia de ser controlada.

Assim, Marcus a observava de longe e havia silenciosamente espantado um ou dois pretendentes.

Ou três.

Talvez quatro.

Prometera a Daniel.

E Marcus Holroyd não quebrava suas promessas.

CAPÍTULO 2

— Quando ele virá?

– Não sei – respondeu Honoria, pelo que deveria ser a sétima vez.

Ela sorriu educadamente para as outras jovens damas na sala de visitas verde e cinza dos Royles. O surgimento de Marcus na véspera fora discutido, dissecado, analisado e, por fim, transformado em poesia por lady Sarah Pleinsworth, prima de Honoria e uma de suas amigas mais próximas.

– Ele apareceu quando chovia – declamou Sarah –, tornando o dia uma alegria.

Honoria quase cuspiu o chá.

– Estava lamacenta a via...

Cecily Royle sorriu timidamente por sobre a xícara de chá.

– Já considerou a possibilidade de versos livres?

–... nossa heroína sofria...

– Eu estava com frio.

Iris Smythe-Smith, outra prima de Honoria, levantou os olhos com a expressão sarcástica que era sua marca registrada.

– *Eu* estou sofrendo. Principalmente meus ouvidos.

Honoria lançou um olhar para Iris que dizia "Seja educada", mas a prima apenas deu de ombros.

–... o desespero, ela fingia...

– Isso não é verdade! – protestou Honoria.

–... suas tramas de grande valia...

– Esse poema está degenerando rapidamente – comentou Honoria.

– Estou começando a gostar – disse Cecily.

–... sua existência, uma ruinaria...

Honoria bufou.

– Ah, pelo amor de Deus!

– Acho que ela está fazendo um trabalho admirável – replicou Iris –, dadas as limitações da estrutura em rimas.

Ela olhou para Sarah, que de repente ficara em completo silêncio. Iris inclinou a cabeça para o lado, e o mesmo fizeram Honoria e Sarah.

Os lábios de Sarah estavam entreabertos e sua mão esquerda permanecia estendida com grande drama, mas ela parecia ter ficado sem palavras.

– Que se estendia? – sugeriu Cecily. – Provocava alergia?

– Gritaria? – foi a vez de Iris.

– A qualquer momento, é o que vou fazer – comentou Honoria, com acidez –, se eu ficar presa aqui com vocês por muito mais tempo.

Sarah riu e se deixou cair no sofá.

– O conde de Chatteris… – falou a moça com um suspiro. – Nunca vou perdoá-la por não nos ter apresentado no ano passado – reclamou com Honoria.

– Mas eu apresentei vocês!

– Ora, então deveria ter apresentado duas vezes – retrucou Sarah, em um tom travesso – para marcar bem. Acho que ele não me dirigiu mais do que duas palavras durante toda a temporada.

– Ele mal *me* dirigiu duas palavras.

Sarah inclinou a cabeça, arqueando as sobrancelhas, como se dissesse "É mesmo?".

– Ele não é muito sociável – comentou Honoria.

– Eu o acho belo – opinou Cecily.

– É mesmo? – indagou Sarah. – Eu o acho um tanto taciturno.

– Taciturno é belo – enfatizou Cecily, antes que Honoria pudesse dar sua opinião.

– Estou presa num folhetim barato – declarou Iris para ninguém em particular.

– Você não respondeu minha pergunta – lembrou Sarah. – Quando ele virá?

– Não sei – respondeu Honoria, pelo que devia ser a oitava vez. – Ele não disse.

– Mal-educado – falou Cecily, estendendo a mão para pegar um biscoito.

– É o jeito dele – disse Honoria, encolhendo levemente os ombros.

– É isso que eu acho tão interessante – murmurou Cecily –, que você conheça "o jeito dele".

– Os dois se conhecem há décadas – comentou Sarah. – Há séculos.

– *Sarah...* – Honoria adorava a prima, de verdade. Quase sempre.

Sarah sorriu timidamente, os olhos escuros brilhando, travessos.

– Ele costumava chamá-la de "Carrapato".

– Sarah! – Honoria encarou a prima com severidade. Ninguém precisava saber que costumava ser chamada assim por um conde. – Isso foi há muito tempo – acrescentou, com toda a dignidade que conseguiu reunir. – Eu tinha 7 anos.

– E ele?

Honoria pensou por um momento.

– Provavelmente 13.

– Ora, isso explica tudo, então – disse Cecily com um gesto. – Meninos são uns animais.

Honoria assentiu com educação. A amiga tinha sete irmãos mais novos, devia saber do que estava falando.

– No entanto – continuou Cecily, dramática –, que coincidência ele ter deparado com você na rua...

– Que inesperado – concordou Sarah.

– Quase como se ele a estivesse seguindo – acrescentou Cecily, inclinando-se para a frente com os olhos arregalados.

– Ora, isso é pura tolice – rebateu Honoria.

– Bem, é claro – concordou Cecily, voltando ao tom ríspido e profissional. – Isso nunca teria acontecido. Só falei que *pareceu* que ele estava.

– Ele mora perto – argumentou Honoria, gesticulando na direção de nada em particular.

Tinha um senso de direção terrível; não saberia dizer onde ficava o norte mesmo se sua vida dependesse disso. De qualquer modo, não fazia a menor ideia do caminho que se deveria tomar para ir de Cambridge a Fensmore.

– A propriedade dele faz fronteira com a nossa – informou Cecily.

– É mesmo? – perguntou Sarah, muito interessada.

– Ou talvez eu devesse dizer que cerca a nossa – comentou Cecily com uma risadinha. – O homem é dono de metade do norte de Cambridgeshire. Acredito que a propriedade dele toca Bricstan ao norte, ao sul e a oeste.

– E a leste? – quis saber Iris. Para Honoria, acrescentou: – Essa é a próxima pergunta lógica a ser feita.

Cecily pareceu confusa por um momento enquanto pensava a respeito.

– Nessa direção você provavelmente acabaria dando nas terras dele também. É possível abrir caminho por uma estradinha a sudeste. Mas então você acabaria chegando à casa paroquial, portanto de que adiantaria?

– É assim tão distante? – perguntou Sarah.

– Bricstan?

– Não – retrucou Sarah, agora bastante impaciente. – Fensmore.

– Ah. Não, na verdade, não. Ficamos a pouco mais de 30 quilômetros de distância, logo ele deve ficar apenas um pouco mais distante. – Cecily hesitou por um instante, pensando. – E acredito que o conde também mantenha uma casa aqui na cidade. Não tenho certeza.

Os Royles eram cidadãos afeitos à região inglesa da Ânglia Oriental: mantinham uma casa no centro da cidade de Cambridge e uma casa de campo um pouco mais ao norte. Quando iam a Londres, alugavam uma casa lá.

– Deveríamos ir lá – disse Sarah de repente. – Este fim de semana.

– Ir para onde? – perguntou Iris.

– Para o campo? – quis saber Cecily.

– Sim – respondeu Sarah, elevando a voz por conta da animação. – Nossa visita seria estendida por apenas alguns dias e com certeza nossas famílias não fariam qualquer objeção.

Ela se virou ligeiramente, dirigindo-se para Cecily:

– Sua mãe poderia receber um grupo por alguns dias. Podemos convidar alguns universitários. Com certeza eles ficariam gratos por terem um refresco da vida acadêmica.

– Ouvi dizer que a comida na universidade é muito ruim – comentou Iris.

– É uma ideia interessante – murmurou Cecily, pensativa.

– É uma ideia espetacular – falou Sarah com firmeza. – Vá perguntar a sua mãe. Agora, antes que lorde Chatteris chegue.

Honoria arquejou.

– Vocês não planejam *convidá-lo*, certo?

Fora adorável ver Marcus na véspera, mas a última coisa que Honoria desejava era passar alguns dias na companhia dele. Se ele comparecesse, ela poderia abandonar qualquer esperança de atrair a atenção de um jovem cavalheiro. Marcus tinha um modo todo especial de olhá-la com severidade quando desaprovava seu comportamento. E os olhares dele assustavam qualquer ser humano nas proximidades.

Nunca passara pela mente de Honoria que a desaprovação dele talvez não fosse dirigida ao comportamento dela.

– É claro que não – respondeu Sarah, virando-se para Honoria com uma expressão de impaciência. – Por que ele passaria os dias lá se pode dormir na própria cama, um pouco adiante? Mas ele desejará nos visitar, não é mesmo? Talvez aparecer para o jantar ou para uma caçada.

Honoria acreditava que, se Marcus se visse preso por uma tarde inteira com aquelas mulheres tagarelas, provavelmente começaria a atirar *nelas*.

– É perfeito – insistiu Sarah. – É bem provável que os cavalheiros mais jovens aceitem o nosso convite se souberem que lorde Chatteris estará lá. Vão querer causar uma boa impressão. Ele é muito influente.

– Achei que você não ia convidá-lo – apontou Honoria.

– Não vou. Quero dizer... – Ela gesticulou na direção de Cecily que, afinal, era a filha de quem faria o convite. – *Nós* não vamos. Mas podemos comentar que é provável que ele apareça.

– Ele apreciará isso, tenho certeza – comentou Honoria, seca, apesar de ninguém a estar ouvindo.

– Quem convidaremos? – perguntou Sarah. – Devem ser quatro cavalheiros.

– As mulheres serão minoria quando lorde Chatteris estiver por lá – lembrou Cecily.

– Melhor para nós – disse Sarah com firmeza. – E não podemos convidar apenas três cavalheiros e acabar tendo damas de mais quando lorde Chatteris não estiver.

Honoria suspirou. A prima era a tenacidade em pessoa; não havia como argumentar quando Sarah estava determinada a fazer alguma coisa.

– É melhor eu ir falar com a minha mãe – falou Cecily, levantando-se. – Precisamos começar a trabalhar nisso imediatamente.

Ela saiu da sala em um ruge-ruge dramático de musselina rosa.

Honoria olhou para Iris, que com certeza se daria conta da maluquice que estava prestes a ser colocada em prática. Entretanto, a prima apenas deu de ombros.

– É uma boa ideia.

– Foi para isso que viemos a Cambridge – lembrou Sarah às outras. – Para conhecer cavalheiros.

A prima tinha razão. A Sra. Royle gostava de falar sobre expor jovens damas à cultura e à educação, mas todos sabiam a verdade: elas haviam ido a Cambridge por razões puramente sociais. Quando a Sra. Royle levara a ideia à mãe de Honoria, lamentara que tantos jovens cavalheiros ainda estivessem em Oxford ou Cambridge no começo da temporada social, e não em Londres, onde deveriam estar, cortejando damas. A Sra. Royle havia planejado um jantar para a noite seguinte, mas um grupo de jovens na casa de campo seria ainda mais eficaz.

Nada como prender os cavalheiros onde não poderiam fugir.

Honoria supunha que precisaria escrever uma carta para a mãe, informando que ficaria em Cambridge por mais alguns dias. Tinha um mau pressentimento sobre usar Marcus como chamariz para que outros cavalheiros aceitassem o convite, mas sabia que não poderia perder uma oportunidade daquelas. Os estudantes universitários eram jovens, quase da mesma idade das quatro damas, mas Honoria não se importava. Mesmo se nenhum deles estivesse pronto para o casamento, com certeza alguns teriam irmãos mais velhos, certo? Ou primos. Ou amigos.

Ela suspirou. Odiava o modo como tudo aquilo parecia calculista, porém o que mais poderia fazer?

– Gregory Bridgerton – anunciou Sarah, os olhos cintilando em triunfo. – Ele seria perfeito. Muito bem relacionado. Uma de suas irmãs se casou com um duque, e outra, com um conde. *E ele está no último ano da universidade, portanto talvez logo esteja pronto para se casar.*

Honoria levantou os olhos. Encontrara várias vezes com o Sr. Bridgerton, normalmente quando ele era arrastado pela mãe para um dos infames recitais das Smythe-Smiths.

Honoria tentou não se retrair. O recital anual das Smythe-Smiths nunca era um bom momento para conhecer um cavalheiro, a menos que ele fosse surdo. Havia certa discussão na família sobre quem, exatamente, começara a tradição, mas em 1807 quatro primas tinham assumido o palco e estraçalhado uma peça musical inocente. Por que elas (ou melhor, as mães delas) acharam que seria uma boa ideia repetir o massacre no ano seguinte, Honoria jamais saberia, mas foi o que aconteceu. E no outro ano. E no outro.

Ficava subentendido que todas as filhas Smythe-Smiths deviam aprender a tocar um instrumento para que, quando fosse a vez delas, se juntassem ao quarteto. Uma vez lá, permaneceriam até encontrar um marido. Aquele era, Honoria pensara mais de uma vez, um argumento tão bom quanto qualquer outro para que alguém se casasse cedo.

O estranho era que a maior parte da família parecia não perceber quanto todas eram *terríveis*. A prima, Viola, havia se apresentado com o quarteto por seis anos e ainda falava com saudades de seus dias como membro. Honoria quase tinha esperado que Viola deixasse o noivo no altar quando se casara, seis meses antes, para que pudesse manter sua posição de primeira violinista.

Impressionante.

Honoria e Sarah haviam sido forçadas a assumir seus lugares no ano anterior, uma no violino, a outra no piano. A pobre Sarah ainda estava traumatizada com a experiência. Ela, na verdade, tinha uma veia musical e tocara sua parte corretamente. Ou foi o que disseram a Honoria – era difícil ouvir qualquer coisa acima do som dos violinos. Ou das pessoas que arquejavam na plateia.

Sarah jurara que nunca mais tocaria com as primas. Honoria apenas dera de ombros, não se importava com o recital… não muito, pelo menos. Ela achava a situação toda um tanto divertida. Além disso, não havia nada que pudesse fazer a respeito. Era uma tradição de família e nada importava mais a Honoria do que a família, nada.

Contudo, agora precisava levar a sério a caçada por um marido, portanto teria que encontrar um cavalheiro sem o menor ouvido musical. Ou com um fantástico senso de humor.

Gregory Bridgerton parecia ser um excelente candidato. Honoria não sabia se ele era afinado, mas o caminho dos dois se cruzara dois dias antes, quando as quatro damas foram tomar chá no centro da cidade. Ela ficara impressionada na mesma hora com o belo sorriso dele.

Gostava de Gregory Bridgerton. Era um cavalheiro extremamente simpático e sociável e, por algum motivo, fazia com que ela se lembrasse da própria família, o modo como costumavam ser, todos juntos em Whipple Hill, barulhentos, impetuosos, sempre rindo.

Provavelmente ele era assim porque vinha de uma família grande – o segundo filho mais novo de um total de oito. Honoria era a mais nova de seis, portanto os dois com certeza teriam muito em comum.

Gregory Bridgerton. Hummm. Ela não sabia por que não pensara nele antes.

Honoria Bridgerton.

Winifred Bridgerton. (Honoria sempre quisera batizar uma filha de Winifred, assim lhe pareceu prudente testar o som do nome também.)

Sr. Gregory e lady Honor...

– Honoria? Honoria!

Ela despertou de seus devaneios. Sarah a encarava com visível irritação.

– Gregory Bridgerton? Sua opinião?

– Ahn, acho que ele seria uma excelente escolha – respondeu Honoria, do modo menos comprometedor possível.

– Quem mais? – perguntou Sarah, ficando de pé. – Talvez eu devesse fazer uma lista.

– De quatro nomes? – Honoria não pôde deixar de perguntar.

– Você é terrivelmente determinada – murmurou Iris.

– Tenho que ser – retrucou Sarah, os olhos cintilando.

– Acha mesmo que vai encontrar um homem e se casar com ele nas próximas duas semanas? – questionou Honoria.

– Não sei do que estão falando – disse Sarah, em uma voz contida.

Honoria relanceou o olhar na direção da porta aberta para se certificar de que ninguém se aproximava.

– Agora estamos só nós três aqui, Sarah.

– Quem está noiva precisa participar do recital? – perguntou Iris.

– Precisa – respondeu Honoria.

– Não – disse Sarah com firmeza.

– Ah, precisa, sim – enfatizou Honoria.

Iris suspirou.

– Não reclame – falou Sarah, virando-se para Iris com os olhos semicerrados. – Você não teve que tocar no ano passado.

– E serei eternamente grata por isso – afirmou Iris.

Ela deveria se juntar ao quarteto naquele ano, no violoncelo.

– Você quer tanto encontrar um marido quanto eu – Sarah se dirigiu a Honoria.

– Não nas próximas duas semanas! – exclamou Honoria, mas acrescentou com um pouco mais de decoro: – E não apenas para deixar de tocar no recital.

– Não estou dizendo que me casaria com alguém terrível – falou Sarah, fungando. – Mas se lorde Chatteris, por um acaso, se apaixonasse perdidamente por mim...

– Isso não acontecerá – declarou Honoria com sinceridade. Então, percebendo quanto havia soado cruel, emendou: – Ele não vai se apaixonar por ninguém. Acredite.

– O amor funciona de maneiras misteriosas – replicou Sarah.

No entanto, parecia mais esperançosa do que segura de si.

– Mesmo se Marcus se apaixonasse por você... o que não vai acontecer, não que isso seja pessoal de algum modo, pois ele não é do tipo que se apaixona rapidamente por alguém...

Honoria fez uma pausa, tentando lembrar como começara a frase, porque estava quase certa de que não a completara.

Sarah cruzou os braços.

– Haveria algum objetivo escondido sob os seus insultos?

Honoria revirou os olhos.

– Mesmo se Marcus se apaixonasse por alguém, isso não aconteceria de um jeito normal.

– E o amor em algum momento é normal? – indagou Iris.

A declaração foi filosófica o bastante para mergulhar a sala em silêncio. Mas só por um momento.

– Marcus jamais se casaria às pressas – continuou Honoria, voltando-se para Sarah. – Ele odeia chamar atenção. Odeia – enfatizou, porque sinceramente valia a pena repetir. – Ele não vai livrá-la do recital, isso com certeza.

Por alguns segundos, Sarah permaneceu imóvel e muito rígida, então suspirou e os ombros se curvaram.

– Talvez Gregory Bridgerton... – comentou, desanimada. – Ele parece ser romântico.

– O bastante para fugir para casar? – perguntou Iris.

– Ninguém aqui vai fugir! – exclamou Honoria. – E todas vocês vão tocar no recital mês que vem.

Sarah e Iris a encararam com expressões idênticas – de indignação e, sobretudo, surpresa. Com uma saudável dose de apreensão.

– Ora, vão mesmo – resmungou Honoria. – Todas nós vamos. É nosso dever.

– Nosso dever... – repetiu Sarah. – Tocar terrivelmente?

Honoria a encarou.

– Sim.

Iris caiu na gargalhada.

– Não tem graça – disse Sarah.

Iris enxugou os olhos.

– Tem, sim.

– Perderá toda a graça depois que você tocar – alertou Sarah.

– É por isso que devo rir agora – retrucou Iris.

– Ainda acho que devemos reunir um grupo para passar alguns dias no campo.

– Concordo – interveio Honoria.

Sarah a encarou com desconfiança.

– Só acho que seria ambicioso pensar nisso como um meio para não tocar no recital – acrescentou Honoria.

Mais tolo do que ambicioso, porém *isso* ela não diria.

Sarah sentou-se a uma escrivaninha próxima e pegou uma caneta.

– Concordamos com o nome do Sr. Bridgerton, então?

Honoria olhou para Iris. As duas assentiram.

– Quem mais? – perguntou Sarah.

– Não acha que devemos esperar por Cecily? – questionou Iris.

– Neville Berbrooke! – exclamou Sarah. – Ele e o Sr. Bridgerton são aparentados.

– São? – indagou Honoria.

Ela sabia muito sobre a família Bridgerton, todos sabiam, mas achava que nunca haviam se casado com nenhum Berbrooke.

– A irmã da esposa do irmão do Sr. Bridgerton é casada com o irmão do Sr. Berbrooke.

Aquele era o tipo de declaração que implorava por um comentário sarcástico, mas Honoria estava tão pasma com a velocidade com que Sarah passara a informação que não fez nada além de piscar, confusa.

Iris, no entanto, não estava nem um pouco impressionada.

– E isso os torna então... conhecidos eventuais?

– Primos – retrucou Sarah, relanceando um olhar irritado para Iris. – Cunhados.

– De terceiro grau? – murmurou Iris.

Sarah se virou para Honoria.

– Faça-a parar.

Honoria caiu na gargalhada. Iris também, e enfim Sarah sucumbiu às risadas. Honoria se levantou e deu um abraço impulsivo em Sarah.

– Tudo vai ficar bem, você vai ver.

Sarah sorriu envergonhada e começou a dizer algo, mas, bem nesse momento, Cecily voltou à sala, com a mãe em seus calcanhares.

– Ela adorou a ideia! – anunciou a jovem.

– É verdade – confirmou a Sra. Royle.

Ela atravessou a sala e sentou-se diante da escrivaninha enquanto Sarah rapidamente se afastava para lhe dar lugar.

Honoria observou a mulher com interesse. A Sra. Royle era tão *mediana*... altura mediana, compleição mediana, cabelos e olhos castanhos medianos. Até o vestido dela era de um tom mediano de roxo, com um babado de tamanho também mediano circundando o colo.

Porém, não havia nada de mediano na expressão dela naquele momento. A mãe de Cecily parecia prestes a comandar um exército e estava claro que não faria prisioneiros.

– É brilhante – comentou a Sra. Royle, franzindo ligeiramente a testa, enquanto procurava algo na escrivaninha. – Não sei por que não pensei nisso antes. Vamos ter que trabalhar depressa, é claro. Mandaremos alguém a Londres esta tarde, para avisar aos seus pais que você ficará mais tempo aqui. – Ela se virou para Honoria. – Segundo Cecily, você pode garantir que lorde Chatteris aparecerá.

– *Não* – respondeu Honoria, alarmada. – Posso tentar, é claro, mas...

– Tente com determinação – interrompeu a Sra. Royle bruscamente. – Esse será seu trabalho enquanto nós planejamos o evento. A propósito, quando ele virá?

– Não faço ideia – retrucou Honoria, pelo que deveria ser... ah, não importava quantas vezes já havia respondido aquela pergunta. – Ele não disse.

– Acha que ele esqueceu?

– Ele não é do tipo que esquece – comentou Honoria.

– Não, ele realmente não parece ser – murmurou a Sra. Royle. – Ainda assim, não se deve contar que um homem seja tão devotado à mecânica de cortejar uma dama quanto uma mulher.

O alarme que vinha crescendo dentro de Honoria explodiu em um pânico absoluto. Santo Deus, se a Sra. Royle estivesse pensando em juntá-la a *Marcus*...

– Ele não está me cortejando – disse às pressas.

A Sra. Royle lhe dirigiu um olhar expressivo.

– Não está, juro.

A Sra. Royle se virou para encarar Sarah, que imediatamente se empertigou.

– Parece mesmo improvável – avaliou Sarah, já que ficara claro que a Sra. Royle queria que ela opinasse. – Eles são quase irmãos.

– É verdade – confirmou Honoria. – Ele e meu irmão eram grandes amigos. O melhor amigo um do outro.

A sala ficou em silêncio à menção de Daniel. Honoria não estava certa se o motivo era respeito, constrangimento ou tristeza por um cavalheiro perfeitamente adequado estar perdido para a atual leva de debutantes.

– Bem – voltou a falar a Sra. Royle, prática –, faça o melhor possível. É tudo o que podemos lhe pedir.

– Oh! – gritou Cecily, afastando-se da janela. – Acho que ele está aqui!

Sarah se levantou de um pulo e começou a alisar a saia já sem nenhum amassado.

– Tem certeza?

– Ah, sim. – Cecily praticamente suspirou de prazer. – Nossa, mas é mesmo uma bela carruagem.

Todas permaneceram imóveis, esperando a visita. Honoria teve a impressão de que a Sra. Royle estava até prendendo a respiração.

– Vamos nos sentir umas tolas se não for ele – sussurrou Iris no ouvido dela.

Honoria conteve uma risada e cutucou a prima com o pé.

Iris apenas sorriu.

No silêncio, foi fácil ouvir a batida à porta, seguida por um leve ranger quando o mordomo a abriu.

– Ajeite a postura – sibilou a Sra. Royle para Cecily. Então, como se percebesse só depois, acrescentou: – Vocês também.

Porém, quando o mordomo apareceu à porta, estava sozinho.

– Lorde Chatteris manda pedir desculpas – anunciou o homem.

Todas murcharam, inclusive a Sra. Royle. O ar pareceu escapar delas como de um balão espetado por um alfinete.

– Ele mandou uma carta – avisou o mordomo.

A Sra. Royle estendeu a mão, mas o empregado disse:

– Está endereçada a lady Honoria.

Honoria se empertigou e, ciente de todos os olhares concentrados nela, se esforçou um pouco mais para disfarçar o alívio que com certeza transparecia em seu rosto.

– Ahn, obrigada.

Ela pegou o papel das mãos do mordomo.

– O que diz? – perguntou Sarah, antes mesmo de Honoria quebrar o lacre.

– Só um instante – murmurou Honoria, dando alguns passos na direção da janela para poder ler a carta de Marcus com certa privacidade. – Na verdade, não é nada – respondeu por fim, depois de ler as três frases curtas. – Houve uma emergência na casa dele e Marcus não poderá nos visitar esta tarde.

– É tudo o que ele diz? – quis saber a Sra. Royle.

– Ele não é de dar longas explicações.

– Homens poderosos não explicam seus atos – afirmou Cecily de modo dramático.

Houve um momento de silêncio enquanto elas digeriam a informação. Então, Honoria falou em uma voz propositalmente animada:

– Ele deseja uma ótima tarde a todas.

– Não tanto a ponto de nos honrar com sua presença – murmurou a Sra. Royle.

A pergunta óbvia em relação aos dias no campo pairava no ar. As jovens damas se entreolhavam, indagando-se silenciosamente quem seria a primeira a falar. Por fim, todos os olhares pousaram em Cecily. Só podia ser ela. Teria sido rude partir de qualquer outra.

– O que devemos fazer com relação ao evento em Bricstan? – perguntou Cecily.

Contudo, a mãe estava perdida em pensamentos, os olhos semicerrados, os lábios comprimidos. Cecily pigarreou e chamou, um pouco mais alto:

– Mamãe?

– Ainda é uma boa ideia – respondeu a Sra. Royle de repente.

A voz saiu alta e determinada e Honoria quase sentiu as sílabas ecoarem em seus ouvidos.

– Então ainda devemos convidar os universitários? – quis saber Cecily.

– Eu havia pensado em Gregory Bridgerton – comentou Sarah, tentando ajudar – e Neville Berbrooke.

– Boas escolhas – concordou a Sra. Royle, atravessando a sala até a escrivaninha. – São de boa família, os dois. – Ela pegou vários papéis cor de creme e contou-os. – Preciso escrever os convites imediatamente – falou, quando já tinha o número correto de folhas. Ela se virou para Honoria, o braço estendido, com um dos papéis na mão. – A não ser por este.

– Perdão? – disse Honoria, embora soubesse qual era a intenção da Sra. Royle. Só não queria aceitar a verdade.

– Convide lorde Chatteris. Exatamente como havíamos planejado. Não para se hospedar por todos os dias, apenas para uma tarde. Sábado ou domingo, o que ele preferir.

– Tem certeza de que o convite não deveria partir da senhora? – perguntou Cecily à mãe.

– Não, é melhor que seja enviado por lady Honoria – declarou a Sra. Royle. – Ele terá mais dificuldade para declinar do convite se for enviado por uma amiga da família, tão próxima. – A mulher deu outro passo à frente, até Honoria não ter outra escolha senão pegar o papel. – Somos bons vizinhos, é claro – acrescentou a Sra. Royle. – Não ache que não somos.

– É claro – murmurou Honoria.

Não havia mais nada que pudesse dizer. E, pensou, enquanto baixava os olhos para a folha em sua mão, nada mais que pudesse fazer. Mas então sua sorte virou. A Sra. Royle se sentou à escrivaninha, portanto Honoria precisaria se retirar para o próprio quarto a fim de redigir o convite.

Logo, ninguém além da própria Honoria – e de Marcus, é claro – saberia que o convite na verdade dizia:

Marcus,

A Sra. Royle me pediu para estender a você um convite para ir a Bricstan neste fim de semana. Ela está planejando um final de semana festivo, com as quatro damas que mencionei a você, junto com quatro jovens cavalheiros da universidade. Eu imploro: <u>não aceite</u>. Você se sentiria péssimo e, por consequência, eu me sentiria péssima por assistir à sua infelicidade.

Com afeto, etc., etc.,
Honoria

Outro tipo de cavalheiro encararia um "convite" daquele como um desafio e aceitaria imediatamente. Mas não Marcus – Honoria estava certa disso. Ele podia ser presunçoso e crítico, mas *não* era vingativo. E não iria querer se sentir péssimo apenas para que ela sentisse o mesmo.

Às vezes, Marcus era uma maldição na vida de Honoria, porém, no fundo, tratava-se de uma boa pessoa. E era sensato, também. Logo se daria conta de que a reunião da Sra. Royle era exatamente o tipo de evento que o fazia querer sumir da face da Terra. Honoria sempre se perguntava por que ele ia a Londres para a temporada social, já que sempre parecia tão entediado.

Honoria lacrou ela mesma a carta, desceu e a entregou a um criado para que levasse a Marcus. A Sra. Royle estava ocupada com os preparativos e, assim, prestou pouca atenção em Honoria até a resposta de Marcus chegar, algumas horas mais tarde. Dessa vez, a carta era endereçada à dona da casa.

– O que diz? – perguntou Cecily, ofegante, correndo para o lado da mãe, que abria a carta.

Iris também foi até lá e olhou por cima do ombro da amiga. Honoria ficou para trás e aguardou. Sabia o que a carta diria.

A Sra. Royle rompeu o lacre e desdobrou o papel, os olhos se movendo rapidamente enquanto lia o que estava escrito.

– Ele diz que lamenta não poder comparecer – respondeu em uma voz desanimada.

Cecily e Sarah deixaram escapar lamentos desesperados. A Sra. Royle levantou os olhos para Honoria, que esperou estar fazendo um bom trabalho ao se fingir chocada.

– Eu realmente o convidei. Acho que ele não é do tipo que aprecia esses eventos. Não é uma pessoa das mais sociáveis.

– Ora, isso é bem verdade – resmungou a Sra. Royle. – Não consigo me lembrar de mais de três bailes na última temporada social em que o vi dançando. E com tantas jovens damas sem par. Foi bastante rude.

– Mas ele é um bom dançarino – comentou Cecily.

Todos os olhos se voltaram para a jovem.

– É mesmo – insistiu, parecendo um pouco surpresa por sua declaração ter chamado tanta atenção. – Ele dançou comigo no baile dos Mottrams. – Ela se virou para as outras moças, como se estivesse se justificando. – Somos vizinhos, afinal. Foi apenas por educação.

Honoria assentiu. Marcus era um bom dançarino. Melhor do que ela, com certeza. Honoria nunca conseguira compreender as complexidades do ritmo. Sarah já tentara inúmeras vezes lhe explicar a diferença entre uma valsa e um compasso comum, mas ela nunca conseguira aprender.

– Devemos insistir – disse a Sra. Royle em voz alta, levando uma das mãos ao peito. – Dois dos quatro jovens cavalheiros já aceitaram e estou certa de que receberemos notícias dos outros pela manhã.

Mais tarde, quando Honoria subia para se deitar, a Sra. Royle a puxou de lado e perguntou baixinho:

– Acha que há alguma chance de lorde Chatteris mudar de ideia?

Honoria engoliu em seco.

– Temo que não, madame.

A Sra. Royle balançou a cabeça e estalou a língua.

– É uma pena. Ele realmente teria sido meu trunfo. Bem, boa noite, querida. Bons sonhos.

A mais de 30 quilômetros, sentado sozinho em seu escritório com uma xícara de sidra quente nas mãos, Marcus meditava sobre a recente carta de Honoria. Ele caíra na gargalhada ao lê-la, o que imaginava ter sido a intenção dela. Talvez não a intenção prioritária – que certamente era impedi-lo de comparecer ao evento da Sra. Royle –, mas com certeza Honoria se dera conta de que suas palavras o fariam rir.

Ele baixou os olhos para o papel e sorriu ao reler o que estava escrito. Só mesmo Honoria escreveria um bilhete daqueles, implorando para que ele declinasse do convite que ela havia feito duas frases antes.

Fora bom revê-la. Já fazia muito tempo. Ele não contava as várias vezes em que os caminhos dos dois tinham se cruzado em Londres. Aquelas ocasiões jamais poderiam se assemelhar aos momentos despreocupados que passara com a família dela em Whipple Hill. Em Londres, ou Marcus driblava mães ambiciosas, certas de que suas filhas haviam nascido para ser a próxima lady Chatteris, ou tentava ficar de olho em Honoria. Ou ambos.

Era impressionante que ninguém achasse que ele estava interessado em Honoria, pois passava bastante tempo se metendo discretamente na vida dela. Havia espantado quatro pretendentes no ano anterior: dois eram caçadores de fortuna, outro tinha um traço de crueldade e o último era um idiota pomposo e velho demais. Sem dúvida Honoria teria recusado o último, mas o cruel disfarçava bem e os caçadores de fortunas eram conhecidos como encantadores – o que ele supunha ser um pré-requisito para a função.

Honoria provavelmente estava interessada em um dos cavalheiros que compareceriam ao evento e não queria Marcus lá para arruinar seus planos. Ele também não desejava comparecer, assim os dois estavam de acordo.

Mas ele precisava saber em quem Honoria estaria interessada. Se fosse alguém que ele não conhecia, precisaria fazer algumas indagações. Não seria difícil obter a lista de convidados; os criados sempre sabiam quem estava a cargo desse tipo de tarefa.

E, se o tempo estivesse bom, talvez ele saísse para cavalgar. Ou para dar uma caminhada. Havia uma trilha do bosque que passava pelos limites entre as propriedades de Fensmore e Bricstan. Não conseguia se lembrar da última vez que andara por ali – uma irresponsabilidade da sua parte, já que um dono de terras devia conhecer a propriedade nos mínimos detalhes.

Daria uma caminhada, então. Se por acaso esbarrasse com Honoria e seus amigos, conversaria com eles por tempo o bastante para conseguir a informação de que precisava. Poderia evitar participar do evento, mas ainda assim descobrir em quem Honoria estava interessada.

Marcus terminou sua sidra e sorriu. Não conseguia imaginar uma solução mais agradável.

CAPÍTULO 3

No domingo à tarde, Honoria estava convencida de que fizera a escolha certa. Gregory Bridgerton seria o marido ideal. Alguns dias antes, haviam se sentado um ao lado do outro no jantar, na casa dos Royles na cidade, e ele fora absolutamente encantador. Era verdade que não demonstrara qualquer interesse especial por ela, mas também não se mostrara interessado em mais ninguém. Era gentil, cortês e tinha um senso de humor que combinava com o dela.

Honoria achava que, se fizesse o esforço necessário, tinha mais do que uma chance passageira de fisgar a atenção dele. Gregory Bridgerton era um dos filhos mais novos, não, era o caçula, logo as damas que desejavam um título não o considerariam interessante. E ele devia precisar de dinheiro. Sua família era razoavelmente abastada, e era bem provável que lhe garantisse uma renda, porém filhos mais novos sempre necessitavam de dotes.

E isso Honoria tinha. Nada descomunal, mas Daniel lhe revelara a soma antes de deixar o país – e era mais do que respeitável. Ela não entraria em um casamento de mãos vazias.

Só faltava fazer o Sr. Bridgerton perceber que os dois combinavam à perfeição. E Honoria tinha um plano.

Ocorrera a ela naquela manhã, quando estava na igreja. (As damas iam; os cavalheiros de algum modo conseguiam se safar.) Não era um plano muito complicado: só precisaria de um dia ensolarado, de um senso de direção razoável e de uma pá.

A primeira parte já era uma realidade. Quando Honoria entrou na pequena igreja da paróquia, o sol brilhava com intensidade, e provavelmente fora esse tempo que lhe dera a ideia. E o melhor: ainda estava brilhando quando ela saiu da missa – dados os caprichos do clima inglês, não era algo com que sempre se pudesse contar.

O segundo item seria mais complicado, mas os dois já haviam passeado pelo bosque antes e Honoria tinha quase certeza de que conseguiria encontrar o caminho de novo. Talvez não fosse capaz de diferenciar o norte do sul, mas conseguia seguir uma trilha bem marcada.

Teria que resolver a questão da pá só mais tarde.

Quando as damas voltaram a Bricstan, depois da igreja, foram informadas de que os cavalheiros haviam saído para caçar e que voltariam para um almoço tardio.

– Eles estarão famintos – anunciou a Sra. Royle. – Devemos ajustar nossos preparativos de acordo.

Aparentemente, Honoria foi a única que não percebeu que, ao dizer aquilo, a matriarca estava requisitando uma assistente. Cecily e Sarah se apressaram em ir para o andar de cima escolher os vestidos que usariam à tarde, e Iris reclamou de alguma besteira sobre uma dor de estômago e fugiu. Honoria logo foi arrastada para fazer parte do comitê de duas pessoas da Sra. Royle.

– Eu havia planejado servir tortinhas de carne – começou a mulher mais velha. – É muito fácil servi-las ao ar livre, mas acredito que vamos precisar de outro prato de carne. Acha que eles gostarão de rosbife frio?

– É claro – respondeu Honoria, seguindo a anfitriã até a cozinha. Todos gostavam, não?

– Com mostarda?

Honoria abriu a boca para replicar, mas a Sra. Royle não esperava uma resposta, porque continuou a falar:

– Devemos servir três tipos de carne. E uma conserva.

Honoria demorou-se um instante e, então, quando ficou claro que dessa vez a Sra. Royle *esperava* que ela comentasse, disse:

– Tenho certeza de que será uma delícia.

Não era o exemplo mais vibrante de seus talentos para a conversa, mas, dado o assunto em questão, era o melhor que Honoria poderia fazer.

– Ah! – A Sra. Royle parou e se virou tão de repente que Honoria quase trombou com ela. – Esqueci de avisar Cecily!

– De avisar o quê? – perguntou Honoria, mas a Sra. Royle já estava a seis passos de distância, atravessando o corredor, chamando uma camareira.

Quando voltou, ela explicou:

– É muito importante que ela use azul esta tarde. Ouvi dizer que é a cor favorita de dois dos nossos convidados.

Como ela descobrira isso, Honoria não tinha a menor ideia.

– E combina com os olhos dela – acrescentou a Sra. Royle.

– Cecily tem olhos adoráveis – concordou Honoria.

A Sra. Royle a encarou com uma expressão estranha.

– Você também deveria considerar a possibilidade de usar azul com mais frequência. Fará seus olhos parecerem menos incomuns.

– Gosto dos meus olhos – replicou Honoria com um sorriso.

– Tem uma cor muito particular.

– É um traço de família. Os do meu irmão são assim também.

– Ah, sim, seu irmão... – A Sra. Royle suspirou. – Que pena.

Honoria assentiu. Três anos antes, ela teria ficado ofendida com o comentário, mas era menos impetuosa agora, mais pragmática. Além disso, não deixava de ser verdade: *era* uma pena.

– Esperamos que ele possa retornar algum dia.

A Sra. Royle bufou.

– Só depois que Ramsgate morrer. Eu conheço o marquês desde que ele mal sabia andar e sempre foi teimoso como o diabo.

Honoria ficou surpresa. Não esperava que a Sra. Royle usasse um linguajar tão informal.

– Bem – disse a Sra. Royle com um suspiro –, não há nada que possamos fazer a respeito, por mais que lamentemos. Agora, então, a cozinheira fará tortas individuais para a sobremesa, de morangos e creme de baunilha.

– É uma ideia maravilhosa – comentou Honoria, que àquela altura já percebera que o trabalho dela era concordar com a anfitriã sempre que possível.

– Talvez ela também devesse assar biscoitos – cogitou a Sra. Royle, franzindo a testa. – A cozinheira é bem talentosa, e os cavalheiros estarão muito famintos. Caçar é uma atividade extenuante.

Havia bastante tempo, Honoria achava que o esporte da caça era muito mais extenuante para os pássaros do que para os humanos, mas guardou a opinião para si. No entanto, não pôde evitar indagar:

– Não é interessante que eles tenham ido caçar esta manhã, em vez de ir à igreja?

– Não cabe a mim dizer a jovens cavalheiros como devem conduzir suas vidas – retrucou a Sra. Royle com recato. – Exceto se forem meus filhos. Nesse caso, devem se comportar como eu determinar.

Honoria tentou detectar alguma ironia na declaração, mas não conseguiu, por isso apenas assentiu. Tinha a sensação de que o futuro marido de Cecily seria incluído no grupo do "como eu determinar".

Ela torcia para que o pobre homem – não importava quem viesse a ser – soubesse no que estava se metendo. Daniel uma vez dissera a Honoria que o melhor conselho que já recebera na vida a respeito de casamento viera (sem que ele solicitasse, é claro) de lady Danbury, uma velha matrona aterrorizante que parecia gostar de oferecer conselhos a qualquer um que estivesse disposto a ouvir.

E para alguns poucos que não estivessem dispostos também.

Ao que parecia, Daniel decorara as palavras dela. Segundo a senhora, um homem devia compreender que, quando se casava, estava se unindo à sogra tanto quanto à noiva.

Bem, *quase* tanto. Daniel rira com malícia ao dar seu adendo. Honoria apenas o encarara sem entender, o que o fizera rir ainda mais.

Ele era mesmo um cretino às vezes. Ainda assim, Honoria sentia saudades do irmão.

Na verdade, a Sra. Royle não era má pessoa. Tratava-se apenas de uma mulher determinada e Honoria sabia por experiência própria que mães determinadas podiam ser muito aterrorizantes. A própria mãe de Honoria já fora assim. As irmãs dela contavam histórias de seus tempos como jovens damas solteiras, quando a mãe fora a mais ambiciosa que a aristocracia inglesa já vira. Margaret, Henrietta, Lydia e Charlotte Smythe--Smith haviam se vestido com as melhores roupas, eram sempre vistas nos lugares certos, nas horas certas, e todas tinham feito bons casamentos. Não brilhantes, mas bons. E alcançaram o objetivo em duas temporadas sociais, ou menos.

Honoria, por outro lado, via a terceira temporada surgir à sua frente, e o interesse da mãe em vê-la bem estabelecida era morno, no máximo. Não que ela *não* quisesse que a filha se casasse. A verdade era que simplesmente parecia não se importar muito.

A mãe não se importava muito com nada desde que Daniel deixara o país.

Assim, se a Sra. Royle estava disposta a servir mais doces e a forçar a filha a trocar de vestido baseada em algo que pudesse ter ouvido sobre a cor favorita de alguém, fazia isso por amor, e Honoria jamais a culparia.

– Você é um anjo por estar me ajudando com os preparativos – disse a Sra. Royle, dando um tapinha carinhoso no braço de Honoria. – Qualquer

51

tarefa fica mais fácil com um par de mãos extras, era o que a minha mãe sempre falava.

Honoria achava que apenas estava fornecendo um par extra de ouvidos, mas murmurou um agradecimento e seguiu a Sra. Royle até o jardim, onde a anfitriã desejava supervisionar os preparativos do piquenique.

– Parece que o Sr. Bridgerton está bastante inclinado pela minha Cecily – comentou a Sra. Royle, saindo para o dia já não tão ensolarado. – Não acha?

– Não percebi – respondeu Honoria. Ela *não* percebera, mas... Maldição, *seria verdade?*

– Ah, sim – continuou a Sra. Royle com toda a determinação –, no jantar da noite passada. Ele estava sorrindo largamente.

Honoria pigarreou.

– Ele é o tipo de cavalheiro que sorri bastante.

– Sim, mas sorrindo de uma forma *diferente*.

– Imagino que sim.

Honoria ergueu os olhos para o céu. As nuvens se acumulavam. Mas não parecia que iria chover.

– Sim, eu sei – disse a Sra. Royle, seguindo o olhar de Honoria e interpretando-o de forma errada. – Não está uma manhã tão ensolarada. Espero que o clima permaneça bom para o piquenique.

E por pelo menos duas horas depois dele, esperava Honoria. Tinha planos. Planos que – ela olhou ao redor, afinal estavam no jardim – exigiam uma pá.

– Será uma tragédia se tivermos que ficar dentro de casa – continuou a Sra. Royle. – Nesse caso, dificilmente poderia ser chamado de piquenique.

Honoria aquiesceu, distraída, ainda analisando as nuvens. Havia uma que era um pouco mais cinzenta do que as outras, mas ela estaria se aproximando ou se afastando?

– Bem, suponho que não há nada que eu possa fazer a não ser esperar para ver – concluiu a anfitriã. – E não será um grande problema. Um cavalheiro pode se apaixonar por uma dama dentro ou fora de casa. Se o Sr. Bridgerton estiver de olho em Cecily, pelo menos ela será capaz de impressioná-lo ao piano.

– Sarah também tem muito talento – comentou Honoria.

A Sra. Royle se deu ao trabalho de parar e se virar.

– É mesmo?

Honoria não ficou surpresa com o espanto da mulher. Sabia que a Sra. Royle havia comparecido ao recital da família no ano anterior.

– De qualquer modo, provavelmente não precisaremos transferir a refeição para dentro de casa – continuou a matriarca antes que Honoria pudesse tecer qualquer comentário. – O céu não parece tão ameaçador. Humpf. Devo admitir que venho esperando que o Sr. Bridgerton mostre interesse em Cecily... Ah, espero que aquela camareira a encontre a tempo de avisá-la para usar o vestido azul; Cecily ficará aborrecida se precisar trocar de roupa... Mas é claro que lorde Chatteris seria ainda mais empolgante.

Alarmada, Honoria se virou para encarar a mulher.

– Mas ele não virá.

– Não, é claro que não, mas lorde Chatteris é nosso vizinho. E, como Cecily comentou outro dia, isso significa que ele dançará com ela em Londres e é preciso aproveitar as oportunidades quando elas aparecem...

– Sim, é claro, mas...

– Ele não concede sua atenção a muitas damas – interrompeu a Sra. Royle com orgulho. – A você, suponho, graças ao longo tempo que se conhecem, e talvez a mais uma ou duas outras. Isso tornará mais fácil para Cecily capturar a atenção dele. Por aqui, lady Honoria – falou ela, gesticulando na direção de uma fileira de arranjos de flores em uma mesa próxima. – Além do mais, nossa propriedade é quase um pedaço das terras dele. Com certeza lorde Chatteris irá querê-la.

Honoria pigarreou, sem saber como responder.

– Não que possamos dar tudo a ele – continuou a Sra. Royle. – Nada disso é transmitido por herança, mas eu poderia, quem sabe, influenciar Georgie a respeito.

– Georgie?

– Meu filho mais velho. – Ela se virou para Honoria com uma expressão avaliadora, então acenou com a mão, descartando a ideia. – Não, você é velha demais para ele. Uma pena.

Honoria decidiu que não teria como responder adequadamente àquele comentário.

– Mas poderíamos acrescentar alguns poucos acres ao dote de Cecily – prosseguiu a Sra. Royle. – Valeria a pena, para ter uma condessa na família.

– Não sei se o conde já está procurando uma esposa – arriscou Honoria.

– Bobagem. Todo homem solteiro está procurando uma esposa. Só que eles nem sempre sabem disso.

Honoria conseguiu dar um sorrisinho.

– Devo me certificar de me lembrar disso.

A Sra. Royle se virou de novo e encarou Honoria com mais atenção.

– Deve mesmo – disse por fim, aparentemente tendo decidido que Honoria não estava zombando dela. – Ah, aqui estamos. O que você acha desses arranjos de flores? A quantidade de açafrão está exagerada?

– Acho que estão lindos – afirmou Honoria, admirando os de lavanda em particular. – Além do mais, ainda estamos no início da primavera. Apenas os açafrões estão desabrochando.

A Sra. Royle deixou escapar um suspiro pesado.

– Acho que sim. Mas eu os considero tão comuns…

Honoria sorriu, sonhadora, e correu os dedos pelas pétalas. Algo nos açafrões fez com que sentisse uma alegria absurda.

– Prefiro pensar neles como pastoris.

A Sra. Royle inclinou a cabeça para o lado, considerando o comentário de Honoria. Deve ter decidido que não merecia resposta, porque apenas se empertigou e disse:

– Acho que vou, *sim*, pedir à cozinheira para preparar biscoitos.

– Teria problema se eu permanecesse aqui? – perguntou Honoria depressa. – Gosto muito de cuidar de arranjos.

A Sra. Royle olhou para as flores, que já estavam perfeitamente arrumadas, e voltou a encarar Honoria.

– Só para dar um último toque – explicou a jovem.

– Se é o que deseja. Mas não se esqueça de se trocar antes que os cavalheiros retornem. E não use nada azul. Quero que Cecily se destaque.

– Acho que nem trouxe um vestido azul – respondeu Honoria, diplomática.

– Ora, isso tornará tudo mais fácil – disse a Sra. Royle bruscamente. – Divirta-se… ahn… dando seu toque.

Honoria sorriu e esperou até que a anfitriã desaparecesse nos fundos da casa. Então, aguardou um pouco mais, porque várias criadas passavam por ali, lidando com garfos, facas e coisas do tipo. Honoria mexeu nas flores, olhando de um lado para outro até ver um lampejo prateado perto de uma roseira. Certificou-se de que as criadas estavam ocupadas e atravessou o gramado para investigar.

Era uma pá pequena, que aparentemente havia sido esquecida pelos jardineiros.

– Obrigada – disse a si mesma.

Não era uma pá grande, mas serviria. Além disso, Honoria ainda não descobrira como seria possível usar as palavras "pá grande" e "discreta" na mesma frase.

Mesmo aquela pequena pá ainda exigiria certa dose de planejamento da parte dela. Nenhum de seus vestidos tinha bolsos e, mesmo se tivessem, ela não imaginava que conseguiria disfarçar ali um pedaço de metal do tamanho de seu braço. Mas poderia escondê-la em algum lugar e pegá-la mais tarde, no momento certo.

Era exatamente o que faria.

CAPÍTULO 4

O que ela estava fazendo?

Marcus tentara se manter escondido, mas, quando deparara com Honoria cavando, não conseguiu se conter. Teve que recuar e observar.

Ela estava trabalhando com uma pá e, fosse qual fosse o tipo de buraco que cavava, não poderia ser muito grande, porque após um minuto Honoria se levantou, examinou o resultado primeiro com os olhos, depois com os pés. Olhou ao redor até encontrar um monte de folhas secas sob as quais poderia camuflar a pá, e foi nesse momento que Marcus se escondeu melhor atrás de uma árvore.

Àquela altura, ele quase anunciou sua presença. Mas então Honoria retornou ao buraco, encarou-o com a testa franzida e voltou ao monte de folhas para pegar novamente a pá.

Agachou-se e fez alguns ajustes ao próprio trabalho. Mas o corpo de Honoria bloqueava a visão de Marcus, por isso só depois que ela voltou até as folhas para se livrar do que agora era a prova do crime, ele percebeu que a jovem empilhara terra solta em um anel ao redor do buraco que cavara.

Ela cavara um buraco de toupeira.

Marcus se perguntou se Honoria sabia que a maior parte dos buracos de toupeira não existia isoladamente. Se havia um, costumava haver outro bem visível por perto. Mas talvez aquilo não importasse. A intenção dela – a julgar pelo número de vezes que testara o buraco com o pé – era fingir uma queda. Ou talvez fazer com que outra pessoa caísse. De qualquer modo, era pouco provável que alguém fosse procurar por outro buraco de toupeira após torcer o tornozelo.

Ele a observou por vários minutos. Alguém poderia considerar aquela uma atividade bastante tola – observar uma dama que nada fazia além de ficar parada acima de um falso buraco de toupeira –, mas Marcus achava tudo divertido. Talvez porque Honoria estivesse se esforçando tanto para não se sentir entediada. Primeiro, pareceu recitar algo baixinho, sem conseguir se lembrar do final, pois se deteve um instante de nariz franzido. Então fez uma dancinha. Depois, valsou, os braços esticados para um parceiro invisível.

Ela era surpreendentemente graciosa, ali, no bosque. Valsou muito melhor sem música do que nos bailes. No vestido verde-pálido que usava, parecia-se um pouco com um espírito da floresta. Marcus quase podia vê-la em um vestido feito de folhas, saltitando pelo bosque.

Honoria sempre fora uma moça do campo. Costumava correr solta por Whipple Hill, subindo em árvores e descendo as colinas rolando. Sempre tentava acompanhar Marcus e Daniel, porém, mesmo quando os dois recusavam sua companhia, ela sempre encontrava um modo de se entreter, normalmente ao ar livre. Marcus se lembrava da vez que Honoria dera cinquenta voltas ao redor da casa em uma tarde, só para ver se era possível.

Era uma casa bem grande. Ela ficara dolorida durante todo o dia seguinte. Até Daniel acreditou em seus lamentos.

Marcus se lembrou da própria casa, Fensmore. Era monstruosamente grande. Ninguém em sã consciência a rodearia dez vezes em um dia, muito menos cinquenta. Ele pensou por um momento… Honoria já o visitara? Marcus não conseguia imaginar em que ocasião ela poderia ter ido… Com certeza nunca convidara ninguém para lá quando era criança. O pai nunca fora conhecido por sua hospitalidade e a última coisa que Marcus teria desejado seria convidar seus amigos para o silencioso mausoléu da infância.

No entanto, após dez minutos, Honoria ficou entediada, assim como Marcus, porque ela agora estava sentada ao pé da árvore, sem fazer nada, os cotovelos apoiados nos joelhos, o queixo apoiado nas mãos.

Entretanto, ele logo ouviu alguém se aproximando. Honoria também, porque se colocou de pé em um pulo, correu para o buraco de toupeira e enfiou o pé nele. Então, em um movimento desajeitado, abaixou-se no chão e se ajeitou na posição mais graciosa possível para alguém com o pé preso.

Honoria esperou um instante, claramente alerta. Quando quem quer que estivesse no bosque se aproximou o bastante, deixou escapar um gritinho bastante convincente.

Todas aquelas pantomimas familiares tinham lhe servido para alguma coisa. Se Marcus não a houvesse visto planejando a própria queda, teria se convencido de que Honoria se machucara.

Ele esperou para ver quem apareceria.

E esperou.

E esperou.

Honoria também, mas aparentemente aguardou demais antes de soltar o segundo grito de "dor". Porque ninguém apareceu para resgatá-la.

Ela deixou escapar um último grito, ainda que sem muito empenho.

– Maldição! – exclamou, puxando o pé do buraco.

Marcus começou a rir. Honoria arquejou.

– Quem está aí?

Maldição, ele não tivera a intenção de rir tão alto. Marcus se adiantou. Não queria assustá-la.

– Marcus?

Ele levantou a mão em uma saudação. Marcus teria dito alguma coisa, mas Honoria ainda estava no chão e seu sapatinho se encontrava coberto de terra. E a expressão dela... Ah, ele nunca vira nada tão divertido. Era ao mesmo tempo indignada e envergonhada. Honoria parecia não conseguir decidir qual emoção a dominava.

– Pare de rir!

– Desculpe – falou ele, sem arrependimento algum.

Ela ergueu as sobrancelhas em uma expressão feroz e terrivelmente engraçada.

– O que está fazendo aqui?

– Eu moro aqui.

Marcus se adiantou e lhe ofereceu a mão; parecia a atitude mais cavalheiresca a tomar.

Honoria estreitou os olhos. Ficou claro que não acreditava nele nem por um instante.

– Ora, moro perto – emendou. – Esta trilha cruza os limites da propriedade.

Ela aceitou a mão de Marcus e permitiu que ele a ajudasse. Então, quando já estava de pé, limpou a terra da saia. Mas o solo estava úmido e alguns pedaços se colaram ao tecido, provocando grunhidos e sussurros de Honoria. Por fim, ela desistiu, levantou os olhos e perguntou:

– Há quanto tempo está aqui?

Ele sorriu.

– Há mais tempo do que você desejaria.

Honoria deixou escapar um gemido exausto e falou:

– Não imagino que vá guardar segredo.

– Não direi uma palavra – prometeu ele. – Mas quem exatamente você estava tentando atrair?

Ela deixou escapar um som zombeteiro.

– Ah, por favor. Você é a última pessoa a quem eu contaria.

Ele ergueu uma sobrancelha.

– É mesmo? A última?

Honoria o encarou com impaciência.

– Depois da rainha, do primeiro-ministro... – começou ele.

– Pare – interrompeu-o ela, contendo um sorriso. Então, voltou a parecer desanimada. – Incomoda-se se eu me sentar?

– De forma alguma.

– Meu vestido já está imundo mesmo – disse Honoria, encontrando um lugar para se acomodar na base da árvore. – Mais alguns minutos na terra não farão diferença. – Ela se sentou e lhe lançou um olhar irônico. – Este é o momento em que você deve me dizer que pareço fresca como uma margarida.

– Acho que depende da margarida...

Honoria o encarou com uma expressão da mais pura incredulidade, tão conhecida de Marcus que era quase cômica. Havia quantos anos ela revirava os olhos para ele? Catorze? Quinze? Não ocorrera a Marcus até aquele momento, mas Honoria era a única mulher conhecida que falava francamente com ele, inclusive com algumas saudáveis doses de sarcasmo.

Era por isso que detestava ir a Londres, para a temporada social. As mulheres sorriam com afetação, enfeitavam-se e lhe diziam o que achavam que ele desejava ouvir.

Os homens também.

A ironia era que tanto homens quanto mulheres quase sempre estavam errados. Marcus não queria estar cercado por bajuladores. Odiava que cada palavra sua fosse venerada. Não queria que o colete absolutamente comum que usava, idêntico ao dos outros homens, fosse elogiado pelo suposto corte e caimento impressionantes.

Depois da partida de Daniel, não sobrara ninguém que de fato o conhecesse. Ninguém da família, a não ser que se quisesse voltar quatro gerações para encontrar um ancestral em comum. Marcus era filho único de um filho único. Os Holroyds não eram conhecidos por seu talento procriador.

Ele se apoiou numa árvore próxima e observou Honoria, que parecia exausta e infeliz, sentada no chão.

– Este fim de semana festivo não está sendo o sucesso que você previu, então?

Ela ergueu os olhos, parecendo não entender.

– Você fez o evento parecer tão atraente em sua carta... – lembrou ele.

– Ora, eu sabia que *você* odiaria.

– Talvez eu achasse divertido – comentou ele, embora ambos soubessem que isso não era verdade.

Honoria lhe dirigiu mais um daqueles olhares.

– Teriam sido quatro jovens damas solteiras, quatro jovens cavalheiros universitários, a Sra. Royle e o marido, e você. – Enquanto esperava que ele absorvesse a situação, Honoria acrescentou: – E provavelmente um cão.

Ele abriu um sorriso sarcástico.

– Gosto de cães.

Honoria riu. Ela pegou um galho que estava perto do quadril e começou a desenhar círculos na terra. Parecia muito desolada, com mechas de cabelo se soltando do penteado. Os olhos também transmitiam cansaço e... mais alguma coisa. Algo de que Marcus não gostou.

Dava a impressão de se sentir derrotada.

Aquilo era errado. Honoria Smythe-Smith jamais deveria se sentir derrotada.

– Honoria... – começou Marcus.

Ela lhe lançou um olhar irritado.

– Tenho 21 anos, Marcus.

Ele ficou em silêncio, tentando calcular.

– Não é possível.

Ela comprimiu os lábios, contrariada.

– Posso lhe assegurar que é verdade. Ano passado, achei que poderia me interessar por alguns poucos cavalheiros, mas nenhum deles se adiantou. – Honoria deu de ombros. – Não sei por quê.

Marcus pigarreou e subitamente sentiu necessidade de ajeitar a gravata.

– Acho que foi melhor assim – continuou ela. – Não adorei nenhum deles. E vi um desses homens... bem, eu o vi chutando um cachorro. – Ela franziu a testa. – Portanto, eu nunca poderia considerar... bem, você sabe.

Marcus assentiu.

Honoria se empertigou e sorriu, com uma animação determinada. Talvez determinada demais.

– Mas este ano estou decidida a me sair melhor.

– Tenho certeza de que se sairá – disse ele.

Ela o encarou com desconfiança.

– O que foi?

– Nada. Mas não precisava ser tão condescendente.

De que diabos ela estava falando?

– Não estava sendo condescendente.

– Ah, por favor, Marcus. Você é *sempre* condescendente.

– Explique-se – exigiu ele.

Honoria o encarou como se não acreditasse que ele não percebia por si só.

– Ah, você sabe o que quero dizer.

– Não, eu *não* sei.

Ela bufou e voltou a ficar de pé.

– Você está sempre olhando para as pessoas assim. – Ela exibiu uma expressão que Marcus não conseguiria nem começar a descrever.

– Se algum dia eu tive *essa* expressão – disse ele secamente –, deixarei que atire em mim.

– Isso – falou Honoria, triunfante. – Exatamente isso.

Marcus já se perguntava se os dois estavam falando a mesma língua.

– Exatamente o quê?

– *Isso!* O que você acabou de dizer.

Ele cruzou os braços. Parecia a única reação aceitável. Se Honoria não conseguia se comunicar em frases completas, Marcus não via razão sequer para falar.

– Você passou toda a última temporada me observando com severidade. Toda vez que eu o via, você parecia tão desaprovador...

– Asseguro-lhe que não era essa a minha intenção.

Ao menos não em relação a *ela*. Desaprovava os homens que a cortejavam, mas nunca Honoria.

Ela também cruzou os braços e o encarou com uma expressão irritada. Marcus tinha a clara impressão de que ela tentava decidir se aceitava as palavras dele como um pedido de desculpas. Não importava que ele *não* tivesse a intenção de pedir desculpas.

– Há algo em que eu possa ajudá-la? – perguntou Marcus, escolhendo as palavras e o tom com grande cuidado.

– Não – respondeu Honoria, seca, e acrescentou: – Obrigada.

Ele suspirou fundo; talvez fosse hora de mudar a abordagem.

– Honoria, você não tem pai, seu irmão está em algum lugar da Itália… ou ao menos é o que achamos… e sua mãe quer se recolher a Bath.

– Aonde quer chegar? – perguntou ela, zangada.

– Você é sozinha no mundo – retrucou Marcus, quase tão zangado quanto a moça. Não conseguia se lembrar da última vez que alguém se dirigira a ele naquele tom. – Ou poderia muito bem ser.

– Tenho irmãs – protestou ela.

– Alguma delas se ofereceu para recebê-la?

– É claro que não. Elas sabem que moro com mamãe.

– Que quer se mudar para Bath – lembrou Marcus.

– Não sou sozinha no mundo – rebateu Honoria com ardor, e ele ficou horrorizado ao perceber a voz embargada. Mas se ela chegara perto das lágrimas, logo as controlou, porque prosseguiu com raiva e indignação: – Tenho um monte de primos. Um monte. E quatro irmãs que me acolheriam em suas casas em um piscar de olhos se achassem necessário.

– Honoria…

– E tenho um irmão também, mesmo que não saibamos onde ele está. Não preciso…

Ela se interrompeu, e pareceu surpresa com as palavras que estava prestes a enunciar. Mas continuou:

– Não preciso de você.

Seguiu-se um terrível silêncio. Marcus poderia pensar em todas as vezes em que se sentara à mesa de jantar com ela. Ou nas pantomimas de família em que sempre fazia o papel de uma árvore. Haviam sido apresentações horrorosas, mas ele amara cada momento, cada galho, cada folha. Nunca desejara os papéis principais – ficava muito satisfeito por não precisar pronunciar uma única palavra –, mas adorava fazer parte daquilo. Adorara estar lá. Com eles. Como uma família.

Contudo, ele não pensou em nada disso. Estava quase certo de que não pensava em nada daquilo enquanto encarava a menina que dizia não precisar dele.

E talvez não precisasse mesmo.

E talvez ela também já não fosse mais uma menina.

Maldição.

Marcus soltou a respiração que vinha prendendo e lembrou a si mesmo que não importava o que Honoria achava. Daniel lhe pedira para olhar pela irmã e era isso que Marcus faria.

– Você precisa… – Ele suspirou, tentando pensar em um modo de falar que não a deixasse furiosa. Não havia nenhum, concluiu, por isso continuou: – Você precisa de ajuda.

Honoria recuou.

– Está se oferecendo para ser meu guardião?

– Não – retrucou Marcus com veemência. – Não. Acredite em mim, essa é a última coisa que eu iria querer.

Ela cruzou os braços.

– Porque sou uma provação.

– *Não!* – Santo Deus, como aquela conversa se arruinara tão rapidamente? – Estou só tentando ajudar.

– Não preciso de outro irmão – retrucou ela, ainda irritada.

– Não quero *ser* seu irmão.

Então a viu de novo, ou melhor, a viu de *forma diferente* de novo. Talvez fossem os olhos de Honoria ou a pele dela, muito ruborizada. Ou o modo como ela estava respirando. Ou o formato de seu rosto. Ou o pequeno sinal onde a…

– Há terra em seu rosto – disse Marcus, estendendo o lenço.

Não era verdade, mas ele precisava de uma desculpa para mudar de assunto.

Naquele mesmo instante.

Honoria esfregou o rosto com o lenço e baixou os olhos para o tecido ainda branco como a neve. Franziu a testa e voltou a esfregar o rosto.

– Saiu.

Ela devolveu o lenço e ficou parada, encarando-o com uma expressão mal-humorada e obstinada. Parecia ter 12 anos de novo, ou pelo menos exibia a expressão de uma menina dessa idade, o que estava ótimo para Marcus.

– Honoria – começou ele com cuidado –, como amigo de Daniel…

– Não.

Nada mais. Apenas não.

Ele respirou fundo e usou aquele tempo para escolher as palavras.

– Por que é tão difícil aceitar ajuda?

– Responda-me você.

Marcus a fitou sem compreender.

– *Você* gosta de aceitar ajuda? – esclareceu Honoria.

– Depende de quem está oferecendo.

– Eu. – Ela cruzou os braços, parecendo de algum modo contente com a própria resposta, embora Marcus não tivesse a menor ideia do porquê. – Apenas imagine. Imagine os papéis invertidos.

– Presumindo que fosse um tema sobre o qual você tivesse algum conhecimento, então sim, eu ficaria feliz em aceitar sua ajuda.

Ele cruzou os braços também, bastante satisfeito consigo mesmo. Era uma frase perfeita, pacificadora e agradável, e não significava nada.

Marcus esperou pela resposta dela, mas, depois de alguns momentos, Honoria apenas balançou a cabeça brevemente e avisou:

– Preciso voltar.

– Vão sentir a sua falta?

– Já devem estar sentindo – murmurou ela.

– O tornozelo torcido – lembrou Marcus, e meneou a cabeça com simpatia.

Ela lhe lançou um olhar furioso e saiu pisando firme. Na direção errada.

– Honoria!

Ela se voltou. Marcus tomou todo o cuidado para não sorrir e apontou para a direção correta.

– Bricstan é por ali.

Honoria retesou o maxilar, mas disse apenas:

– Obrigada.

Porém, ela se voltou rápido demais e tropeçou. Deixando escapar um gritinho, tentou recuperar o equilíbrio. Marcus, por sua vez, fez o que qualquer cavalheiro instintivamente faria: adiantou-se, apressado, para ampará-la.

Só que acabou pisando no maldito buraco.

O grito seguinte de surpresa foi de Marcus – um tanto profano, envergonhava-se de admitir. Ele se desequilibrou e os dois caíram, aterrissando na terra úmida com um baque, Honoria de costas e Marcus bem em cima dela.

Ele imediatamente se apoiou nos cotovelos, tentando tirar o máximo de peso de cima dela, e olhou para baixo. Disse a si mesmo que era para ver se Honoria estava bem. Iria lhe perguntar isso assim que recuperasse o fôlego. Mas, quando a encarou, ela também tentava se recompor. Seus lábios estavam entreabertos, os olhos com uma expressão atordoada. E Marcus fez o que qualquer cavalheiro instintivamente faria: baixou a cabeça para beijá-la.

CAPÍTULO 5

Em um momento, Honoria estava aprumada – ah, tudo bem, não estava tão aprumada assim. Quis tão desesperadamente se afastar de Marcus que se virara rápido demais, escorregara na terra úmida e perdera o equilíbrio.

Porém, *teria* se aprumado em instantes se Marcus não houvesse praticamente voado em cima dela.

Isso já teria sido desorientador o bastante, mas o ombro dele bateu direto na sua barriga. Honoria perdeu o ar e os dois desabaram, Marcus aterrissando bem em cima dela.

Foi nesse momento que Honoria parou de pensar por completo.

Ela nunca sentira um corpo masculino contra o dela – santo Deus, quando isso poderia ter acontecido, afinal? Era verdade que valsara, muitas vezes mais próxima do parceiro do que mandava o decoro, porém não fora nada semelhante ao que acontecia naquele momento. O peso dele, o calor... A sensação era primitiva, e até mesmo estranha, e havia algo quase prazeroso nela.

Honoria moveu os lábios para falar, mas enquanto permanecia prostrada, encarando-o, não conseguiu encontrar palavras. Marcus parecia diferente aos seus olhos. Conhecia aquele homem desde que se entendia por gente – como era possível que nunca houvesse percebido direito o formato da boca dele? Ou dos olhos? Sempre soubera que eram castanhos, mas agora notava a intensidade da cor, com toques de âmbar perto da borda da íris. E essa cor parecia mudar conforme ele chegava mais perto...

Mais perto?

Ah, meu Deus, ele iria *beijá-la*? Marcus?

Honoria prendeu a respiração. E entreabriu os lábios. Algo dentro dela ficou tenso de expectativa, tudo em que conseguia pensar era...

Nada. Ou ao menos isso devia ser o que ela estava pensando, porque Marcus com certeza não planejava beijá-la. Ele disparou uma série de impropérios, alguns dos quais Honoria não ouvia desde que Daniel deixara o país. Então ele se levantou, desvencilhando-se dela, deu um passo atrás e...

– Que inferno!

Houve uma agitação frenética, seguida por um grunhido e outra série de blasfêmias. Honoria foi sensata o bastante para não se sentir ofendida. Ela deixou escapar um arquejo horrorizado e se apoiou nos cotovelos. Marcus estava de volta ao chão e, a julgar por sua expressão, dessa vez realmente se machucara.

– Você está bem? – perguntou ela, em frenesi, embora estivesse claro o contrário.

– Foi o buraco – respondeu ele, trincando os dentes. Então, como se fosse necessário esclarecer mais, acrescentou: – De novo.

– Sinto muito – falou Honoria rapidamente, pondo-se de pé. Como a situação exigia um pedido de desculpas mais substancial, enfatizou: – Sinto muito, muito mesmo.

Ele permaneceu em silêncio.

– Você precisa saber que não era a minha intenção...

Honoria não terminou a frase. Ficar tagarelando não iria ajudá-la em nada; além do mais, ele não parecia nem um pouco interessado em ouvir a sua voz.

Ela engoliu em seco, nervosa, dando um minúsculo passo na direção dele. Marcus ainda estava no chão, meio de costas, meio de lado. Havia lama nas botas dele, nos calções... e no casaco.

Honoria se encolheu. Ele não iria gostar nada daquilo. Marcus nunca fora muito vaidoso, mas aquele era um casaco bem bonito.

– Marcus? – chamou ela, hesitante.

Ele fez uma carranca. Não a estava encarando, mas foi o bastante para confirmar a decisão de Honoria de não comentar sobre as folhas secas nos cabelos dele.

Marcus rolou até ficar de costas e fechou os olhos.

Ela entreabriu os lábios, prestes a falar, mas preferiu esperar. Ele respirou uma vez, então outra, e uma terceira. Quando abriu os olhos, a expressão dele mudara. Estava mais calmo.

Graças a Deus.

Honoria se inclinou um pouco para a frente. Ainda achava mais prudente se aproximar dele com cuidado, mas achou que Marcus houvesse se acalmado o bastante para que se aventurasse a perguntar:

– Posso ajudá-lo?

– Em um instante – grunhiu ele.

Marcus ergueu o corpo, ficando praticamente sentado. Segurou a perna na altura da panturrilha e a retirou do buraco de toupeira, que, percebeu Honoria, estava bem maior agora que o amigo pisara nele duas vezes.

Ela o observou girar o tornozelo com cautela. Marcus flexionou o pé para a frente e para trás, então de um lado para outro. Foi esse último movimento que pareceu lhe causar mais dor.

– Você acha que está quebrado? – perguntou Honoria.

– Não.

– Torcido?

Ele grunhiu assentindo.

– Você...

Marcus relanceou um olhar tão furioso na direção dela que Honoria se calou imediatamente. Depois de quinze segundos vendo-o se encolher de dor, ela não conseguiu se conter.

– Marcus?

Marcus continuou sem encará-la. No entanto, parou de se mover.

– Acha que deveria descalçar a bota?

Ele não respondeu.

– No caso de o tornozelo estar inchado.

– Eu *sei*... – Marcus se interrompeu, soltou o ar e continuou em um tom de voz mais controlado –... por que deveria descalçar a bota. Estava apenas pensando.

Honoria aquiesceu, embora ele ainda permanecesse de costas para ela.

– É claro, só me avise, ahn...

Ele parou de se mover de novo.

Honoria recuou.

– Não importa.

Marcus estendeu a mão para tocar o tornozelo machucado através da bota, aparentemente para testar o inchaço. Honoria deu a volta para poder ver o rosto dele. Tentou calcular a extensão da dor por sua expressão, mas era difícil. Marcus parecia tão furioso que não era possível detectar muito além disso.

Homens eram ridículos. Honoria tinha consciência de que Marcus torcera o tornozelo por culpa dela e compreendia que ele ficaria ao menos um pouquinho irritado, mas ainda assim era óbvio que o amigo precisaria de ajuda. Ele não parecia capaz de se erguer sozinho, quanto mais andar todo o caminho de volta até Fensmore. Se Marcus pensasse com sensatez, perceberia isso e permitiria que ela o ajudasse logo. Mas não, ele precisava se enfurecer como um tigre ferido, como se isso o deixasse no domínio da situação.

– Ahn… – Honoria pigarreou. – Só para eu ter certeza de que estou fazendo a coisa certa… Posso ajudá-lo de algum modo ou é melhor eu ficar de boca fechada?

Houve uma pausa longa e aflitiva, até que Marcus falou:

– Poderia, por favor, descalçar a minha bota?

– É claro! – Honoria avançou às pressas. – Aqui, deixe-me, ahn…

Ela já não fazia aquilo havia muito tempo, desde que era uma menininha ajudando o pai. E com certeza nunca o fizera com um homem que estivera em cima dela dois minutos antes.

O rosto dela ardia. De onde viera aquele pensamento, santo Deus? Aquilo tinha sido um *acidente*. E aquele era Marcus. Ela precisava se lembrar disso. Marcus. Era só Marcus.

Honoria sentou-se diante dele e segurou a bota com uma das mãos na parte de trás do tornozelo e a outra na sola.

– Está pronto?

Ele assentiu, sombrio.

Honoria puxou com a mão que segurava o tornozelo e empurrou com a outra, mas Marcus deixou escapar um grito tão alto de dor que ela soltou o pé na mesma hora.

– Você está bem? – Ela quase não reconheceu a própria voz. Parecia apavorada.

– Apenas tente de novo – disse ele, rude.

– Tem certeza? Porque…

– Apenas faça – grunhiu Marcus.

– Muito bem.

Ela voltou a levantar o pé dele, cerrou os dentes e puxou. Com força. Marcus não gritou dessa vez, mas estava fazendo um barulho terrível, do tipo que um animal fazia antes de ser abatido. Finalmente, quando Honoria já não suportava mais, ela soltou a perna.

– Acho que não está funcionando. – Ela o encarou. – E com isso quero dizer que *nunca* vou conseguir tirar.

69

– Tente de novo. Essas botas são sempre difíceis de remover.

– Desse jeito? – perguntou ela, incrédula. E as pessoas diziam que os adereços das damas é que não eram práticos...

– *Honoria.*

– Está certo. – Ela tentou de novo, com os mesmos resultados. – Lamento, mas acho que você precisará cortá-la quando chegar em casa.

Um lampejo de dor atravessou o rosto dele.

– É só uma bota – murmurou Honoria com simpatia.

– Não é isso – falou ele, irritado. – É que dói como o diabo.

– Ah. – Ela pigarreou. – Sinto muito.

Marcus deixou escapar um suspiro longo e trêmulo.

– Você terá que me ajudar a ficar de pé.

Ela assentiu e se levantou.

– Venha, deixe-me pegar sua mão.

Foi o que Honoria fez. Ela o puxou, mas Marcus não conseguiu se equilibrar. Depois de um momento, ele se desvencilhou.

Honoria abaixou os olhos para a própria mão. Parecia vazia. E fria.

– Você terá que me segurar por debaixo dos braços – disse ele.

O pedido talvez a houvesse chocado antes, mas, depois de tentar descalçar a bota dele, não via por que isso seria mais impróprio.

Honoria assentiu de novo, abaixou-se e passou os braços ao redor dele.

– Lá vamos nós.

Ela deixou escapar um grunhido baixo de esforço enquanto tentava colocá-lo de pé. Era estranho e terrivelmente constrangedor abraçá-lo. Irônico, também. Se Marcus não tivesse pisado no buraco e caído em cima dela, aquilo seria o mais perto que Honoria estivera dele.

É claro que, se ele não houvesse pisado *de novo* no buraco, não estariam naquela posição.

Com algumas manobras e um xingamento entrecortado da parte de Marcus, ela enfim conseguiu levantá-lo. Honoria se afastou, pondo uma distância mais decorosa entre os dois, embora pousasse a mão dele sobre o seu ombro para equilibrá-lo.

– Consegue colocar algum peso sobre a perna? – perguntou ela.

– Não sei – respondeu Marcus, e testou. Deu um passo completo, mas seu rosto se contorceu de dor.

– Marcus?

– Vou ficar bem.

Ele parecia péssimo.

– Tem certeza? – perguntou Honoria. – Porque acho…

– Eu disse que estou b… Ai!

Ele tropeçou e agarrou com força o ombro dela para evitar cair.

Honoria esperou pacientemente que Marcus se recompusesse, oferecendo a outra mão para equilibrá-lo melhor. Ele a segurou com força. Naquele momento, ela se deu conta mais uma vez de como a mão de Marcus era bela, grande e quente. E transmitia segurança também, embora Honoria não soubesse direito se isso fazia algum sentido.

– Talvez eu precise de ajuda – confessou Marcus, obviamente contrariado por se ver obrigado a admitir isso.

– É claro. Eu só… ah…

Honoria se aproximou mais, então se afastou um pouco e reajustou a posição.

– Fique parada ao meu lado – orientou Marcus. – Terei que me apoiar em você.

Ela assentiu e deixou-o passar o braço ao redor do seu ombro. Era pesado. E agradável.

– Pronto – disse Honoria, enlaçando-lhe a cintura. – Agora, para que lado fica Fensmore?

– Para lá. – Ele indicou com a cabeça.

Honoria se virou com ele até que estivessem na direção certa.

– Na verdade, acho que a pergunta mais pertinente deveria ser *a que distância* fica Fensmore?

– Cerca de 5 quilômetros.

– *Cinco…* – Ela se controlou e baixou a voz, que saíra muito aguda, para um tom quase normal: – Desculpe, você disse 5 quilômetros?

– Aproximadamente.

Ele tinha ficado louco?

– Marcus, não posso apoiar você por 5 quilômetros. Teremos que ir para a casa dos Royles.

– Ah, não – retrucou ele, mortalmente sério. – Não vou aparecer na porta deles nestas condições.

Honoria concordava com ele. Um conde machucado, solteiro, dependente do apoio dela? A Sra. Royle com certeza veria isso como um presente dos céus. Marcus seria levado a um leito de doente antes que pudesse protestar. E Cecily ficaria como sua enfermeira.

– De qualquer modo, você não vai precisar me ajudar durante todo o caminho – disse ele. – Vou melhorar conforme for caminhando.

Honoria o encarou.

– Isso não faz sentido.

– Apenas me ajude, por favor?

Ele parecia exausto. Talvez exasperado. Provavelmente ambas as coisas.

– Vou tentar – afirmou Honoria, mas só porque sabia que não ia adiantar. Estava dando no máximo cinco minutos até que ele admitisse a derrota.

Eles seguiram andando pesadamente por alguns metros, até que Marcus comentou:

– Um buraco de toupeira seria muito menor.

– Eu sei. Mas precisava conseguir encaixar o meu pé nele.

Ele deu outro passo, então saltou em um pé só no seguinte.

– O que você achava que iria acontecer?

Honoria suspirou. Já passara do ponto de ficar envergonhada. Não havia mais por que fingir que lhe restava qualquer orgulho.

– Não sei – respondeu em um tom cansado. – Pensei que meu príncipe encantado se adiantaria para me salvar. Talvez ele me ajudasse a chegar em casa, exatamente como estou ajudando você.

Marcus a olhou de relance.

– E o príncipe encantado é…

Honoria o encarou como se ele estivesse louco. Com certeza Marcus não acreditava que ela revelaria um nome.

– Honoria… – insistiu ele.

– Não é da sua conta.

Marcus deu uma risadinha.

– O que acha que farei com a informação?

– Só não quero…

– Você me deixou inválido, Honoria.

Era covardia, mas funcionou.

– Ah, está certo… – disse ela, desistindo da luta. – Se quer tanto saber, era Gregory Bridgerton.

Marcus parou de andar e olhou para ela com certa surpresa.

– Greg…

– O mais novo – interrompeu-o Honoria. – O filho mais novo, quero dizer. O que é solteiro.

– Sei quem é.

– Muito bem, então. Qual é o problema com ele?

Ela inclinou a cabeça para o lado e ficou esperando. Marcus pensou por um momento.

– Nenhum.

– Você... Espere. – Ela o encarou, confusa. – Nenhum?

Marcus balançou a cabeça, então redistribuiu o peso do corpo; o pé bom estava começando a ficar dormente.

– Nada me veio à mente agora.

Era verdade. Honoria poderia ter feito uma escolha muito pior do que Gregory Bridgerton.

– É mesmo? – perguntou ela, desconfiada. – Não achou nada para objetar?

Marcus fingiu pensar a respeito um pouco mais. Era claro que ele deveria desempenhar um papel, provavelmente o de vilão. Ou o de velho rabugento.

– Suponho que ele seja um pouco jovem demais. – Então Marcus indicou uma árvore caída a cerca de 5 metros. – Me ajude até ali, por favor? Preciso me sentar.

Juntos, eles seguiram com dificuldade até o tronco largo. Honoria tirou com cuidado o braço de Marcus de seu ombro e o ajudou a se sentar.

– Ele não é assim tão jovem – retrucou.

Marcus baixou os olhos para o pé. Parecia tão normal dentro da bota, no entanto era como se alguém houvesse prendido grilhões ao redor dele e enfiado tudo no calçado.

– Ele ainda está na universidade – lembrou Marcus.

– É mais velho do que eu.

Marcus a encarou.

– Ele andou chutando algum cachorro recentemente?

– Não que eu saiba.

– Muito bem, então. – Ele gesticulou com a mão livre de uma forma expansiva muito pouco característica. – Você tem a minha bênção.

Honoria estreitou os olhos.

– Por que preciso da sua bênção?

Meu Deus, ela era difícil mesmo.

– Você não precisa. Mas seria assim tão complicado recebê-la?

– Não – respondeu ela lentamente –, mas...

Ele esperou. E acabou perguntando:

– Mas o quê?

– Não sei. – Ela pronunciou cada palavra com cuidado, os olhos nunca se afastando dos dele.

Marcus abafou uma risada.

– Por que está tão desconfiada dos meus motivos?

– Ah, não sei... – respondeu ela, com todo o sarcasmo que conseguiu reunir. – Talvez porque você tenha passado toda a última temporada me observando com severidade.

– Eu não fiz isso.

Ela bufou.

– Ah, fez, sim.

– Talvez eu tenha olhado com severidade para um ou dois de seus pretendentes – maldição, ele não pretendia ter dito isso –, mas não para você.

– Então você *estava* me espionando – concluiu Honoria, triunfante.

– É claro que não – mentiu Marcus. – Mas eu não teria como *não notá-la*.

Ela arquejou, horrorizada.

– O que isso significa?

Maldição, ele agora tinha se complicado.

– Não significa nada. Você estava em Londres. Eu estava em Londres. – Como Honoria permaneceu em silêncio, Marcus acrescentou: – Notei todas as outras damas também. – Então, antes que percebesse que aquela era a pior coisa que poderia ter dito, completou: – Mas você é a única de que me lembro.

Honoria ficou absolutamente imóvel, encarando-o com aquela expressão assombrada e solene tão típica dela. Marcus odiava quando a moça fazia isso. Significava que estava pensando demais, ou vendo demais, e ele se sentiu exposto. Mesmo quando ainda era criança, Honoria parecia vê-lo mais profundamente do que o resto da família. Isso não fazia sentido. Na maior parte do tempo, era a menina feliz e animada, mas então o encarava daquele jeito, com aqueles impressionantes olhos cor de lavanda, e Marcus se dava conta do que a família dela nunca se dera: de que Honoria compreendia as pessoas.

Ela o compreendia.

Marcus balançou a cabeça, tentando afastar as recordações. Não queria pensar na família dela, em como se sentira à mesa deles, fazendo parte do mundo deles. E também não queria pensar em Honoria. Não queria encará-la e lembrar que seus olhos eram da cor exata dos jacintos-uva que haviam acabado de desabrochar por toda parte. As flores eram típicas daquela época do ano e sempre lhe vinha à mente o pensamento – apenas por um instante, antes de se afastar – de que eram a flor *dela*. Mas não as pétalas, que eram escuras demais. Os olhos de Honoria combinavam com a parte mais nova da base da flor, onde a cor ainda não se tornara completamente azul.

Ele sentiu o peito apertado e tentou respirar. Não queria encarar o fato de que podia olhar para uma flor e determinar o ponto exato onde a pétala combinava com os olhos de Honoria.

Marcus desejou que ela dissesse algo, mas não foi o que aconteceu. Não naquele momento em que ele acharia bem-vinda sua tagarelice.

Então, por fim, Honoria disse baixinho:

– Eu poderia apresentá-lo.

– O quê? – Ele não fazia ideia do que ela estava falando.

– Eu poderia apresentá-lo a algumas das damas mais jovens. As que você disse que não conhecia.

Ah, pelo amor de Deus, ela achava que *aquele* era o seu problema? Marcus já fora apresentado a todas as damas de Londres, apenas não conhecia de verdade nenhuma delas.

– Eu ficaria feliz em fazer isso – insistiu Honoria com gentileza.

Gentileza?

Ou piedade?

– Desnecessário – retrucou Marcus em um tom de voz brusco.

– Não, é claro, você foi apresentado…

– Eu só não gosto…

– Você nos acha tolas…

– Elas não falam sobre nada…

– Até eu ficaria entediada…

– A verdade – anunciou Marcus, ansioso para acabar com aquela conversa – é que odeio Londres.

A voz saíra mais alta do que ele pretendia e Marcus se sentiu um tolo. Um tolo que provavelmente teria que abrir com uma faca seu segundo melhor par de botas.

– Isso não vai funcionar – sentenciou ele.

Honoria pareceu confusa.

– Nunca vamos conseguir voltar para Fensmore assim. – Marcus podia ver que ela se continha para não soltar um "eu avisei" e decidiu poupar a ambos da indignidade: – Você precisa voltar a Bricstan. É mais perto e você sabe o caminho. – Então ele se lembrou da pessoa com quem estava falando: – Você sabe o caminho, não sabe?

Honoria nem se ofendeu com a pergunta.

– Só preciso permanecer na trilha até chegar ao pequeno lago. Então subo a colina e estarei quase lá.

Ele assentiu.

– Você vai precisar mandar alguém para me buscar. Não de Bricstan. Mande instruções a Fensmore. Para Jimmy.

– Jimmy?

– O chefe dos meus cavalariços. Basta dizer a ele que estou na trilha de Bricstan, a cerca de 5 quilômetros de casa. Ele saberá o que fazer.

– Você vai ficar bem aqui, sozinho?

– Desde que não chova – gracejou ele.

Os dois olharam para o céu. Um denso manto cinzento se espalhava como um mau presságio.

– Maldição.

– Vou correr – garantiu Honoria.

– Não. – Era provável que ela pisasse em um buraco de toupeira de verdade e, assim, como eles se ajeitariam? – Não seria bom você tropeçar e cair também.

Ela se virou para ir embora, então parou e disse:

– Mandará me avisar quando estiver a salvo em casa?

– É claro.

Ele não conseguia se lembrar da última vez que mandara avisar a alguém sobre seu bem-estar. Havia algo um tanto desconcertante nisso. Mas também agradável.

Marcus a observou se afastar e ficou ouvindo até o som dos passos dela desaparecer. Quanto tempo demoraria até que chegasse ajuda? Honoria precisava voltar a Bricstan, que ficava a menos de 2 quilômetros, presumindo que não se perdesse no caminho. Então, teria que escrever uma carta e mandar alguém entregar em Fensmore. Ciente do acontecido, Jimmy selaria dois cavalos e faria todo o caminho através do bosque em uma trilha que era muito mais adequada à caminhada.

Uma hora? Não, uma hora e meia. Provavelmente mais.

Marcus deslizou para o chão, a fim de apoiar as costas no tronco caído. Deus, estava cansado. O tornozelo doía demais para que ele conseguisse dormir, mas fechou os olhos assim mesmo.

Foi quando caiu a primeira gota de chuva.

CAPÍTULO 6

Quando Honoria chegou a Bricstan, estava encharcada até os ossos. A chuva começara cerca de cinco minutos depois que ela deixara Marcus junto ao tronco. Caíra leve a princípio, apenas algumas gotas pesadas aqui e ali – o bastante para irritar, mas não para causar danos.

Porém, assim que ela alcançara o fim da trilha, a chuva tinha começado a cair com uma intensidade furiosa. Honoria tentou se lembrar do terreno em que deixara Marcus. As árvores o abrigariam? Ainda era primavera e os galhos não estavam cheios de folhas.

Primeiro tentou entrar em Bricstan por uma porta lateral, mas estava trancada e Honoria precisou dar a volta até a frente da casa. A porta foi aberta antes mesmo que batesse e ela cambaleou para dentro.

– Honoria! – exclamou Sarah, adiantando-se, apressada, para ajudar a prima a se equilibrar. – Eu a vi pela janela. Onde se meteu? Eu estava frenética. Já íamos mandar um grupo procurá-la. Você disse que iria colher flores, só que não voltou mais.

Honoria tentou interromper Sarah várias vezes, mas só conseguiu recuperar o fôlego o bastante para dizer:

– Pare.

Ela baixou os olhos. Poças de água haviam se formado aos seus pés e um filete lentamente escorria rumo ao saguão.

– Precisamos secá-la – disse Sarah, e tomou as mãos de Honoria. – Você está congelando.

– Sarah, chega. – Honoria se desvencilhou e segurou o ombro da prima. – Por favor. Preciso de papel. Tenho que escrever uma carta.

Sarah a encarou como se ela estivesse louca.

– *Agora*. Tenho que…

– Lady Honoria! – A Sra. Royle entrou apressada no saguão. – A senhorita nos deixou tão preocupados! Onde estava, pelo amor de Deus?

– Estava só procurando flores – mentiu Honoria –, mas, por favor, preciso escrever uma carta.

A Sra. Royle pousou a mão na testa dela.

– Não parece estar febril.

– Ela está tremendo – comentou Sarah, e olhou para a Sra. Royle. – Deve ter se perdido. Honoria tem uma péssima orientação espacial.

– Sim, sim – assentiu Honoria, pronta para concordar com qualquer insulto se isso levasse ao fim daquela conversa. – Mas, por favor, apenas me escutem por um momento. Preciso agir rápido. Lorde Chatteris está estendido no bosque e eu disse a ele que iria...

– O quê? – guinchou a Sra. Royle. – Do que está falando?

Honoria relatou brevemente a história que inventara enquanto corria de volta para casa. Ela havia se afastado do grupo e se perdido. Lorde Chatteris estava caminhando no bosque. Ele lhe falara que a trilha cortava as duas propriedades. Então, o conde torcera o tornozelo.

Era quase verdade.

– Vamos trazê-lo para cá – disse a Sra. Royle. – Mandarei alguém imediatamente.

– Não – reagiu Honoria, ainda um pouco ofegante. – Ele quer ir para casa. E me pediu para mandar uma mensagem ao chefe dos cavalariços. Lorde Chatteris me falou exatamente o que quer que eu escreva.

– Não – insistiu a Sra. Royle com firmeza. – Acho que ele deveria vir para cá.

– Sra. Royle, *por favor*. Enquanto discutimos aqui, ele está lá estirado na chuva.

A anfitriã claramente estava em conflito, mas enfim assentiu.

– Siga-me.

No fim do corredor, havia um recanto com uma escrivaninha. A Sra. Royle pegou papel, pena e tinta e se afastou para que Honoria pudesse se sentar. Mas os dedos da jovem estavam dormentes e ela mal conseguia segurar a pena. Além disso, seus cabelos encharcados pingavam no papel.

Sarah se adiantou.

– Gostaria que eu escrevesse para você?

Honoria assentiu, agradecida, e ditou para a prima enquanto tentava ignorar a anfitriã, que pairava atrás dela, interrompendo às vezes com o que achava serem comentários úteis.

Sarah terminou a carta, assinou o nome de Honoria e então, depois de um aceno da prima, entregou-a à Sra. Royle.

– Por favor, mande com seu cavaleiro mais rápido – implorou Honoria.

A Sra. Royle pegou a mensagem e se afastou, apressada. Sarah imediatamente se levantou e pegou a prima pela mão.

– Você precisa se aquecer – disse em uma voz que não admitia protesto. – Venha comigo agora mesmo. Já pedi à camareira para lhe preparar um banho quente.

Honoria assentiu. Fizera o que precisava fazer. Agora poderia enfim desmoronar.

⌒⌒

O dia seguinte amanheceu debochadamente claro. Honoria dormira por doze horas seguidas, aconchegada debaixo de mantas, com um tijolo aquecido sob os pés. Sarah entrara em silêncio no quarto em algum momento para dizer que haviam recebido notícias de Fensmore: Marcus chegara em segurança em casa e devia estar também na cama, com o próprio tijolo quente sob os pés.

Entretanto, enquanto se vestia, Honoria ainda estava preocupada. Ao chegar a Bricstan na véspera, sentira-se congelada, e Marcus ficara exposto à chuva por muito mais tempo do que ela. E também ventara – Honoria ouvira as árvores se agitando e estalando durante o banho. Marcus devia ter pegado um resfriado. E se o tornozelo não estivesse apenas torcido, mas quebrado? Será que eles já tinham mandado chamar um médico? Saberiam dessa necessidade?

Aliás, quem eram "eles"? Pelo que ela sabia, Marcus não tinha família. Quem tomaria conta dele se ficasse doente? Havia alguém em Fensmore além dos criados?

Ela teria que se certificar do bem-estar dele. Caso contrário, não conseguiria suportar.

Quando desceu para o café da manhã, os outros convidados ficaram surpresos ao vê-la. Os cavalheiros haviam todos retornado a Cambridge, mas as damas estavam reunidas ao redor da mesa, comendo seus ovos com torradas.

– Honoria! – exclamou Sarah. – Pelo amor de Deus, o que está fazendo fora da cama?

– Estou perfeitamente bem. Não estou nem fungando.

– Os dedos dela estavam congelados na noite passada – informou Sarah a Cecily e Iris. – Ela não conseguia nem segurar uma pena.

– Nada que um banho quente e uma boa noite de sono não pudessem curar – tranquilizou-as Honoria. – Mas eu gostaria de ir a Fensmore esta manhã. Foi por minha culpa que lorde Chatteris torceu o tornozelo e realmente gostaria de ver como ele está.

– Como assim, foi por culpa sua? – perguntou Iris.

Honoria quase mordeu o lábio. Havia se esquecido de que aquele era um dos elementos que faltavam na história que contara.

– Na verdade não foi nada – improvisou. – Tropecei na raiz de uma árvore e ele se adiantou para me amparar. Deve ter pisado em um buraco de toupeira.

– Ah, detesto toupeiras – comentou Iris.

– Acho que são bem bonitinhas – opinou Cecily.

– Tenho que encontrar sua mãe – disse Honoria. – E preciso arranjar uma carruagem. Ou talvez pudesse cavalgar até lá. Não está mais chovendo.

– Você precisa tomar café da manhã antes – lembrou Sarah.

– Ela jamais a deixará ir sozinha – avisou Cecily. – Fensmore é o lar de um solteiro.

– Dificilmente Marcus estará sozinho – replicou Iris. – Deve ter hordas de criados.

– Pelo menos uns cem, eu diria – palpitou Cecily. – Já viram aquela casa? É enorme. Mas isso não importa. – Ela se virou para Honoria. – Ainda assim, ele mora sozinho. Não há ninguém que possa ser um acompanhante adequado.

– Levarei alguém comigo – falou Honoria com impaciência. – Realmente não me importo. Só quero ir logo.

– Levará alguém com você aonde? – perguntou a Sra. Royle, entrando na sala do café da manhã.

Honoria fez o pedido à Sra. Royle, que concordou na mesma hora.

– Com certeza devemos nos certificar do bem-estar do conde. Não seria nada cristão da nossa parte se não fizéssemos isso.

Honoria ficou confusa. Não contara que seria tão fácil.

– Eu vou com você – declarou a Sra. Royle.

Uma xícara se chocou contra o pires. Quando Honoria olhou na direção

da mesa, Cecily estava com um sorriso tenso e seus dedos quase esmaga-
vam a xícara.

– Mamãe – disse ela –, se a senhora for, terei que ir também.

A Sra. Royle parou para pensar a respeito, mas, antes que pudesse responder, Sarah falou:

– E se Cecily for, também terei que ir.

– Por quê? – perguntou Cecily.

– Tenho absoluta certeza de que eu não devo ir sob nenhuma circunstância – falou Iris, irônica.

– Sinceramente, não me importo com quem vai me acompanhar – replicou Honoria, tentando não parecer tão irritada quanto se sentia. – Eu só
gostaria de partir o mais rápido possível.

– Cecily vai com você – anunciou a Sra. Royle. – Ficarei aqui com Iris
e Sarah.

Sarah estava visivelmente aborrecida com o rumo dos eventos, mas não
argumentou. Cecily, por outro lado, colocou-se de pé de um pulo, com um
largo sorriso.

– Cecily, suba e diga a Frances para rearrumar seus cabelos – falou a Sra.
Royle. – Não podemos…

– Por favor – interrompeu Honoria. – Eu preferia partir logo.

A Sra. Royle parecia em conflito, mas nem mesmo ela conseguiu ter coragem de argumentar que o penteado da filha era mais importante do que
o bem-estar do conde de Chatteris.

– Muito bem – disse bruscamente. – Vão vocês duas, então. Mas quero
que me entendam bem: se ele estiver muito doente, vocês devem insistir
para que venha se recuperar aqui.

Honoria tinha absoluta certeza de que isso não iria acontecer, mas não
falou nada. Saiu apressada em direção à porta da frente, com Cecily e a Sra.
Royle em seus calcanhares.

– E lhe avise que ainda vamos ficar aqui por várias semanas – continuou
a Sra. Royle.

– Vamos? – questionou Cecily.

– Vamos. E, como você está completamente livre de qualquer obrigação,
pode visitá-lo todos os dias para cuidar de sua recuperação. – A Sra. Royle
fez uma pausa. – Ahn, se for isso que lorde Chatteris desejar.

– É claro, mamãe – concordou Cecily, mas parecendo constrangida.

– E mande lembranças minhas a ele – continuou a Sra. Royle.

Honoria desceu apressada os degraus da entrada para esperar que a carruagem fosse trazida.

– E diga que eu e o Sr. Royle rezamos para sua pronta recuperação.

– Ele talvez não esteja doente, mamãe – lembrou Cecily.

A Sra. Royle encarou a filha com severidade.

– Mas se ele estiver...

– Devo transmitir seus melhores votos – completou Cecily.

– A carruagem chegou – avisou Honoria, desesperada para escapar.

– Lembrem-se! – gritou a Sra. Royle, enquanto um criado ajudava Honoria e Cecily a subirem na carruagem. – Se ele estiver doente, tragam-no...

Mas elas já se afastavam.

Marcus ainda estava na cama quando seu mordomo entrou silenciosamente no quarto e informou que lady Honoria Smythe-Smith e a Srta. Royle haviam chegado e aguardavam na sala de visitas amarela.

– Devo dizer a elas que está indisposto? – perguntou o mordomo.

Por um momento, Marcus ficou tentado a aceitar a sugestão. Sentia-se péssimo e tinha certeza de que sua aparência era ainda pior. Quando Jimmy enfim o encontrara na noite anterior, ele batia tanto os dentes, trêmulo, que se surpreendeu por não ter perdido nenhum. Então, quando chegaram em casa, tiveram que cortar a bota para tirá-la do pé. Por si só, já era algo lamentável – ele realmente gostava daqueles calçados – e, ainda por cima, o valete fora mais agressivo do que o necessário. Agora, Marcus tinha um corte de uns 10 centímetros na perna esquerda.

Se a situação fosse inversa, ele insistiria em ver Honoria com os próprios olhos, portanto deveria permitir a visita. Quanto à outra jovem – Srta. Royle, ele achava ter ouvido o mordomo dizer –, Marcus torcia para que não fosse uma mulher de sensibilidades delicadas, pois, na última vez em que se olhara no espelho, podia jurar que sua pele estava verde.

Ele recebeu a ajuda do valete tanto para se vestir quanto para descer a escada. Quando se adiantou para cumprimentar as duas damas, Marcus achou que estava razoavelmente apresentável.

– Santo Deus, Marcus! – exclamou Honoria, levantando-se. – Você parece um cadáver.

Bem, ele se enganara.

– Também é um prazer vê-la, Honoria. – Ele indicou um sofá próximo. – As senhoritas se importam se eu me sentar?

– Não, por favor, faça isso. Seus olhos estão tão fundos... – Ela fez uma careta enquanto o observava tentar contornar uma mesa. – Posso ajudá-lo?

– Não, não, estou perfeitamente bem.

Ele saltitou duas vezes até alcançar a extremidade do sofá e quase se jogou nele. Dignidade não tinha lugar no cômodo de um doente.

– Srta. Royle – cumprimentou Marcus, meneando a cabeça para a outra dama. Ele tinha quase certeza de que já a encontrara uma ou duas vezes ao longo dos anos.

– Lorde Chatteris – disse ela com educação. – Meus pais mandam lembranças e desejam sua pronta recuperação.

– Obrigado – agradeceu ele, assentindo fracamente.

De repente, sentia-se muito, muito cansado. A viagem do quarto até o andar de baixo fora mais difícil do que previra. E também não dormira bem na noite anterior. Tinha começado a tossir no momento em que sua cabeça tocara o travesseiro e não parara desde então.

– Com licença – disse às damas, colocando uma almofada sobre a mesa em frente a ele e pousando o pé em cima dela. – Falaram que devo mantê-lo elevado.

– Marcus – começou Honoria, dispensando logo qualquer pretensão de uma conversa educada –, você não deveria estar fora da cama.

– Era lá que eu estava até ser informado de que tinha visitas – retrucou ele secamente.

Marcus recebeu um olhar de tamanha reprovação que lhe trouxe à mente a Srta. Pimm, sua ama de tantos e tantos anos antes.

– Você deveria ter dito ao mordomo que não nos receberia.

– É mesmo? – murmurou ele. – Estou certo de que você teria aceitado pacificamente e voltado para casa, segura de que eu passava bem. – Marcus olhou para a outra dama, inclinando a cabeça ironicamente. – O que acha, Srta. Royle? Lady Honoria teria partido sem discutir?

– Não, milorde – respondeu a jovem, os lábios se curvando em um sorriso divertido. – Ela estava muito determinada em seu desejo de vê-lo por si mesma.

– Cecily! – exclamou Honoria, indignada.

Marcus resolveu ignorá-la.

– É mesmo, Srta. Royle? – falou, virando-se mais na direção da moça. – Meu coração se aquece diante de tamanha preocupação.

– Marcus – falou Honoria –, pare agora mesmo.

– Ela é uma coisinha muito determinada.

– Marcus Holroyd – disse Honoria com firmeza –, se não parar de zombar de mim neste exato instante, informarei à Sra. Royle que você gostaria de ser levado a Bricstan para permanecer lá durante a sua convalescença.

Marcus ficou paralisado, tentando não rir. Ele olhou para a Srta. Royle, que também se continha. Os dois perderam a batalha.

– A Sra. Royle está muito ansiosa para exibir seus dotes como enfermeira – acrescentou Honoria com um sorriso maldoso.

– Você venceu, Honoria – capitulou Marcus, recostando-se nas almofadas do sofá.

Porém, sua risada logo deu lugar a um acesso de tosse e ele demorou quase um minuto para se recuperar.

– Quanto tempo você ficou na chuva na noite passada? – quis saber Honoria.

Ela se levantou e tocou a testa dele. Cecily arregalou os olhos diante da intimidade.

– Estou com febre? – murmurou Marcus.

– Creio que não. – Entretanto, Honoria tinha o cenho franzido. – Talvez esteja um pouco quente. Acho que é melhor cobri-lo com uma manta.

Marcus fez menção de dizer que não era necessário, mas logo se deu conta de que, na verdade, uma manta parecia uma boa ideia. Sentiu-se estranhamente grato por ela ter sugerido isso. Portanto, assentiu.

– Vou pegá-la – falou a Srta. Royle, levantando-se. – Vi uma criada no corredor.

Quando ela saiu, Honoria voltou a se sentar e encarou Marcus com uma expressão preocupada.

– Desculpe. Eu me sinto péssima pelo que aconteceu com você.

Ele gesticulou como se descartasse o pedido de desculpas.

– Vou ficar bem.

– Você não chegou a dizer quanto tempo ficou na chuva – lembrou ela.

– Uma hora? – arriscou ele. – Provavelmente duas.

Honoria deixou escapar um suspiro triste.

– Lamento tanto…

Ele deu um sorrisinho.

– Você já disse isso.

– Ora, lamento *mesmo*.

Marcus tentou sorrir de novo, porque aquela era mesmo uma conversa absurda, mas foi dominado por outro ataque de tosse.

Honoria franziu a testa, preocupada.

– Talvez você *devesse* ir para Bricstan.

Ele ainda não conseguia falar, mas a olhou com irritação.

– Fico preocupada com você aqui, totalmente só.

– Honoria – conseguiu dizer Marcus, tossindo mais duas vezes antes de continuar –, você logo voltará para Londres. Estou certo de que a Sra. Royle é a mais gentil das vizinhas, mas prefiro me recuperar na minha própria casa.

– Sim – respondeu Honoria, balançando a cabeça –, para não mencionar que ela provavelmente o faria se casar com Cecily antes do fim do mês.

– Alguém disse o meu nome? – perguntou a Srta. Royle, animada, voltando para a sala com uma manta azul-escura.

Marcus teve outro ataque de tosse, esse apenas levemente forçado.

– Aqui está – falou a moça. Ela se adiantou com a manta, então pareceu não saber como agir. – Talvez seja melhor você ajudá-lo – sugeriu a Honoria.

Honoria pegou a manta e foi até Marcus enquanto a desdobrava.

– Pronto – disse baixinho, inclinando-se para envolver o corpo dele com a lã macia. Ela sorriu com gentileza, prendendo a coberta nos cantos. – Está apertado demais?

Marcus negou. Era estranho alguém cuidar dele daquele jeito.

Quando Honoria concluiu sua tarefa, endireitou o corpo e respirou fundo antes de anunciar que ele precisava de chá.

– Ah, sim – concordou a Srta. Royle. – Seria perfeito.

Dessa vez Marcus nem tentou protestar. Tinha certeza de que parecia patético, todo enrolado em uma manta, com o pé esticado em cima de uma mesa, e não conseguia nem imaginar o que elas pensavam toda vez que ele começava a tossir. Mas achava bem reconfortante ser tratado. Se Honoria insistia que ele precisava de chá, ficaria contente em fazê-la feliz.

Ele disse onde encontrar a corda da campainha e Honoria a puxou. Então voltou a se acomodar diante dele depois que a criada veio saber o que queriam.

– O médico esteve aqui para examinar seu tornozelo?

– Não é necessário – retrucou Marcus. – Não está quebrado.

– Tem certeza? Esse não é o tipo de coisa que se deve arriscar.

– Tenho certeza.

– Eu me sentiria melhor se…

– Honoria, chega. Não está quebrado.

– E sua bota?

– A bota dele? – perguntou a Srta. Royle. Ela parecia perplexa.

– Essa infelizmente está arruinada.

– Ah, que lástima… – disse Honoria. – Achei mesmo que precisariam cortá-la.

– Precisaram cortar a sua bota? – indagou a Srta. Royle. – Ah, mas isso é *terrível*.

– O tornozelo dele estava inchado demais – explicou Honoria. – Era o único modo.

– Mas uma *bota*.

– Não era uma das minhas favoritas – disse Marcus, tentando animar a moça. Ela parecia ter acabado de ver alguém decapitar um cachorrinho.

– Fico me perguntando se é possível encomendar apenas um pé de bota – ponderou Honoria. – Para combinar com o outro. Então não seria um completo desperdício.

– Ah, não, isso nunca daria certo – interveio a Srta. Royle, aparentemente uma especialista nesse assunto. – O couro nunca combinaria por completo.

Marcus foi salvo da discussão pela chegada da Sra. Wetherby, sua governanta de longo tempo.

– Eu já estava começando a preparar o chá antes de ser pedido – anunciou ela, entrando com uma bandeja.

Marcus sorriu, nada surpreso. A Sra. Wetherby sempre fazia coisas assim. Ele a apresentou às jovens. Quando a governanta cumprimentou Honoria, seus olhos brilharam.

– Ah, a senhorita deve ser a irmã do Sr. Daniel! – exclamou, pousando a bandeja.

– Sou – respondeu Honoria, abrindo um sorriso. – A senhora o conheceu, então?

– Sim. Ele visitou esta casa algumas vezes, normalmente quando o conde anterior não estava na cidade. E é claro que veio uma ou duas vezes depois que o Sr. Marcus se tornou conde.

Marcus sentiu-se enrubescer ao ser chamado como na infância. Mas nunca a corrigia. Quando era menino, a Sra. Wetherby tinha sido como uma mãe para ele, normalmente o único sorriso cálido, a única palavra encorajadora em toda Fensmore.

– É um prazer conhecê-la – continuou a governanta. – Ouvi falar muito a seu respeito.

Honoria pareceu surpresa.

– É mesmo?

Marcus também demonstrou espanto. Não conseguia se lembrar de ter mencionado Honoria para alguém, muito menos para a governanta.

– Ah, sim – disse a Sra. Wetherby. – Quando eles eram crianças, é claro. Devo confessar que ainda penso nos dois como crianças, mas já estão bem crescidos, não é mesmo?

Honoria sorriu e assentiu.

– Agora, como preferem o chá? – perguntou a governanta.

Ela serviu leite em todas as três xícaras depois que Honoria e a Srta. Royle revelaram suas preferências.

– Faz muito tempo desde a última vez que vi o Sr. Daniel – continuou ela, erguendo o bule para servir. – É um pouco travesso, mas gosto dele. Ele passa bem?

Instalou-se um silêncio constrangedor e Honoria olhou para Marcus em busca de ajuda. Na mesma hora, ele pigarreou e falou:

– Não devo ter lhe contado, Sra. Wetherby: lorde Winstead saiu do país há muitos anos.

Ele explicaria o restante mais tarde, não na frente de Honoria e da amiga dela.

– Entendo – falou a governanta, interpretando corretamente o silêncio como uma pista para não continuar o assunto. Ela pigarreou algumas vezes, então estendeu a primeira xícara com o pires para Honoria. – E uma para a senhorita também – murmurou, estendendo a segunda para a Srta. Royle.

As duas agradeceram e a Sra. Wetherby se levantou para entregar a bebida de Marcus. Mas então se virou para Honoria.

– A senhorita se certificará de que ele beberá tudo, certo?

Honoria deu um sorriso de viés.

– Com certeza.

A Sra. Wetherby se inclinou e sussurrou de modo teatral:

– Os homens são péssimos pacientes.

– Ouvi isso – avisou Marcus.

A governanta lhe dirigiu um olhar maroto.

– Era para ouvir mesmo.

Ela fez uma mesura e deixou a sala.

O resto da visita se passou sem incidentes. Eles tomaram o chá (duas xícaras para Marcus, por insistência de Honoria), comeram biscoitos e conversaram sobre amenidades até Marcus começar a tossir de novo, dessa vez por tanto tempo que Honoria insistiu que ele voltasse para a cama.

– De qualquer modo, está na hora de irmos embora – falou, levantando-se junto com a amiga. – Estou certa de que a Sra. Royle está ansiosa por nosso retorno.

Marcus assentiu e sorriu em agradecimento quando as duas insistiram para que ele não se erguesse por causa delas. Realmente se sentia péssimo e desconfiava de que talvez engolisse seu orgulho e pedisse para ser carregado até o quarto.

Depois que as duas damas partissem, é claro.

Marcus abafou um gemido. Detestava ficar doente.

Já na carruagem, Honoria se permitiu se recostar e relaxar. Marcus parecia doente, mas nada que uma semana de descanso e uma boa sopa não curassem. No entanto, seu momento de paz foi abruptamente interrompido quando Cecily anunciou:

– Um mês.

Honoria a encarou.

– Perdão?

– É a minha previsão. – Cecily levantou o indicador, girou-o em um pequeno círculo e apontou-o para a frente. – Um mês até que lorde Chatteris faça o pedido de casamento.

– A quem? – perguntou Honoria, tentando esconder o choque.

Marcus não demonstrara nenhuma preferência clara por Cecily; além do mais, não era do feitio dela ser tão prepotente.

– A você, sua tonta.

Honoria quase engasgou.

– *Oh* – disse, com grande sentimento. – Oh. Oh. Oh. Oh, não.

Cecily deu um risinho afetado.

– Não, não. – Honoria estava parecendo uma monossilábica idiota. – Não. Ah, não.

– Eu estaria até disposta a apostar – continuou Cecily com malícia. – Você se casará até o fim da temporada social.

– Espero que sim – replicou Honoria, finalmente reencontrando seu vocabulário –, mas não com lorde Chatteris.

– Ah, então agora é lorde Chatteris, não é? Acha que não percebi que você o chamou pelo primeiro nome durante todo o tempo em que estivemos lá?

– É assim que o conheço. E o conheço desde que tinha 6 anos.

– Por mais que seja verdade, vocês dois estavam... Ah, como posso dizer? – Cecily franziu os lábios e ergueu os olhos para o teto da carruagem. – Agindo como se já fossem casados, talvez?

– Não seja ridícula.

– Estou falando a verdade – retrucou Cecily, parecendo muito satisfeita consigo mesma. Ela deu uma risadinha. – Espere até eu contar às outras.

Honoria quase saltou para o outro lado da carruagem.

– Não ouse!

– Parece-me que a dama faz protestos demasiados.

– Por favor, Cecily, eu lhe asseguro que não há amor entre mim e lorde Chatteris e garanto que nunca iremos nos casar. Espalhar rumores sobre isso só vai transformar a minha vida em um inferno.

Cecily inclinou a cabeça para o lado.

– *Não* há amor?

– É claro que *gosto* dele. Marcus era como um irmão para mim.

– Muito bem – cedeu Cecily. – Não direi nada.

– Obrig...

– *Até* vocês estarem noivos. Então vou gritar "eu já sabia!" para todo mundo que puder ouvir.

Honoria nem se importou em responder. Não haveria noivado, portanto Cecily não gritaria nada para ninguém. Porém, o que ela não percebeu até bem mais tarde foi que, pela primeira vez, dissera que Marcus *era* como um irmão para ela.

Verbo no pretérito.

Se ele não era mais um irmão, então o que era?

CAPÍTULO 7

Honoria voltou a Londres no dia seguinte. A temporada social só começaria dali a um mês, mas havia muitos preparativos a serem feitos. De acordo com Marigold – sua prima recém-casada, que fora vê-la na primeira tarde de seu retorno à cidade –, rosa era a cor da moda. Porém, ao visitar a modista, devia-se ter cuidado para determinar se o tom era de rubi, papoula ou prímula. Além disso, uma dama simplesmente *precisava* ter uma coleção de braceletes. Não se podia passar sem eles, assegurou Marigold.

Como esse foi apenas o início dos conselhos de moda da prima, Honoria fez planos de visitar a modista ainda naquela semana. Contudo, antes que pudesse fazer mais do que escolher seu tom favorito de rosa (que era prímula só para manter as coisas simples), recebeu uma carta de Fensmore.

Honoria presumiu que fosse de Marcus e abriu-a na expectativa, surpresa por ele ter se disposto a escrever para ela. Mas, quando desdobrou a única folha pautada, a letra era feminina demais.

Com o cenho franzido, sentou-se para ler a carta.

Minha cara lady Honoria,

Perdoe minha ousadia em lhe escrever, porém não sabia a quem mais poderia recorrer. Lorde Chatteris não está bem. Ele se encontra febril há três dias e, na noite passada, demonstrou-se completamente apático. O médico aparece toda tarde, mas não recomenda nada além de esperar e observar.

Como sabe, o conde não tem família. Sinto que devo avisar a alguém e ele sempre falou muito bem da sua.

Sra. Wetherby
Governanta do conde de Chatteris

– Ah, não – murmurou Honoria, mantendo os olhos fixos na carta até ficar vesga.

Como aquilo era possível? Quando ela deixara Fensmore, Marcus estava, sim, com uma tosse terrível, mas não mostrara nenhum sinal de febre. Nada no aspecto dele indicava que pudesse piorar tanto.

E o que a Sra. Wetherby pretendia ao lhe mandar aquela carta? Simplesmente lhe informar sobre o estado de saúde de Marcus ou pedir, de forma velada, que Honoria voltasse a Fensmore? No caso da última opção, isso queria dizer que Marcus estava muito mal?

– Mamãe! – chamou Honoria.

Levantou-se sem pensar e começou a atravessar a casa. Seu coração batia disparado. Ela acelerou o passo e elevou a voz:

– Mamãe!

– Honoria? – Lady Winstead apareceu no topo da escada, abanando-se com seu leque preferido, de seda chinesa. – O que houve? Algum problema com a modista? Pensei que planejava ir até lá com Marigold.

– Não, não, não é isso – respondeu Honoria, subindo a escada às pressas. – É Marcus.

– Marcus Holroyd?

– Sim. Recebi uma carta da governanta dele.

– Da governanta dele? Por que ela iria…

– Eu o vi em Cambridge, lembra-se? Contei à senhora sobre…

– Ah, sim, sim. – A mãe sorriu. – Que adorável coincidência ter esbarrado com ele. A Sra. Royle me escreveu um bilhete a respeito. Acho que ela torce para que ele peça a mão de Cecily.

– Mamãe, por favor, leia isto. – Honoria estendeu a carta da Sra. Wetherby. – Ele está muito doente.

Lady Winstead leu rapidamente a mensagem e seus lábios se cerraram, demonstrando uma preocupação crescente.

– Ah, querida… De fato as notícias são péssimas.

Honoria pousou a mão com força no braço da mãe, tentando enfatizar a gravidade da situação.

– Precisamos partir para Fensmore. Imediatamente.

Lady Winstead ergueu os olhos, surpresa.

– Nós?

– Ele não tem mais ninguém.

– Ora, isso não pode ser verdade.

– É verdade – insistiu Honoria. – Não lembra que Marcus costumava se hospedar conosco quando estudava no Eton com Daniel? Era porque ele não tinha nenhum outro lugar para onde pudesse ir. Acho que Marcus e o pai não se davam muito bem.

– Não sei, isso parece muito pretensioso. – A mãe franziu a testa. – Não somos parte da família dele.

– Ele não tem família!

Lady Winstead mordeu o lábio inferior.

– Ele era um menino tão adorável, mas só não acho...

Honoria plantou as mãos no quadril.

– Se a senhora não for comigo, vou sozinha.

– Honoria! – Lady Winstead recuou, chocada, e pela primeira vez naquela conversa uma chama cintilou em seus olhos pálidos. – Não fará nada disso. Sua reputação ficará destruída.

– Ele pode estar *morrendo*.

– Tenho certeza de que a situação não é assim tão séria.

Honoria entrelaçou as mãos, que haviam começado a tremer, os dedos muito frios.

– Dificilmente a governanta teria escrito para mim se o estado de saúde dele não fosse crítico.

– Ah, está certo – disse lady Winstead com um breve suspiro. – Partiremos amanhã.

Honoria balançou a cabeça.

– Hoje.

– Hoje? Honoria, você sabe que essas viagens exigem planejamento. Eu não teria como...

– Hoje, mamãe. Não há tempo a perder. – Honoria desceu correndo as escadas, gritando por sobre o ombro: – Pedirei que preparem a carruagem! Esteja pronta em uma hora!

Mostrando parte do ardor que tinha antes de o filho único ser banido do país, lady Winstead fez melhor do que isso: ficou pronta em 45 minutos, as malas em ordem, acompanhada pela camareira, já esperando por Honoria na sala de visitas da frente.

Cinco minutos depois, estavam a caminho.

A viagem para o norte de Cambridgeshire poderia ser feita em um (longo) dia, portanto já era perto da meia-noite quando a carruagem quase parou diante de Fensmore. Lady Winstead havia adormecido um pouco ao norte de Saffron Walden, mas Honoria permanecera completamente desperta. No instante em que entraram no longo caminho que levava a Fensmore, sua postura se tornara tensa e alerta e ela teve que se controlar para não agarrar a maçaneta da porta. Quando a carruagem enfim parou, não esperou que ninguém viesse ajudá-la a descer. Em segundos já havia aberto a porta e saltado e subia correndo os degraus da frente.

A casa estava silenciosa e Honoria passou pelo menos cinco minutos batendo a aldrava antes de finalmente ver o brilho de uma vela em uma janela e de ouvir passos apressados se aproximando.

O mordomo abriu a porta – Honoria não conseguia lembrar o nome dele – e, antes que o homem pudesse dizer uma palavra, ela falou:

– A Sra. Wetherby me escreveu contando sobre o estado de saúde do conde. Preciso vê-lo neste momento.

O mordomo recuou ligeiramente, os modos tão orgulhosos e aristocráticos quanto os do patrão.

– Lamento, mas é impossível.

Honoria teve que segurar no batente da porta para se apoiar.

– O que quer dizer? – sussurrou.

Com certeza Marcus não poderia ter sucumbido à febre tão pouco tempo depois de a Sra. Wetherby ter lhe enviado a carta.

– O conde está dormindo – retrucou o mordomo com irritação. – Não o acordarei a esta hora da noite.

O alívio fluiu pelo corpo de Honoria como o sangue voltando a circular em um membro dormente.

– Ah, obrigada – falou com ardor, tomando a mão do homem. – Agora, por favor, preciso ver o conde. Prometo não perturbá-lo.

O mordomo pareceu vagamente alarmado com o toque dela.

– Não posso permitir que o veja a esta hora. Devo lembrá-la que nem mesmo se apresentou.

Honoria ficou confusa. As visitas eram tão comuns em Fensmore que o homem não conseguia lembrar que ela estivera ali havia menos de uma semana? Então percebeu que o mordomo estreitava os olhos na escuridão. Santo Deus, ele provavelmente não conseguia vê-la direito.

– Por favor, aceite as minhas desculpas – disse ela, em uma voz mais apaziguadora. – Sou lady Honoria Smythe-Smith, e minha mãe, a condessa de Winstead, está esperando na carruagem com a camareira. Talvez alguém possa ajudá-la a descer.

Uma enorme mudança ocorreu no rosto enrugado do mordomo.

– Lady Honoria! Peço que me perdoe. Não a reconheci na escuridão. Por favor, por favor, entre.

Ele a pegou pelo braço e a levou para dentro. Honoria permitiu que o homem a conduzisse, diminuindo ligeiramente o passo apenas para se virar e olhar para a carruagem.

– Minha mãe...

– Farei com que um criado a atenda o mais rápido possível – assegurou o mordomo. – Mas precisamos conseguir um quarto logo. Não preparamos nenhum, mas alguns podem ficar prontos em um instante. – Ele parou diante de uma porta, inclinou-se e puxou várias vezes uma corda. – As criadas logo estarão em atividade.

– Por favor, não as acorde por minha causa – pediu Honoria, embora, pelo vigor com que o homem puxara a corda da campainha, ela suspeitasse de que já era tarde demais para protestar. – Posso falar com a Sra. Wetherby? Detesto acordá-la, mas é da maior importância.

– É claro, é claro – garantiu o mordomo, ainda se adiantando com Honoria mais para dentro da casa.

– E minha mãe... – começou ela, olhando, nervosa, para trás.

Depois dos protestos iniciais, lady Winstead exibira um incrível espírito esportivo o dia todo. Honoria não queria deixá-la dormindo dentro de uma carruagem. O cocheiro e os cavalariços jamais a abandonariam ali, e é claro que a camareira dela estava sentada à sua frente, também profundamente adormecida, mas ainda assim não parecia certo.

– Eu a receberei assim que levar a senhorita à Sra. Wetherby – garantiu o mordomo.

– Obrigada, senhor, ahn... – Ela se sentiu constrangida por não saber o nome dele.

– Springpeace, milady.

O mordomo tomou a mão de Honoria nas suas e apertou-as. As mãos do homem eram reumáticas, e o aperto, trêmulo, mas havia uma urgência em seu toque. E gratidão também. Ele levantou a cabeça e seus olhos escuros encontraram os de Honoria.

– Devo dizer, milady, que estou muito feliz com a presença da senhorita.

$$\backsim$$

Dez minutos mais tarde, a Sra. Wetherby estava parada com Honoria do lado de fora do quarto de Marcus.

– Não sei se o conde vai gostar de ser visto em seu estado atual – comentou a governanta –, mas como a senhorita veio de tão longe...

– Não vou perturbá-lo. Só preciso ver por mim mesma que ele está bem.

A Sra. Wetherby engoliu em seco e encarou Honoria com uma expressão sincera.

– Ele não está bem. A senhorita deve estar preparada para isso.

– Eu-eu não quis dizer "bem" – corrigiu-se Honoria, hesitante. – Quero dizer, ah, não sei o que quero dizer, só que...

A governanta pousou a mão com gentileza sobre o braço da jovem.

– Eu compreendo. Ele está um pouco melhor do que ontem, quando lhe escrevi.

Honoria assentiu, mas o movimento pareceu tenso e desajeitado. Ela não achava que Marcus estava às portas da morte, mas não se tranquilizou, porque isso significava que ele *estivera*. E se a afirmação fosse verdadeira, ele poderia piorar de novo.

A Sra. Wetherby levou um dedo aos lábios, sinalizando para que Honoria ficasse em silêncio, enquanto as duas entravam no quarto. A mulher girou lentamente a maçaneta e a porta abriu sem barulho.

– Ele está dormindo – sussurrou a Sra. Wetherby.

Honoria aquiesceu e se adiantou, piscando em meio à luz mortiça. Estava muito quente ali dentro, o ar denso e pesado.

– Ele não está com calor? – murmurou para a governanta.

Ela mal conseguia respirar no cômodo abafado e Marcus parecia estar enterrado sob uma montanha de mantas e colchas.

– Segundo o médico, sob nenhuma circunstância poderíamos deixar que ele sentisse frio – respondeu a Sra. Wetherby.

Honoria repuxou a gola do vestido leve que usava, desejando que houvesse um modo de abri-lo um pouco. Meu Deus, se ela se sentia desconfortável, Marcus devia estar em agonia. Não podia ser saudável ficar sufocado.

Mas ao menos ele estava dormindo e sua respiração parecia normal. Ela não tinha ideia do que alguém ouviria diante do leito de um doente; supunha que qualquer coisa fora do comum. Honoria se aproximou um pouco mais e se inclinou. Marcus estava bastante suado. Ela só conseguia ver um lado do rosto dele, mas sua pele cintilava de um modo nada natural e o ar estava carregado de suor.

– Sinceramente, não acho que deveríamos mantê-lo sob tantas cobertas... – sussurrou Honoria.

A Sra. Wetherby deu de ombros, impotente.

– O médico foi muito claro.

Honoria chegou ainda mais perto, até suas pernas tocarem a lateral da cama.

– Ele não parece confortável.

– Eu sei – concordou a governanta.

Honoria estendeu a mão, hesitante, para ver se conseguia afastar um pouco as cobertas, mesmo que apenas alguns centímetros. Ela segurou a beira da colcha que estava por cima, puxou muito de leve, então...

– Aaaaaaai!

Honoria deu um gritinho e um pulo para trás, agarrando o braço da Sra. Wetherby. Marcus se sentara na cama de supetão e agora olhava ao redor com uma expressão desvairada.

E ele parecia não usar nenhuma peça de roupa. Pelo menos não da cintura para cima, que era o que ela conseguia ver.

– Está tudo bem, está tudo bem – disse Honoria, mas faltava confiança em sua voz. Nada estava bem, mas ela não sabia como fazer parecer o contrário.

Marcus respirava com dificuldade e se encontrava muito agitado. Seus olhos não pareciam focalizar. Na verdade, Honoria não tinha certeza se ele percebia que ela estava ali. Marcus mexia a cabeça para a frente e para trás, como se procurasse algo, então o movimento ficou mais acelerado e a cabeça começou a estremecer de um modo estranho.

– Não – disse Marcus, embora não com muita determinação. Ele não parecia furioso, apenas aborrecido. – Não.

– Ele não está acordado – comentou a Sra. Wetherby, baixinho.

Honoria assentiu lentamente, enfim se dando conta da enormidade da tarefa que assumira. Não entendia nada de doenças e com certeza não sabia como cuidar de alguém com febre.

Fora até ali para isso? Para cuidar dele? Ficara tão louca de preocupação depois de ler a mensagem da Sra. Wetherby que tudo em que conseguiu pensar foi em vê-lo por si mesma. Não refletira além disso.

Como tinha sido idiota. O que achara que faria depois que o visse? Que daria as costas e voltaria para casa?

Teria que cuidar dele. Estava ali agora e qualquer outra possibilidade era impensável. Mas a perspectiva a aterrorizava. E se fizesse alguma coisa errada? E se piorasse o estado dele?

Contudo, o que mais poderia fazer? Marcus não tinha ninguém. Ele precisava dela e Honoria ficou surpresa – e um pouco envergonhada – por não ter percebido isso antes.

– Vou me sentar com ele – disse à Sra. Wetherby.

– Ah, não, senhorita, não pode fazer isso. Não seria…

– Alguém precisa ficar com ele – interrompeu Honoria com determinação. – Marcus não deve ficar sozinho.

Ela pegou a governanta pelo braço e conduziu a mulher até o outro extremo do quarto. Era impossível manter uma conversa tão perto de Marcus. Ele havia voltado a se deitar, mas estava se virando e se agitando com tamanha violência que Honoria se encolhia cada vez que o olhava.

– Eu ficarei – disse a Sra. Wetherby. Mas não parecia estar realmente com vontade de fazer isso.

– Desconfio de que a senhora já tenha passado muitas horas ao lado dele. Assumirei seu lugar. A senhora precisa descansar.

A governanta assentiu, grata. Quando as duas chegaram à porta que dava para o corredor, ela garantiu:

– Ninguém comentará nada sobre a senhorita estar no quarto dele. Prometo que nenhuma alma em Fensmore dirá uma palavra a respeito.

Honoria abriu o que esperava ser um sorriso tranquilizador.

– Minha mãe está aqui. Não neste quarto, mas está aqui em Fensmore. Isso deve ser o bastante para evitar maledicências.

A Sra. Wetherby assentiu novamente e saiu do aposento. Honoria ouviu o som de seus passos se afastando até restar apenas o silêncio.

– Ah, Marcus… – disse ela, baixinho, aproximando-se devagar da beirada da cama. – O que aconteceu com você?

Honoria estendeu a mão para tocá-lo, então pensou que era melhor não. Não seria adequado e, além disso, não queria perturbá-lo mais do que já havia perturbado.

Ele tirou um dos braços de baixo das cobertas e rolou até estar deitado de lado, o braço livre pousado na colcha. Honoria não se dera conta de que Marcus era tão musculoso. É claro que sabia que ele era forte. Óbvio. Ele… Ela parou por um instante, refletindo. Na verdade, não era óbvio. Honoria não conseguia se lembrar da última vez que o vira erguer algo. Mas Marcus parecia forte. Passava essa impressão. De ser capaz fisicamente. Nem todos os homens tinham essa característica. Na verdade, a maioria não tinha, pelo menos os que Honoria conhecia.

Ainda assim, ela não percebera que os músculos do braço de um homem podiam ser tão bem definidos.

Interessante.

Honoria se inclinou um pouco mais para a frente, inclinou a cabeça para o lado e aproximou um pouco a vela. Como era chamado aquele músculo no ombro? O dele era mesmo uma beleza.

Ela arquejou, horrorizada diante do rumo inapropriado que seus pensamentos tomavam, e recuou um passo. Não estava ali para lançar olhares desejosos para o pobre homem e, sim, para cuidar dele. Além do mais, se fosse lançar olhares desejosos para alguém, com certeza não seria para Marcus Holroyd.

Havia uma cadeira próxima e Honoria puxou-a mais para a frente, próxima o bastante da cama para que pudesse se inclinar e atendê-lo em um instante, mas não o suficiente para ser atingida por algum dos movimentos descontrolados dele.

Marcus parecia mais magro. Ela não sabia como conseguira perceber isso em meio a tantas colchas e cobertas, mas ele com certeza perdera peso. O rosto estava mais fino e, mesmo sob a luz mortiça da vela, Honoria podia ver sombras escuras sob seus olhos, que não existiam antes.

Ela ficou sentada por vários minutos, sentindo-se um tanto tola, na verdade. Deveria estar *fazendo* algo. Provavelmente velar o seu sono já era alguma coisa, mas nada de mais, até porque precisava se esforçar para não olhar certas partes do corpo dele. Marcus parecia ter se acalmado; de vez em quando se agitava embaixo das cobertas, mas na maior parte do tempo dormia tranquilo.

Mas, Deus, como estava quente ali. Honoria ainda usava seu vestido diurno, muito bonitinho, abotoado nas costas. Era uma dessas peças absurdas do vestuário feminino, nas quais não se conseguia entrar (ou sair) sozinha.

Ela sorriu. Um pouco como as botas de Marcus. Era interessante saber que os homens podiam ser devotados à moda de uma forma tão pouco prática quanto as mulheres.

Ainda assim, aquele vestido era a roupa errada para se usar no quarto de um doente. Honoria conseguiu abrir alguns botões do topo e praticamente ofegou por mais ar.

– Isso não pode ser saudável – disse em voz alta, segurando a gola com dois dedos e sacudindo-a na tentativa de arejar o pescoço suado.

Honoria olhou para Marcus. Ele não pareceu se perturbar com a sua voz. Ela descalçou os sapatos e então, como já estava despida o bastante para arruinar a própria reputação caso alguém a visse, aproveitou para tirar também as meias.

– Argh.

Ela baixou os olhos para as pernas, desanimada. As meias já estavam quase empapadas de suor.

Com um suspiro resignado, estendeu as meias nas costas da cadeira, então pensou melhor. Provavelmente era mais inteligente não deixá-las tão à mostra. Assim, enrolou-as e enfiou-as dentro dos sapatos. De pé, segurou a saia com as duas mãos e balançou-as, tentando refrescar as pernas.

Aquele calor era insuportável. Não se importava com o que o médico dissera. Não conseguia acreditar que aquilo pudesse ser saudável. Honoria voltou à cama de Marcus e espiou-o de novo, mantendo uma distância segura para o caso de ele se agitar.

Com muito cuidado, estendeu a mão. Não o tocou, mas chegou perto disso. O ar próximo ao ombro de Marcus estava pelo menos 10 graus mais quente do que o resto do cômodo.

Ela podia estar exagerando um pouco, dado o seu estado de extremo calor. Mas ainda assim…

Honoria olhou ao redor, procurando algo com que pudesse abaná-lo. Maldição, adoraria ter um dos leques de seda chinesa da mãe naquele momento. A mãe vivia se abanando nos últimos tempos. Nunca ia a lugar algum sem ter ao menos três daqueles leques na bagagem – o que era uma boa ideia, já que ela tendia a esquecê-los por toda a cidade.

Porém, nada ali podia fazer as vezes de um leque. Assim, Honoria se inclinou e assoprou delicadamente o rosto de Marcus. Ele não se mexeu. Para ela, isso era um bom sinal. Animada com seu sucesso (se é que fora mesmo um sucesso), tentou de novo, com um pouco mais de força. Dessa vez ele estremeceu ligeiramente.

Honoria franziu a testa, sem saber se aquilo era bom ou não. Se Marcus estava suando como parecia, ela corria o risco de deixá-lo com frio, exatamente o que o médico mandara evitar.

Ela se sentou, então se levantou, e voltou a se acomodar, e tamborilou na coxa. O movimento se tornou cada vez mais frenético até ser obrigada a prender a mão agitada para mantê-la quieta.

Aquilo era um absurdo. Honoria se ergueu de um pulo e retornou até a beira da cama de Marcus. Ele estava agitado de novo, debatendo-se sob as cobertas, embora não com força o bastante para se descobrir.

Precisava tocá-lo. Realmente precisava. Era a única forma de determinar a temperatura da pele dele. Honoria não sabia bem o que faria com essa informação, mas isso não importava. Se era a enfermeira de Marcus – e parecia que era –, tinha que observar melhor o estado de saúde dele.

Honoria estendeu a mão e o tocou de leve nos ombros com as pontas dos dedos. A pele não parecia tão quente quanto ela imaginara, mas isso talvez tivesse a ver com o calor que sentia. Mas ele estava suado e, ao se aproximar, Honoria percebeu que os lençóis estavam ensopados.

Deveria tentar tirá-los? Marcus ainda tinha todas as outras cobertas. Ela puxou o lençol enquanto segurava a colcha de cima com a outra mão para mantê-la no lugar. Só que não deu certo. Todas as cobertas acabaram deslizando na direção dela, revelando uma perna longa e ligeiramente dobrada.

Os lábios de Honoria se entreabriram. Ele também era bem musculoso ali.

Não, não, não, não, não, não, não. Ela não estava olhando para Marcus. Não estava. Não para ele. Com certeza não para ele. Além do mais, precisava devolver uma das cobertas ao lugar antes que Marcus rolasse o corpo e ficasse todo exposto, porque Honoria não sabia se ele estava usando alguma roupa de baixo. Não tinha nada cobrindo os braços nem as pernas, portanto restava...

Honoria baixou os olhos para o meio do corpo dele. Não conseguiu evitar. Ele ainda estava coberto, é claro, mas se ela esbarrasse acidentalmente na cama...

Segurou uma parte da colcha e puxou-a para cima, tentando cobri-lo de novo. Outra pessoa teria que trocar os lençóis. Santo Deus, como ela estava com calor! Como poderia ter ficado ainda mais quente ali? Talvez pudesse sair do quarto por um instante. Ou abrir uma fresta da janela e ficar perto dela.

Abanou o rosto com a mão. Deveria voltar a se sentar. Havia uma cadeira adequada para isso e poderia se acomodar com as mãos discretamente no colo até de manhã. Só daria uma última olhada em Marcus, para se certificar de que ele estava bem.

Ela ergueu a vela e a aproximou do rosto dele.

Os olhos de Marcus estavam abertos.

Honoria deu um passo cauteloso para trás. Ele abrira os olhos antes. Aquilo não significava que estava acordado.

– Honoria? O que está fazendo aqui?

Isso, no entanto, significava.

CAPÍTULO 8

Marcus sentia-se péssimo.

Não, sentia-se como se tivesse ido ao inferno. E voltado. E talvez ido de novo, só porque não estivera quente o bastante da primeira vez.

Ele não tinha ideia de quanto tempo estava doente. Um dia, talvez? Dois? A febre havia começado… na terça-feira? Sim, na terça, embora isso não significasse grande coisa, já que ele não sabia que dia era agora.

Ou noite. Devia ser de noite. Parecia estar escuro… Maldição, como estava quente! Na verdade, era difícil pensar em qualquer outra coisa que não aquele calor absurdo.

Talvez ele houvesse trazido o inferno para casa. Ou talvez ainda estivesse lá. Se esse fosse o caso, as camas no inferno eram bem confortáveis, o que parecia contradizer tudo o que aprendera na igreja.

Marcus bocejou e esticou o pescoço para a direita e para a esquerda antes de voltar a repousá-lo no travesseiro. Conhecia aquele travesseiro. Era macio, de penas de ganso, e da densidade certa. Ele estava na própria cama, no próprio quarto. E com certeza era de noite. Estava escuro. Sabia disso, embora não conseguisse reunir energia para abrir os olhos.

Podia ouvir a Sra. Wetherby se agitando pelo quarto. Imaginou que a governanta ficara ao lado da cama durante todo o tempo. Isso não o surpreendeu, mas sentia-se grato pelos cuidados. Ela levara sopa quando começara a se sentir mal, e Marcus se recordava vagamente de vê-la conversando com um médico. As poucas vezes em que ele emergira da bruma da febre, ela estava no quarto, velando-o.

A mulher tocou seu ombro, os dedos leves e suaves. Mas não foi o bastante para arrancá-lo do estupor. Não conseguia se mexer. Estava tão cansado… Não tinha lembrança de tamanho cansaço na vida. Todo o corpo doía e a perna lhe dava agonia. Só queria voltar a dormir. Mas estava muito quente. Por que alguém manteria o quarto tão quente?

Como se ouvisse seus pensamentos, a Sra. Wetherby puxou-lhe os lençóis e Marcus rolou para o lado, tirando a perna boa de baixo das cobertas. Ar! Santo Deus, que sensação boa! Talvez ele devesse se livrar delas de vez. A governanta ficaria muito escandalizada se o visse seminu? Provavelmente, mas se fosse para o bem da saúde dele...

Porém, ela começou a jogar as cobertas de volta em cima dele, e Marcus quase teve vontade de chorar. Reuniu toda a sua reserva de energia, abriu os olhos e...

Não era a Sra. Wetherby.

– Honoria? – disse ele, rouco. – O que está fazendo aqui?

Ela deu um pulo para trás, de quase meio metro, e deixou escapar um gritinho que furou os tímpanos dele. Marcus voltou a fechar os olhos. Não tinha energia para conversar, embora a presença dela ali fosse bastante curiosa.

– Marcus? – chamou Honoria, a voz estranhamente urgente. – Consegue falar? Está acordado?

Ele fez um brevíssimo meneio de cabeça.

– Marcus?

Honoria estava mais perto agora e ele conseguiu sentir o hálito quente no pescoço. Era terrível. Quente demais, próximo demais.

– Por que você está aqui? – perguntou Marcus de novo, as palavras saindo desarticuladas, como se envolvidas em um melado. – Você deveria estar...

Onde ela deveria estar? Londres, ele achava. Não era isso?

– Ah, graças a Deus.

Honoria tocou-lhe a testa. A pele dele estava quente, mas, enfim, *tudo* estava quente.

– Hon... Honor...

Ele não conseguiu pronunciar o resto do nome dela. Tentou. Moveu os lábios e respirou fundo algumas vezes. Mas era muito esforço, até porque ela parecia não responder à pergunta dele. Por que ela estava ali?

– Você ficou muito doente – falou Honoria.

Ele assentiu. Provavelmente. Pelo menos pensou em assentir.

– A Sra. Wetherby escreveu para mim, em Londres.

Ah, então era isso. Ainda assim, muito estranho.

Honoria pegou a mão dele e começou a dar tapinhas nela, em um gesto nervoso e agitado.

– Vim assim que pude. Minha mãe também está aqui.

Lady Winstead? Marcus tentou sorrir. Gostava de lady Winstead.

– Acho que você ainda está com febre – falou Honoria, parecendo insegura. – Sua testa está quente. Embora este quarto esteja um forno. Não sei se consigo precisar quanto do calor vem de você e quanto está no ar.

– Por favor – grunhiu Marcus, esticando um dos braços e batendo no dela sem querer. Ele abriu os olhos, piscando contra a luz mortiça. – A janela.

Ela balançou a cabeça.

– Lamento. Gostaria de poder abri-la. Mas a Sra. Wetherby disse que o médico…

– *Por favor.*

Ele estava implorando… Diabos, parecia próximo às lágrimas. Só queria que ela abrisse a maldita janela.

– Marcus, não posso… – Honoria parecia dividida.

– Não consigo respirar – interrompeu ele, e não estava exagerando.

– Ah, está certo – concordou ela, indo na direção da janela. – Mas não conte a ninguém!

– Eu prometo – murmurou ele.

Marcus não conseguia erguer o corpo para virar a cabeça e observá-la, mas ouviu cada movimento de Honoria em meio ao silêncio pesado da noite.

– A Sra. Wetherby foi bastante firme – comentou ela, afastando a cortina. – Era para o quarto permanecer quente.

Marcus grunhiu de novo e tentou gesticular para descartar a preocupação dela.

– Não sei nada sobre cuidar de inválidos – *ah, agora, sim, o som da janela sendo aberta…* –, mas imagino que não seja saudável ficar nesta sauna quando se está com febre.

Marcus sentiu os primeiros sopros de ar fresco tocarem sua pele e quase chorou de felicidade.

– Nunca tive febre – revelou Honoria, voltando para o lado dele. – Ou ao menos não que consiga me lembrar. Não é estranho?

Marcus podia visualizar seu sorriso pela voz dela. Sabia até que tipo de sorriso era aquele – um tanto encabulado, com apenas um leve toque de admiração. Honoria costumava sorrir daquele jeito. E toda vez que isso acontecia, o lado direito da boca se curvava apenas um pouquinho mais do que o esquerdo.

E agora ele conseguia reconhecer esse sorriso. Era adorável. E estranho.

Como era esquisito que a conhecesse tão bem... Ele a conhecia melhor do que quase qualquer outra pessoa, é claro. Mas isso não era o mesmo que conhecer o sorriso de alguém.

Ou era?

Honoria puxou uma cadeira mais para perto e se sentou.

– Isso nunca me ocorreu até eu vir para cá cuidar de você... Quero dizer, que eu nunca tivera uma febre. Minha mãe diz que são terríveis.

Ela fora até lá para cuidar dele? Marcus não sabia por que achava esse fato tão incrível. Não havia mais ninguém em Fensmore por quem Honoria pudesse ter vindo, e ali estava ela, ao lado do leito dele, mas ainda assim, de algum modo aquilo parecia... Bem, não estranho. Também não surpreendente. Apenas...

Inesperado.

Marcus tentou ajustar a mente cansada. Uma coisa podia não ser surpreendente *e* ser inesperada? Porque era esse o caso. Ele nunca havia esperado que Honoria largasse tudo e fosse para Fensmore cuidar dele. Ainda assim, ali estava ela, e isso não era nada surpreendente.

Parecia quase normal.

– Obrigado por abrir a janela – agradeceu ele, baixinho.

– De nada. – Honoria abriu um sorriso, porém não conseguiu disfarçar a expressão preocupada. – Não foi preciso muito para me convencer. Acho que nunca senti tanto calor na vida.

– Nem eu – tentou brincar Marcus.

Dessa vez ela deu um sorriso de verdade.

– Ah, Marcus... – falou Honoria, estendendo a mão para afastar os cabelos da testa dele.

Ela balançou a cabeça, mas parecia não saber por que estava fazendo aquilo. Os próprios cabelos caíam-lhe sobre o rosto, lisos como sempre. Honoria soprou-os, tentando tirá-los da boca, mas eles voltaram a cair. Por fim, afastou-os com os dedos e os prendeu atrás da orelha.

E eles voltaram a cair.

– Você parece cansada – comentou Marcus com a voz rouca.

– Diz o homem que não consegue manter os olhos abertos.

– *Touché* – falou ele, de algum modo conseguindo ilustrar a declaração com um leve movimento do dedo indicador.

Honoria ficou em silêncio por um instante, então teve um leve sobressalto.

– Gostaria de beber alguma coisa?

Marcus assentiu.

– Desculpe. Eu deveria ter perguntado no momento em que você acordou. Imagino que esteja morrendo de sede.

– Só um pouco – mentiu ele.

– A Sra. Wetherby deixou uma jarra de água – informou Honoria, esticando o braço para pegar algo na mesa atrás dela. – Não está fria, mas acho que será refrescante.

Marcus assentiu de novo. Qualquer coisa que não estivesse fervendo seria refrescante.

Honoria estendeu um copo, então percebeu que ele não conseguiria segurá-lo deitado como estava.

– Venha, deixe-me ajudá-lo a erguer o corpo – ofereceu ela, voltando a pousá-lo na mesa.

Honoria passou os braços ao redor dele e, com mais determinação do que força, auxiliou-o a se sentar.

– Pronto – disse, parecendo tão eficiente quanto uma governanta. – Só, ahn, precisamos prender essa coberta ao seu redor e tomar um pouco de água.

Marcus piscou algumas vezes, cada movimento tão lento que ele não tinha certeza se conseguiria voltar a abrir os olhos. Não estava usando uma camisa. Era engraçado só ter percebido isso agora. E mais engraçado ainda que parecesse não se preocupar com as sensibilidades da dama solteira.

Honoria devia estar ruborizada. Ele não tinha como saber: estava escuro demais para enxergar. Mas isso não importava. Era Honoria. Ela era de boa estirpe. Era sensata. Não ficaria apavorada para sempre por causa da visão do peito dele.

Marcus tomou um gole d'água, então outro, mal percebendo quando parte da água escorreu pelo queixo. Meu Deus, que sensação deliciosa a da água na boca. A língua dele estava muito inchada e seca.

Honoria murmurou alguma coisa, inclinou-se para a frente e secou-lhe o queixo com a mão.

– Sinto muito, não tenho um lenço.

Marcus assentiu, algo dentro dele memorizando a sensação dos dedos dela contra o rosto.

– Você estava aqui antes.

Ela o olhou sem entender.

– Você me tocou. No ombro.

Os lábios dela se curvaram em um leve sorriso.

– Foi há poucos minutos.

– Foi? – Ele pensou a respeito. – Ah.

– Estou aqui há muitas horas.

Ele ficou ligeiramente boquiaberto.

– Obrigado.

Aquela era a voz dele? Nossa, parecia tão fraca...

– Não consigo expressar quanto me sinto aliviada por vê-lo acordado. Quero dizer, você parece péssimo, mas está muito melhor do que antes. Está falando. E falando coisas que fazem sentido.

Ela levantou as mãos e juntou-as, o gesto nervoso e um tanto frenético.

– O que é mais do que eu poderia dizer de mim mesma no momento.

– Não seja tola.

Honoria balançou rapidamente a cabeça, então desviou os olhos. Mas ele a viu secar o rosto às pressas.

Ele a fizera chorar. Sentiu a cabeça pender um pouco para o lado. Só a ideia já o deixava cansado. Triste. Nunca quisera levar Honoria às lágrimas.

Ela... Ela não deveria... Marcus engoliu em seco. Não queria que ela chorasse. Estava tão cansado... Não sabia de muita coisa, mas disso ele sabia.

– Você me assustou – disse Honoria. – Aposto que não achava que conseguiria.

Ela parecia tentar brincar com ele, mas Marcus percebeu que era tudo fingimento. E apreciou o esforço.

– Onde está a Sra. Wetherby? – perguntou ele.

– Eu a mandei dormir. Ela estava exausta.

– Ótimo.

– Ela vem cuidando de você com toda a dedicação.

Marcus voltou a assentir, um movimento muito breve que torceu para que ela tivesse visto. Também fora a governanta que cuidara dele na última vez em que tivera febre, aos 11 anos. O pai não entrara no quarto nem uma vez, mas a Sra. Wetherby não saiu do lado dele. Marcus quis contar a Honoria a respeito, ou talvez sobre a vez que o pai saíra de casa antes do Natal e a Sra. Wetherby tomara para si a tarefa de enfeitar a casa com visco em tal quantidade que o lugar cheirara a floresta por semanas. Tinha sido o melhor Natal de Marcus, até o ano em que ele foi convidado a passar a data com os Smythe-Smiths.

109

Aquele fora o melhor Natal de todos. Sempre seria o melhor.

– Quer mais água? – perguntou Honoria.

Ele queria, mas não sabia se tinha energia para engolir adequadamente.

– Eu o ajudarei – garantiu ela, pousando o copo nos lábios dele.

Marcus deu um golinho, então deixou escapar um suspiro cansado.

– Minha perna dói.

– Provavelmente ainda é por causa da torção.

Ele bocejou.

– Parece… estar ardendo um pouco. Queimando um pouco.

Ela arregalou os olhos. Marcus não poderia culpá-la. Também não tinha ideia do que queria dizer exatamente.

Honoria se inclinou para a frente, o cenho franzido de preocupação, e mais uma vez levou a mão à testa dele.

– Você está começando a ficar quente de novo.

Ele tentou sorrir. Talvez houvesse conseguido curvar ao menos um lado da boca.

– Não sou sempre… caloroso?

– Não – respondeu ela com franqueza. – Mas parece mais quente agora.

– Vem e vai.

– A febre?

Ele assentiu.

Honoria cerrou os lábios e pareceu mais velha do que ele já vira. Não velha… não havia como ela parecer velha. Só que demonstrava preocupação. Seus cabelos estavam do mesmo jeito, presos para trás no coque frouxo de costume. E ela se movia com aquele andar animado e ligeiramente saltitante que lhe era tão típico.

Mas os olhos estavam diferentes. Mais escuros de algum modo. Mais fundos. Ele não gostou nada disso.

– Posso beber um pouco mais de água? – perguntou.

Não se lembrava de já ter sentido tanta sede.

– É claro – disse Honoria rapidamente, e serviu mais água.

Ele virou a água, de novo depressa demais, mas dessa vez secou o que transbordou com as costas da mão.

– Provavelmente vai voltar – avisou a ela.

– A febre.

Agora não se tratava de uma pergunta.

Marcus assentiu.

– Achei que você deveria saber.

– Não entendo – falou ela, pegando o copo da mão trêmula dele. – Você estava bem na última vez em que o vi.

Ele tentou erguer uma sobrancelha. Não soube se teve êxito.

– Ah, certo – emendou Honoria. – Não totalmente bem, mas sem dúvida melhorando.

– Eu estava tossindo.

– Eu sei. Só acho… – Ela bufou, zombando de si mesma, e balançou a cabeça. – O que estou dizendo? Não sei nada sobre doenças. E por que achei que seria capaz de tomar conta de você? Na verdade, acho que não sou.

Marcus não entendia o que ela estava falando, mas, por alguma razão inexplicável, aquilo o deixou feliz.

Honoria voltou a se sentar na cadeira perto dele.

– Eu simplesmente vim. Recebi a carta da Sra. Wetherby e não parei para pensar sobre o fato de que não havia nada que eu pudesse fazer para ajudá-lo. Apenas vim.

– Você está ajudando – sussurrou Marcus.

E ela estava mesmo.

Ele já se sentia melhor.

CAPÍTULO 9

As dores acordaram Honoria na manhã seguinte. O pescoço dela estava rígido, as costas ardiam e o pé esquerdo se encontrava dormente. E ela estava com calor e suada. Além de desconfortável, sentia-se feia. E provavelmente fedia. E com isso queria dizer...

Ah, pelo amor de Deus, qualquer pessoa que chegasse a menos de 2 metros dela saberia.

Honoria havia fechado a janela depois de Marcus ter cochilado. E quase a matara fazer isso, ia contra todo o bom senso. Mas não se sentia segura o bastante para desafiar as instruções do médico.

Ela sacudiu o pé e se encolheu com a sensação de minúsculas agulhas espetando sua pele. Diabos, detestava quando o pé ficava dormente. Honoria estendeu a mão para apertá-lo, tentando restaurar a circulação, porém a parte inferior de sua perna parecia pegar fogo.

Com um bocejo e um gemido, ela se levantou, tentando ignorar o sinistro ranger das juntas. Havia um motivo para seres humanos não dormirem em cadeiras, concluiu Honoria. Se ainda estivesse ali na noite seguinte, tentaria se acomodar no chão.

Meio andando, meio mancando, ela foi até a janela, ansiosa para afastar as cortinas e permitir que ao menos um pouco de luz do sol entrasse. Marcus ainda dormia, por isso Honoria não queria deixar o quarto muito claro, só que sentia uma necessidade urgente de vê-lo. A cor da pele dele, as manchas escuras sob os olhos. Ela não sabia bem o que faria com essa informação, mas a verdade era que não sabia bem o que faria com nada desde que entrara naquele quarto na noite anterior.

E precisava de uma razão para sair daquela maldita cadeira.

Honoria afastou um dos lados da cortina, piscando diante da luz do início da manhã. O dia devia ter nascido havia pouco tempo: o céu ainda exibia faixas de rosa e pêssego, e a bruma matinal pairava suavemente sobre o gramado.

Parecia tão agradável lá fora, tão tranquilo e fresco, que Honoria voltou a abrir uma fresta da janela e chegou a pressionar o rosto contra a abertura, só para aspirar a umidade fresca.

Entretanto, tinha um trabalho a fazer. Assim, afastou-se da janela e se virou com toda a intenção de pousar a mão na testa de Marcus para checar se a febre voltara. Porém, antes que Honoria pudesse dar mais de dois passos, ele rolou no sono e...

Santo Deus, o rosto de Marcus estava vermelho daquele jeito na noite anterior?

Ela correu para o lado dele, tropeçando por causa do pé ainda pinicando. A aparência de Marcus era terrível: vermelho e inchado. Quando tocou sua pele, sentiu-a quente e ressecada.

E quente. Terrivelmente quente.

Honoria correu para a jarra de água. Ela não vira nenhuma toalha ou lenço, logo molhou as mãos e pousou-as no rosto dele, tentando esfriar a pele. Contudo, era evidente que aquela não seria uma solução possível. Por isso, Honoria foi até uma cômoda e abriu as várias gavetas até encontrar o que achou serem lenços. Só quando os sacudiu para mergulhá-lo na jarra foi que percebeu.

Ai, meu Deus, ela estava prestes a colocar a roupa de baixo de Marcus no rosto dele.

Honoria sentiu-se corar enquanto a torcia para tirar o excesso de água, e voltou correndo para o lado dele. Murmurou um pedido de desculpas – não que ele estivesse consciente o bastante para compreender o que ela dizia ou para se dar conta da indignidade por vir – e pressionou o tecido úmido na testa dele.

No mesmo instante, Marcus começou a se virar e a se debater, deixando escapar sons estranhos e preocupantes: grunhidos e palavras incompletas, frases sem começo ou fim. Ela ouviu "pare" e "não", mas também pensou ter escutado "facilitar", "peixe-sapo" e "ponte".

E com certeza "Daniel".

Ela conteve as lágrimas e se afastou por um instante para colocar a jarra de água mais perto. Marcus havia arrancado o tecido fresco do rosto quando Honoria retornou à beira da cama, e ao tentar recolocá-lo, ele a afastou.

– Marcus – disse ela com firmeza, embora soubesse que ele não a ouviria –, você precisa me deixar ajudá-lo.

Marcus lutou contra ela, virando-se de um lado para outro, até Honoria estar praticamente sentada sobre ele, apenas para mantê-lo quieto.

– Pare com isso – disse, irritada, quando ele voltou a empurrá-la. – Você. Não. Vai. Vencer. Aliás – ela se apoiou com força num dos ombros de Marcus com o antebraço –, se eu vencer, você vence.

Ele ergueu o corpo de repente e as cabeças dos dois se chocaram. Honoria deixou escapar um gemido, mas não o soltou.

– Ah, não, você não vai vencer – insistiu ela, aproximando o rosto do dele. Você não vai morrer.

Usando todo o peso do corpo para mantê-lo deitado, Honoria esticou o braço na direção da jarra de água, tentando molhar o pano de novo.

– Você vai me odiar amanhã, quando se der conta do que estou colocando em seu rosto – comentou ela, voltando a pressionar com força a roupa de baixo na testa dele.

Não pretendera ser tão rude, mas Marcus não lhe dera muita chance de ser mais gentil.

– Acalme-se – disse Honoria, baixinho, passando o pano no pescoço dele. – Prometo que, se você se acalmar, vai se sentir muito melhor. – Ela molhou o pano mais uma vez. – Será pouco em comparação com quanto *eu* vou me sentir.

Na tentativa seguinte, Honoria conseguiu colocar o pano úmido sobre o peito de Marcus, que havia muito ela deixara de reparar que estava nu. Mas ele pareceu não gostar e empurrou-a com força, fazendo-a cair da cama e aterrissar com um baque no tapete.

– Ah, não, você não vai vencer – resmungou ela, pronta para voltar ao ataque.

Porém, antes que pudesse dar a volta na cama para se aproximar da jarra, Marcus acertou-a na barriga com a perna.

Honoria cambaleou e se debateu, tentando recuperar o equilíbrio. Sem pensar, agarrou a primeira coisa em que suas mãos esbarraram.

Marcus gritou.

O coração de Honoria passou a bater com o triplo da velocidade e ela soltou o que então percebeu ser a perna dele. Sem nada em que se agarrar, Honoria caiu e bateu o cotovelo direito com força no chão.

– Aaauuu! – gritou enquanto sentia espasmos elétricos se irradiarem até as pontas dos dedos.

De algum modo, conseguiu se colocar de pé e segurou o cotovelo ao lado do corpo. O barulho que Marcus fizera...

Não havia sido humano.

Ele ainda estava gemendo muito quando Honoria retornou para o lado da cama, e também respirava com dificuldade – o tipo de respiração própria de quem está morrendo de dor.

– O que aconteceu? – sussurrou Honoria. Não era a febre. Era algo muito mais agudo.

A perna dele. Ela agarrara a perna dele.

Foi quando percebeu que sua mão estava pegajosa.

Ainda segurando o próprio cotovelo, Honoria virou a mão até ver a palma. Sangue.

– *Ai, meu Deus.*

Ela se adiantou até ele com o estômago embrulhado. Não queria assustá-lo, já o nocauteara duas vezes. Mas o sangue... não era dela.

Como Marcus recolhera a perna de novo para debaixo das cobertas, Honoria levantou cuidadosamente a manta para expô-la até o joelho.

– *Ai, meu Deus.*

Um longo e feio corte se estendia pela lateral da panturrilha, pingando sangue e algo mais que Honoria preferia nem imaginar o que era. A perna estava terrivelmente inchada e pálida, a pele perto do ferimento vermelha e brilhando. A aparência era péssima, como de alguma coisa podre. Horrorizada, Honoria se perguntou se ele estaria apodrecendo.

Ela deixou cair a coberta e se afastou, mal conseguindo conter a ânsia de vômito.

– Ai, meu Deus – disse de novo, incapaz de falar outra frase, incapaz de pensar em qualquer outra coisa.

Aquela só podia ser a causa da febre. Não tinha nada a ver com o frio ou com a tosse.

A cabeça de Honoria girava. Marcus tinha um ferimento infeccionado, provavelmente causado quando ele cortara a bota. Mas ele não contara que havia se cortado. Por que não mencionara? Deveria ter dito a alguém. Deveria ter dito a *ela*.

Honoria ouviu uma batidinha na porta e a Sra. Wetherby enfiou a cabeça por uma fresta.

– Está tudo bem? Ouvi um barulho alto.

115

– Não – respondeu Honoria, a voz trêmula, em pânico. Tentou controlar o horror crescente. Precisava ser racional. Se continuasse daquele jeito, não seria de valia para ninguém. – A perna dele. A senhora sabia de alguma coisa sobre a perna dele?

– Do que está falando? – perguntou a Sra. Wetherby, chegando rapidamente ao lado de Honoria.

– A perna de Marcus. Está muito infeccionada. Tenho certeza de que essa é a causa da febre. Só pode ser.

– O médico falou que era a tosse. Ele... Oh! – A governanta se encolheu quando Honoria levantou a coberta para mostrar a perna de Marcus. – Santo Deus. – A mulher recuou um passo e cobriu a boca. Ela parecia prestes a passar mal. – Eu não fazia ideia. Nenhum de nós. Como não vimos isso?

Honoria se perguntava exatamente o mesmo, mas aquela não era hora de acusar ninguém. Marcus precisava que elas trabalhassem juntas para ajudá-lo, não que ficassem discutindo de quem era a culpa.

– Precisamos chamar o médico – disse à governanta. – Imagino que o ferimento precise ser limpo.

A Sra. Wetherby assentiu rapidamente.

– Vou mandar chamá-lo.

– Quanto tempo ele levará para chegar?

– Depende se estiver fora, vendo outros pacientes. Se estiver em casa, o criado pode voltar com ele em menos de duas horas.

– Duas horas?!

Honoria mordeu o lábio em uma tentativa atrasada de abafar o gritinho que dera. Nunca vira nada daquele jeito, mas ouvira histórias. Aquele era o tipo de infecção que matava um homem. Bem rápido.

– Não podemos esperar duas horas. Ele precisa de cuidados médicos agora.

A Sra. Wetherby se voltou para Honoria com um olhar assustado.

– A senhorita sabe como limpar um ferimento?

– É claro que não. E a senhora?

– Não um assim – respondeu a mulher, olhando apreensiva para a perna de Marcus.

– Bem, como a senhora cuidaria de um menor? De um ferimento menor, quero dizer.

A Sra. Wetherby juntou as mãos, uma expressão de pânico nos olhos que iam de Honoria para Marcus.

116

– Não sei. Com uma compressa, imagino. Algo para puxar o veneno.

– O veneno? – repetiu Honoria. Meu Deus, isso soava medieval. – Chame o médico – pediu, tentando parecer mais confiante do que se sentia. – Agora. Depois volte imediatamente. Com água quente. E toalhas. E qualquer outra coisa em que conseguir pensar.

– Devo trazer a sua mãe?

– Minha mãe? – perguntou Honoria, espantada. Não porque houvesse algo errado em ter a mãe no quarto do doente, mas... por que pensar nela naquele momento? – Não sei. Faça o que achar melhor. Mas depressa.

A governanta assentiu e saiu correndo do cômodo.

Honoria voltou a olhar para Marcus. A perna dele ainda estava exposta, o terrível ferimento encarando-a como um cenho franzido.

– Ah, Marcus... – sussurrou. – Como isso pôde ter acontecido?

Ela pegou a mão dele e, ao menos daquela vez, Marcus não a recolheu. Ele parecia ter se acalmado um pouco, a respiração mais tranquila do que apenas alguns minutos antes. E seria possível que sua pele também não estivesse mais tão vermelha?

Ou ela estava tão desesperada por qualquer sinal de melhora que começava a ver coisas inexistentes?

– Talvez – disse em voz alta –, mas aceitarei qualquer sinal de esperança.

Honoria se forçou a examinar a perna de Marcus com mais atenção. Seu estômago se contorceu perigosamente, mas ela afastou o nojo. Precisava limpar o ferimento. Só Deus sabia quanto tempo levaria até o médico chegar. Embora uma compressa fosse melhor com água quente, não parecia haver nenhuma razão para que não começasse a trabalhar com o que tinha.

Marcus havia jogado do outro lado do quarto o pano molhado que Honoria usara para refrescá-lo. Assim, ela foi até a cômoda e pegou outra roupa de baixo, tentando não reparar em nada nela além do tecido razoavelmente macio.

Honoria dobrou-a em um formato cilíndrico e mergulhou uma das pontas na água.

– Sinto muito, Marcus – sussurrou, então pousou o tecido úmido com a maior gentileza possível no ferimento.

Ele não reclamou.

Ela soltou o ar que vinha prendendo e fitou o pano. Estava vermelho em certos pontos, além de amarelado, devido ao sangue e ao pus.

Sentindo-se um pouco mais confiante em suas habilidades como enfermeira, Honoria dobrou o pano de forma a usar uma área limpa e pressionou-o mais uma vez contra o machucado, agora fazendo um pouco mais de força. Ele não pareceu se incomodar muito, assim ela repetiu o procedimento, e de novo, até quase não restar mais nenhuma área limpa no tecido.

Honoria olhou para a porta, preocupada. Onde estava a Sra. Wetherby? Havia progredido sozinha, mas tinha certeza de que poderia fazer um serviço melhor com água quente. Só que não se dispunha a parar, não enquanto Marcus permanecesse relativamente calmo.

Ela voltou à cômoda e pegou outra roupa de baixo de Marcus.

– Não sei o que você vai usar quando eu terminar – disse a ele, as mãos no quadril. – De volta à água – falou para si mesma, mergulhando o pano. – E de volta a você.

Dessa vez, pressionou com mais força. Supostamente se devia pressionar cortes e ferimentos para que parassem de sangrar. Marcus não estava sangrando naquele momento, mas com certeza aquilo não faria mal.

– Quero dizer, não fará mal de forma permanente – disse Honoria para Marcus, que permanecia em abençoada inconsciência. – É bem provável que, neste momento, está lhe fazendo mal, deve estar doendo.

Ela voltou a mergulhar o pano, encontrando um ponto ainda limpo, e passou para a parte do ferimento que sabia estar evitando. Havia uma área na região de cima que estava mais feia do que o resto: um pouco mais amarelada, também mais inchada.

Honoria encostou o pano de leve ali e, então, como Marcus não reagiu além de murmurar no sono, pressionou um pouco mais forte.

– Um passo de cada vez – sussurrou, forçando-se a respirar fundo para se acalmar. – Só um.

Ela podia fazer aquilo. Podia ajudá-lo. Não, podia *consertá-lo*. Era como se tudo em sua vida houvesse levado àquele momento.

– Foi por isso que não me casei no ano passado. Se tivesse me casado, não estaria aqui para cuidar de você. – Honoria pensou a respeito por um instante. – É claro que você não estaria nesta situação se não fosse por minha causa. Mas não vamos nos prender a isso.

Ela continuou a trabalhar, limpando o ferimento com todo o cuidado, e parou apenas para alongar o pescoço. Então olhou para o pano em suas mãos. Ainda era nojento, porém Honoria já não se importava mais.

– Está vendo? Isso deve significar que estou ficando melhor neste trabalho.

Honoria tentava ser muito prática e objetiva, mas, do nada, logo depois de ter feito uma declaração tão animada, um som alto e engasgado escapou de sua garganta. Era parte arquejo, parte um horrível chiado, e a surpreendeu completamente.

Marcus poderia *morrer*. Essa possibilidade a atingiu com violência. Então ela ficaria realmente só. Eles nem se viam muito nos últimos anos, a não ser nas últimas semanas, é claro, mas Honoria sempre soubera que ele estava ali. O mundo era um lugar melhor só por saber que Marcus estava nele.

E agora ele poderia morrer. Ela se sentiria perdida sem ele. Como não percebera isso?

– Honoria!

Ela se virou. Era a mãe, entrando apressada.

– Vim o mais rápido que pude. – Ela atravessou rapidamente o quarto e viu a perna de Marcus. – Ah, meu Deus.

Honoria sentiu outro daqueles sons engasgados crescendo em seu peito. Tinha relação com a presença da mãe ali, com a reação da mãe a Marcus. Era como quando tinha 12 anos e caíra do cavalo. Pensara que estava bem e andara todo o caminho até em casa, machucada e dolorida, o rosto com um arranhão sangrento provocado por uma pedra.

Então, Honoria vira a expressão da mãe e começara a chorar, desesperada.

Agora acontecia a mesma coisa. Sentia vontade de se entregar ao pranto. Meu Deus, tudo o que desejava fazer era se afastar e chorar, chorar, chorar.

Mas não podia. Marcus precisava dela. Ele precisava que se mantivesse calma. E lúcida.

– A Sra. Wetherby está trazendo água quente – avisou à mãe. – Ela deve voltar logo.

– Ótimo. Vamos precisar de muita água quente. E de conhaque. E de uma faca.

Honoria encarou a mãe, surpresa. Ela parecia saber o que dizia.

– O médico vai querer amputar a perna dele – declarou lady Winstead, em um tom sinistro.

– *O quê?* – Honoria nem sequer havia considerado isso.

– E ele pode ter razão.

O coração de Honoria parou de bater. Até a mãe continuar:

– Mas não ainda.

Honoria não conseguia se lembrar da última vez que a ouvira falar com tanta determinação. Quando Daniel fugira do país, levara consigo um pedaço da mãe deles. Lady Winstead ficara perdida, incapaz de se importar com nada, nem com ninguém, nem mesmo com a filha. Era quase como se não conseguisse tomar qualquer decisão, porque fazer isso significaria aceitar a vida como era no momento, com o único filho homem longe, provavelmente para sempre.

Porém, quem sabe tudo o que ela precisava era de uma razão para acordar. Um momento crítico.

Talvez ela precisasse que precisassem dela.

– Afaste-se – ordenou lady Winstead, arregaçando as mangas.

Honoria se afastou para o lado, tentando ignorar a pequena pontada de ciúmes. *Ela* não necessitara da mãe?

– Honoria?

Ela olhou para a mãe, que a observava na expectativa.

– Desculpe – murmurou, entregando o pano que tinha nas mãos. – Quer isso?

– Um limpo, por favor.

– É claro.

Honoria correu para obedecer, diminuindo ainda mais o estoque de roupas de baixo de Marcus.

A mãe pegou o pano e o examinou com uma expressão confusa.

– O que é…

– Foi tudo o que consegui encontrar. E achei que o tempo era precioso.

– É verdade. – A mãe ergueu os olhos e encontrou os de Honoria com uma expressão séria e direta. – Já vi um ferimento assim – revelou ela, e a respiração trêmula era a única coisa que traía o nervosismo. – Seu pai. O ombro dele. Foi antes de você nascer.

– O que aconteceu?

A mãe voltou a olhar para a perna de Marcus e estreitou os olhos enquanto examinava o ferimento.

– Veja se consegue deixar mais claro aqui. – Enquanto Honoria ia até a janela abrir mais as cortinas, a mãe continuou: – Nem sei como seu pai se cortou, só sei que estava terrivelmente infeccionado. – Muito baixinho, acrescentou: – Quase tão ruim quanto este.

– Mas ele ficou bem – disse Honoria, retornando para o lado da mãe.

Era uma história que sabia como terminava: o pai tivera dois braços perfeitos e fortes até a morte.

A mãe assentiu.

– Tivemos muita sorte. O primeiro médico quis amputá-lo. E eu... – A voz dela falhou e houve um momento de silêncio antes que prosseguisse: – Eu o teria deixado amputar. Estava tão preocupada com a vida do seu pai... – Ela usou o pano limpo para secar a perna de Marcus, em uma tentativa de enxergar melhor. Quando voltou a falar, seu tom era gentil: – Eu teria feito qualquer coisa que me mandassem.

– Por que não amputaram o braço dele? – perguntou Honoria em voz baixa.

A mãe soltou o ar, como se estivesse expulsando uma lembrança ruim.

– Seu pai exigiu ver outro médico. Se o segundo concordasse com o primeiro, ele faria o que estavam querendo. Mas não iria perder o braço porque um único homem lhe dissera para fazer isso.

– O segundo médico disse que não era necessário amputar?

A mãe deixou escapar um risinho sem humor.

– Não, ele falou que a amputação era quase certa, mas que poderiam tentar limpar o ferimento antes. Limpar de verdade.

– Era o que eu estava fazendo – apressou-se em dizer Honoria. – Acho que já limpei bastante a infecção.

– É um bom começo. Mas... – Ela se interrompeu.

– Mas o quê?

Lady Winstead manteve a atenção firme no ferimento de Marcus, pressionando-o levemente com o pano. Ela não olhou para Honoria quando continuou, em uma voz muito baixa:

– O médico afirmou que, se seu pai não gritasse, era porque não estávamos limpando bem o suficiente.

– A senhora se lembra do que ele fez? – sussurrou Honoria.

A mãe assentiu.

– De tudo – respondeu baixinho.

Honoria esperou por mais. Então desejou não ter feito isso.

A mãe enfim levantou os olhos.

– Teremos que amarrá-lo.

CAPÍTULO 10

Levaram menos de dez minutos para transformarem o quarto de Marcus em uma sala de operação improvisada. A Sra. Wetherby voltou com a água quente e um estoque de panos limpos. Dois criados receberam instruções de amarrar Marcus firmemente à cama. Eles obedeceram, apesar do horror evidente em suas expressões.

Lady Winstead pediu tesouras, a menor e mais afiada que tivessem.

– Preciso cortar a pele morta – explicou a Honoria, pequenas linhas de determinação surgindo nos cantos de sua boca. – Vi o médico fazer isso com o seu pai.

– Mas a *senhora* também fez?

A mãe a encarou, então se virou.

– Não.

– Ah.

Honoria engoliu em seco. Não havia mais nada a falar.

– Não é difícil, desde que a pessoa responsável pela tarefa consiga controlar os próprios nervos – afirmou a mãe. – Não é necessário ser absolutamente preciso.

Honoria olhou para Marcus, então voltou a encarar a mãe, boquiaberta.

– Não é necessário ser preciso? Como assim? É a perna dele!

– Sei disso. Mas prometo que não vou machucá-lo se cortar demais.

– Não vai machucá...

– Ora, é claro que vai doer. – Lady Winstead baixou os olhos para Marcus com uma expressão de arrependimento. – Por isso o amarramos. Mas não causarei nenhum dano permanente. É melhor cortar demais do que de menos. É absolutamente essencial que eliminemos toda a infecção.

Honoria assentiu. Fazia sentido. Era pavoroso, mas fazia sentido.

– Vou começar agora – avisou a mãe. – Mesmo sem tesouras, posso fazer muita coisa.

– É claro. – Honoria a observou se sentar ao lado de Marcus e mergulhar um pano na água fervente. – Posso ajudar de alguma forma? – perguntou, sentindo-se inútil aos pés da cama.

– Sente-se do outro lado. Perto da cabeça dele. Converse com ele. Marcus talvez encontre algum conforto nisso.

Honoria não tinha certeza se Marcus encontraria conforto em algo que ela dissesse, mas sabia que *ela* encontraria conforto em falar com ele. Qualquer coisa seria melhor do que ficar parada como uma idiota.

– Olá, Marcus – disse, puxando a cadeira para perto da cama.

Ela não esperava que ele respondesse, e foi o que aconteceu.

– Sabe, você está bem doente – continuou Honoria, tentando manter a voz animada, mesmo se suas palavras não fossem. Engoliu em seco, então prosseguiu no tom de voz mais contente possível: – Mas, por acaso, minha mãe é meio que uma especialista nesse tipo de coisa. Isso não é fantástico? – Ela olhou para a mãe com uma crescente sensação de orgulho. – Devo confessar que não imaginava que ela soubesse dessas coisas. – Honoria se inclinou para a frente e murmurou no ouvido dele: – Na verdade, eu achava que ela era do tipo que desmaiaria ao ver sangue.

– Eu ouvi isso – avisou a mãe.

Honoria deu um sorrisinho constrangido.

– Desculpe, mas...

– Não precisa se desculpar. – A mãe lhe deu um olhar de relance com um sorriso cauteloso antes de voltar ao trabalho. Sem encará-la, acrescentou: – Eu nem sempre fui tão...

Houve uma breve pausa, o bastante para que Honoria percebesse que a mãe não sabia exatamente o que dizer.

– Tão determinada quanto você talvez tenha precisado que eu fosse – completou lady Winstead.

Honoria permaneceu imóvel, mordendo o lábio inferior, enquanto digeria as palavras da mãe. Era um pedido de desculpas, por mais que a mãe não houvesse dito "Sinto muito".

Ao mesmo tempo, era outro pedido. A mãe não queria discutir mais aquilo. Já fora difícil o bastante dizer o que dissera. Portanto, Honoria aceitou as desculpas da maneira como a mãe esperava. Ela se virou para Marcus.

– De qualquer modo, acho que ninguém pensou em verificar sua perna. A tosse, você sabe. O médico achou que era ela a causa da febre.

Marcus deixou escapar um grito baixo de dor. Honoria olhou rapidamente para a mãe, que agora trabalhava com a tesoura que a Sra. Wetherby trouxera. Lady Winstead abrira toda a tesoura e usava uma ponta na perna de Marcus, como um bisturi. Em um movimento fluido, fez um corte longo, bem no meio do ferimento.

– Ele nem se encolheu – comentou Honoria, surpresa.

A mãe não levantou os olhos.

– Essa não é a parte dolorosa.

– Ah – fez Honoria, virando-se de novo para Marcus. – Ora, está vendo, não é tão ruim assim.

Ele gritou.

Honoria levantou rapidamente a cabeça, bem a tempo de ver a mãe pegar uma garrafa de conhaque de um criado.

– Muito bem, *isso* foi ruim. Mas a boa notícia é que não deve piorar.

Ele gritou de novo.

Honoria voltou a engolir em seco. A mãe ajustara a tesoura e agora realmente cortava pedaços de pele.

– Muito bem – disse ela, dando um tapinha carinhoso no ombro dele. – Talvez não melhore ainda. A verdade é que não faço ideia. Mas ficarei aqui com você o tempo todo. Prometo.

– Está pior do que eu pensava – comentou a mãe de Honoria, mais para si mesma.

– Consegue resolver?

– Não sei. Posso tentar. É só que… – Lady Winstead fez uma pausa e deixou escapar um suspiro longo e baixo através dos lábios cerrados. – Alguém pode secar a minha testa?

Honoria começou a se levantar, mas a Sra. Wetherby logo entrou em ação e secou a testa da mãe com um pano fresco.

– Está muito quente aqui – comentou lady Winstead.

– O médico insistiu que deveríamos manter as janelas fechadas – explicou a governanta.

– O mesmo médico que não percebeu esse enorme ferimento na perna dele?

A Sra. Wetherby não respondeu, mas foi até a janela e a abriu parcialmente.

Honoria observava a mãe com atenção, mal conseguindo reconhecer a mulher concentrada e determinada.

– Obrigada, mamãe – sussurrou.

A mãe levantou os olhos.

– Não vou deixar esse menino morrer.

Marcus não era mais um menino, mas Honoria não ficou surpresa por a mãe ainda pensar nele assim.

Lady Winstead voltou ao trabalho e murmurou:

– Devo isso a Daniel.

Honoria ficou absolutamente imóvel. Era a primeira vez que ouvia a mãe pronunciar o nome do filho desde que ele deixara o país.

– Daniel? – repetiu ela, a voz neutra e atenta.

A mãe não a encarou.

– Já perdi um filho.

Honoria fitou a mãe, chocada, então baixou os olhos para Marcus e voltou a olhar para a mãe. Ela não percebera que a mãe pensava nele dessa forma. E se perguntou se Marcus sabia disso, pois...

Ela voltou a encará-lo, tentando conter as lágrimas o mais silenciosamente possível. Marcus passara a vida toda ansiando por uma família. Será que algum dia percebera que a família dela já era dele também?

– Precisa descansar um pouco? – perguntou a mãe.

– Não. – Honoria balançou a cabeça, embora a mãe não estivesse olhando para ela. – Não. Estou bem. – Ela levou um instante para se recompor, então se inclinou para sussurrar no ouvido de Marcus: – Ouviu isso? Mamãe está muito determinada. Portanto, não a desaponte. – Ela acariciou os cabelos dele, afastando uma mecha escura e grossa da testa. – Nem me desaponte.

– Aaaargh!

Honoria se encolheu com o grito dele. De vez em quando a mãe fazia algo que doía mais do que o normal e todo o corpo de Marcus forçava as faixas de tecido que haviam usado para amarrá-lo. Era terrível de ver, e pior ainda de sentir. Era como se a dor dele se irradiasse por Honoria.

É claro que não doía nela. Apenas fazia com que se sentisse muito mal. Nauseada. Mal consigo mesma. Por culpa dela Marcus tinha pisado naquele falso buraco idiota, por culpa dela torcera o tornozelo, por culpa dela estava tão mal.

Se ele morresse, também seria culpa dela.

Honoria engoliu em seco, tentando suavizar o nó na garganta, e se inclinou um pouco mais para dizer:

– Desculpe. Nunca conseguirei exprimir quanto lamento.

Marcus ficou imóvel e, por um momento, Honoria prendeu a respiração, achando que ele a ouvira. Então percebeu que a mãe fizera uma pausa no trabalho. Fora a mãe que ouvira as palavras dela, e não Marcus. Se lady Winstead ficara curiosa, não o demonstrou. Ela não perguntou o motivo das desculpas, apenas assentiu brevemente e voltou ao trabalho.

– Quando você estiver melhor, deveria ir a Londres – continuou Honoria, firmando a voz em um arremedo de animação. – Ao menos para comprar botas. Talvez dessa vez um pouco mais largas. Não é a moda, eu sei, mas talvez você possa lançar uma tendência.

Ele se encolheu.

– Ou poderíamos permanecer no campo. Esquecer a temporada social. Sei que estava desesperada para casar este ano, mas... – Ela lançou um olhar de soslaio para a mãe, então se aproximou mais do ouvido dele e sussurrou: – Minha mãe parece completamente diferente. Acho que consigo passar outro ano na companhia dela. Aos 22 anos, não estarei tão velha para casar.

– Você tem 21 anos – comentou a mãe, sem levantar os olhos.

Honoria ficou paralisada.

– Quanto do que eu disse a senhora ouviu?

– Só o finalzinho.

Honoria não sabia se a mãe estava dizendo a verdade. Mas elas pareciam ter chegado a um acordo tácito de não fazer perguntas, por isso Honoria decidiu apenas replicar ao que ela falara:

– Quis dizer que, se eu não me casar até o próximo ano, terei 22 anos, e não devo me incomodar.

– Isso significará outro ano com o quarteto da família – lembrou a mãe com um sorriso, mas sem malícia. Pelo contrário, era um sorriso absolutamente sincero e encorajador.

Honoria se perguntou, não pela primeira vez, se a mãe não seria um pouco surda.

– Tenho certeza de que suas primas vão ficar felizes por ter você por outro ano – continuou lady Winstead. – Quando você sair, Harriet terá que tomar seu lugar e ela ainda é um pouco jovem. Acho que não tem nem 16 anos.

– Faz 16 só em setembro – confirmou Honoria.

A prima Harriet, irmã mais nova de Sarah, provavelmente era a pior musicista dos Smythe-Smiths. E isso não era pouca coisa.

– Talvez ela precise de um pouco mais de prática – continuou lady Winstead com uma careta. – Pobre moça... Parece não pegar o jeito. Deve ser difícil para Harriet, com uma família tão musical.

Honoria tentou não ficar boquiaberta ao ouvir isso.

– Bem – comentou, em um tom talvez um pouco desesperado –, ela parece preferir pantomimas.

– É difícil acreditar que mais ninguém toque violino além de você e Harriet.

A mãe franziu a testa, examinando melhor a perna de Marcus, então voltou ao trabalho.

– Apenas Daisy – retrucou Honoria, referindo-se a mais uma prima, essa de outro ramo da família –, mas ela já foi convocada agora que Viola se casou.

– Convocada? – repetiu a mãe com uma risadinha. – Você faz parecer um fardo.

Honoria ficou em silêncio por um instante, tentando não rir. Ou talvez chorar.

– É claro que não – conseguiu dizer por fim. – Adoro o quarteto.

O final era verdade. Ela amava ensaiar com as primas, mesmo se, com o tempo, houvesse passado a tampar os ouvidos com chumaços de algodão. O único problema era que as apresentações eram terríveis.

Ou, como Sarah descreveria, assustadoras.

Medonhas.

Apocalípticas.

(Sarah sempre teve certa tendência à hipérbole.)

Por alguma razão, Honoria nunca levou o constrangimento das apresentações para o lado pessoal e era capaz de manter um sorriso no rosto o tempo todo. E, quando tocava o arco de seu instrumento, o fazia com gosto. Afinal, a família assistia a ela e aqueles momentos significavam muito para eles.

– Bem, de qualquer modo – prosseguiu Honoria, tentando levar a conversa para o assunto anterior, que agora era tão "anterior" que precisou de um instante para lembrar –, não irei faltar à temporada social. Estava só falando. Arrumando assunto para conversa. – Ela fez uma pausa. – Tagarelando, na verdade.

– É melhor se casar com um bom homem do que se apressar e acabar tendo um casamento desastroso – alertou a mãe, parecendo muito sábia. – Todas as suas irmãs conseguiram bons maridos.

Honoria concordou, embora os cunhados não fossem o tipo de homem por quem pudesse se sentir atraída. Mas tratavam as esposas com respeito.

– Elas também não se casaram todas na primeira temporada de que participaram – acrescentou lady Winstead, sem desviar os olhos do trabalho.

– É verdade, mas acredito que todas já estavam casadas no fim da segunda temporada delas.

– É mesmo? – A mãe ergueu os olhos, surpresa. – Acho que você está certa. Até Henrietta...? Ora, acho que sim, bem no fim da temporada. – Ela voltou a se concentrar na perna de Marcus. – Você vai encontrar alguém. Não estou preocupada.

Honoria bufou baixinho.

– Fico feliz porque *a senhora* não está preocupada.

– Não sei bem o que aconteceu no ano passado. Achei que Travers a pediria em casamento. Ou, se não ele, lorde Fotheringham.

Honoria balançou a cabeça.

– Não faço ideia. Também achei que isso fosse acontecer. Lorde Bailey, em particular, parecia muito inclinado. Mas então, de repente... nada. Como se eles perdessem o interesse do dia para a noite. – Ela deu de ombros e baixou os olhos para Marcus. – Talvez tenha sido melhor assim. O que acha, Marcus? Parece que você não gostou muito deles. – Ela suspirou. – Não que isso tenha a ver com a situação, mas acho que valorizo sua opinião. – Honoria deixou escapar uma risadinha. – Dá para acreditar que acabei de dizer isso?

Ele virou a cabeça.

– Marcus?

Ele estava acordado? Honoria o encarou mais de perto, procurando no rosto dele algum... sinal.

– O que foi? – perguntou a mãe.

– Não sei bem. Ele mexeu a cabeça. Quero dizer, é claro que já fez isso antes, mas agora foi diferente. – Ela apertou o ombro de Marcus, rezando para que ele pudesse sentir seu toque através da bruma da febre. – Marcus? Pode me ouvir?

Os lábios dele, secos e rachados, moveram-se levemente.

– Hono... Hono...

Ah, graças a Deus.

– Não fale – pediu ela. – Está tudo bem.

– Dói – disse ele, arquejando. – Como o… diabo.

– Eu sei. Eu sei. Sinto muito.

– Ele está consciente? – indagou a mãe.

– Não muito. – Honoria esticou o braço e entrelaçou os dedos com os dele, apertando-lhe a mão com força. – Você tem um corte horrível na perna. Estamos tentando limpá-lo. Vai doer. Muito, eu temo, mas precisa ser feito.

Ele assentiu levemente.

Honoria olhou para a Sra. Wetherby.

– Tem láudano? Talvez devêssemos dar um pouco a ele enquanto é capaz de engolir.

– Acredito que sim – respondeu a governanta. Ela não tinha parado de torcer as mãos desde que voltara com a água quente e as toalhas, e pareceu aliviada por ter alguma coisa para fazer. – Posso procurar agora mesmo. Só pode estar em um lugar.

– Boa ideia – elogiou lady Winstead, então se levantou e foi em direção à cabeceira da cama. – Consegue me ouvir, Marcus?

Ele moveu o queixo. Não muito, apenas um pouco.

– Você está muito doente.

Marcus sorriu.

– Sim, sim – falou ela, sorrindo também –, estou dizendo o óbvio, eu sei. Mas garanto que você vai ficar perfeitamente bem. Só vai doer um pouco antes.

– Um pouco?

Honoria sentiu um sorriso vacilante curvar seus lábios. Não acreditava que Marcus fosse capaz de brincar em um momento daquele. Sentia-se tão orgulhosa dele…

– Você vai se recuperar dessa, Marcus – assegurou Honoria, então, antes que se desse conta do que fazia, inclinou-se para a frente e beijou a testa dele.

Marcus se virou para encará-la, os olhos quase totalmente abertos. Sua respiração era dificultosa e a pele estava muito quente. Mas, quando Honoria o fitou, viu Marcus além da febre, sob toda a dor.

Ele ainda era Marcus e ela não deixaria que nada lhe acontecesse.

Trinta minutos mais tarde, os olhos de Marcus estavam fechados de novo, o sono consideravelmente melhor depois de uma dose de láudano. Honoria ajeitara o corpo dele de modo que pudesse lhe dar a mão, e se mantivera conversando. Não parecia importar o que ela dizia, mas não foi a única a perceber que o som de sua voz o acalmava.

Ou pelo menos esperava que o acalmasse, porque, caso contrário, ela seria absolutamente inútil ali – uma ideia insuportável.

– Acho que já estamos quase terminando – avisou Honoria a Marcus. Ela deu um olhar de relance para a mãe, que trabalhava com afinco na perna dele. – Só podemos estar terminando, porque não consigo imaginar o que restou para limpar.

A mãe deu um suspiro frustrado e se afastou, aproveitando para secar a testa.

– Algum problema? – perguntou Honoria.

Lady Winstead balançou a cabeça e voltou ao trabalho, mas depois de um instante se afastou de novo.

– Não consigo enxergar.

– O quê? Não, isso é impossível. – Honoria respirou fundo, tentando manter a calma. – Aproxime-se mais.

Lady Winstead balançou a cabeça.

– Não é esse o problema. É como quando eu leio. Tenho que segurar o livro a certa distância dos olhos. Eu apenas... não consigo... – Ela deixou escapar um suspiro impaciente, mas resignado. – Não consigo enxergar bem o bastante. Não as áreas menores.

– Deixe que eu faço – disse Honoria, a voz soando muito mais segura do que de fato estava.

A mãe olhou para ela, mas não com surpresa.

– Não é fácil.

– Eu sei.

– Ele pode gritar.

– Ele já gritou – lembrou Honoria, mas a garganta estava apertada, e o coração, acelerado.

– É mais angustiante ouvir os gritos quando é você que está com a tesoura na mão – afirmou a mãe com gentileza.

Honoria queria dizer algo elegante, heroico, sobre como seria muito mais angustiante se ele morresse e ela não tivesse feito tudo o que pudesse para salvá-lo. Mas não conseguiu. Não lhe restava muita energia e não desperdiçaria a pouca que ainda tinha com palavras.

– Consigo cortar.

Ela olhou para Marcus, ainda amarrado com firmeza à cama. Em algum momento na última hora, a pele dele passara de um vermelho ardente a uma palidez mortal. Aquilo era um bom sinal? Ela só não perguntou à mãe porque lady Winstead não saberia responder.

– Consigo cortar – repetiu, embora a mãe já houvesse lhe entregado a tesoura.

Lady Winstead se levantou da cadeira. Honoria ocupou o lugar dela e respirou fundo.

– Um passo de cada vez – disse a si mesma, examinando o ferimento com atenção antes de começar a trabalhar.

A mãe já lhe mostrara como identificar que tipo de pele deveria ser removida. Tudo o que precisava fazer era analisar uma área e cortar o que fosse necessário. Quando houvesse terminado, passaria para outra.

– Corte o mais próximo possível da pele saudável – orientou a mãe.

Honoria assentiu e subiu mais com a tesoura no ferimento. Então cerrou os dentes e cortou.

Marcus deixou escapar um gemido, mas não acordou.

– Muito bem – elogiou a mãe, baixinho.

Honoria meneou a cabeça e pestanejou para afastar as lágrimas. Como palavras tão curtas podiam deixá-la tão comovida?

– Havia um pouco na parte de baixo que não consegui tirar – avisou a mãe. – Não pude ver bem as bordas.

– Estou vendo – garantiu Honoria, desanimada.

Ela cortou parte da pele morta, mas a área ainda estava inchada. Então, usou a ponta da tesoura como vira a mãe fazer, encostou-a na pele e furou-a, deixando o pus da infecção sair. Marcus se debateu contra as amarras e Honoria sussurrou um pedido de desculpas, mas não se deteve. Pegou um pano e pressionou com força.

– Água, por favor.

Alguém lhe entregou um copo de água e ela a derramou sobre o ferimento, tentando, com todas as forças, não se influenciar pelos gemidos de dor. A água estava quente, muito quente, mas a mãe jurou que fora aquilo que salvara o pai de Honoria anos antes. O calor drenava a infecção.

Honoria rezou para que ela estivesse certa.

Ela pressionou o pano na perna de Marcus, torcendo-o depois. Marcus deixou escapar um barulho estranho de novo, embora não tão agoniado quanto os anteriores. Só que então ele começou a tremer.

– Ai, meu Deus! – gritou Honoria, afastando rapidamente o pano. – O que eu fiz?

A mãe fitou Marcus com uma expressão confusa.

– Parece que ele está rindo...

– Podemos lhe dar mais láudano? – perguntou a Sra. Wetherby.

– Acho que não devemos – comentou Honoria. – Ouvi falar de pessoas que não acordaram depois de tomarem láudano em excesso.

– Ele parece mesmo estar rindo – insistiu a mãe.

– Ele não está rindo – rebateu Honoria, decidida.

Meu Deus, como ele iria rir em um momento daquele? Ela deu um leve cutucão na mãe para que voltasse a prestar atenção e derramou mais água sobre a perna de Marcus, repetindo a operação até estar satisfeita por ter limpado o ferimento o melhor possível.

– Acho que terminei – disse Honoria, e sentou-se.

Ela respirou fundo. Sentia-se terrivelmente tensa, cada músculo do corpo rígido. Honoria pousou a tesoura e tentou espalmar as mãos, mas elas pareciam garras.

– E se colocássemos um pouco de láudano direto no ferimento? – perguntou a Sra. Wetherby.

Lady Winstead pareceu hesitante.

– Não tenho ideia.

– Não poderia fazer mal, não é? – perguntou Honoria. – Não deve irritar a pele dele, já que pode ser tomado. E se servir para anestesiar um pouco a dor...

– Tenho o láudano bem aqui – avisou a governanta, e levantou o frasco pequeno e marrom.

Honoria o pegou e tirou a rolha.

– Mamãe?

– Só um pouco – concordou lady Winstead, sem parecer muito segura da decisão.

Honoria jogou um pouco de láudano na perna de Marcus e, na mesma hora, ele urrou de dor.

– Ah, Deus! – gemeu a Sra. Wetherby. – Sinto muito. A ideia foi minha.

– Não, não – disse Honoria. – É por causa do conhaque. Usam na fórmula.

Ela não fazia ideia de como sabia disso, mas tinha quase certeza de que o frasco agourento ("VENENO" estava escrito em letras muito maiores do que "láudano") também continha canela e açafrão. Ela enfiou o dedo no vidro e provou um pouco.

– Honoria! – exclamou a mãe.

– Ai, meu Deus, é horrível – comentou Honoria, passando a língua no céu da boca em uma tentativa infrutífera de se livrar do sabor. – Mas com certeza leva conhaque na fórmula.

– Não acredito que você tenha provado isso – falou lady Winstead. – É perigoso.

– Eu só estava curiosa. Marcus fez uma careta horrível quando demos a ele. E obviamente doeu quando derramamos na ferida. Além do mais, foi só uma gota.

A mãe suspirou, parecendo muito mais abatida.

– Gostaria que o médico chegasse.

– Ainda vai demorar algum tempo – disse a Sra. Wetherby. – Pelo menos uma hora, imagino. E isso se ele estiver em casa. Se estiver fora... – Ela deixou as palavras morrerem.

Por um longo tempo, ninguém falou. O único som era o da respiração de Marcus, estranhamente dificultosa e arquejante. Por fim, Honoria não conseguiu mais suportar o silêncio e perguntou:

– O que fazemos agora? – Ela baixou os olhos para a perna de Marcus, esfolada e ainda sangrando em alguns lugares. – Devemos fazer um curativo?

– Acho que não – respondeu a mãe. – De qualquer modo, teríamos que removê-lo quando o médico chegasse.

– Estão com fome? – perguntou a governanta.

– Não – disse Honoria, embora estivesse. Faminta. Só achava que não conseguiria comer.

– Lady Winstead? – indagou a Sra. Wetherby em voz baixa.

– Talvez uma refeição leve – murmurou a mãe de Honoria, sem tirar os olhos preocupados de Marcus.

– Um sanduíche, talvez? – sugeriu a governanta. – Ou café da manhã, pelo amor de Deus! Não tomaram café da manhã ainda. Eu poderia pedir à cozinheira para preparar ovos e bacon.

– O que for mais fácil – falou lady Winstead. – E, por favor, algo para Honoria também. – Ela olhou para a filha. – Você deveria tentar comer.

– Eu sei. Só...

Ela não concluiu a frase. Tinha certeza de que a mãe sabia exatamente como se sentia.

Sentiu a mão dela pousar gentilmente no seu ombro.

– Você também deveria se sentar.

Honoria obedeceu.

E esperou.

Foi a coisa mais difícil que já fez na vida.

CAPÍTULO 11

Láudano era uma coisa excelente.

Marcus normalmente evitava a droga. Na verdade, costumava olhar com certo desprezo para as pessoas que a usavam, mas agora se perguntava se talvez não devesse um pedido de desculpas a todas elas. Talvez um pedido de desculpas para o mundo todo. Porque nunca sentira dor de verdade antes. Não como aquela.

Não tanto porque o ferimento estava sendo cutucado e cortado. Claro que era doloroso ter partes do corpo sendo furadas, como um pica-pau bica o tronco de uma árvore, mas não era assim tão ruim. Doía, só que não de forma insuportável.

O que o matou (ou pelo menos lhe deu essa sensação) foi lady Winstead aplicar conhaque à ferida. De vez em quando ela encharcava o ferimento aberto com o que parecia ser um litro de conhaque. Ela poderia ter queimado o local e, ainda assim, não doeria tanto.

Marcus nunca mais tomaria conhaque. A menos que fosse um da melhor qualidade e, por princípio, precisasse ser bebido.

Ele pensou a respeito por um momento. A ideia fizera sentido antes. Não, ainda fazia sentido. Não fazia?

Bom, algum tempo depois de lady Winstead ter entornado o que ele esperava que não fosse o melhor conhaque da casa, elas fizeram uma dose de láudano descer por sua garganta. E, precisava admitir, era realmente incrível. A perna dele ainda parecia assar em fogo brando em um espeto – a maior parte das pessoas consideraria uma sensação desagradável –, mas, após suportar o "tratamento" de lady Winstead sem anestesia, Marcus estava satisfeito por ser esfaqueado sob a influência de um opiáceo.

Era quase relaxante.

Além disso, sentia-se incrivelmente feliz.

Ele sorriu para Honoria, ou ao menos sorriu na direção do lugar onde achava que ela estava. Suas pálpebras pesavam como pedras.

Na verdade, ele *pensou* ter sorrido. Sua boca também parecia pesada.

Mas queria sorrir. Teria feito isso se pudesse. Com certeza era a coisa mais importante a fazer.

As facadas em sua perna pararam por um instante, então recomeçaram. Houve uma pausa curta e deliciosa e então...

Maldição, aquilo doía.

Só que não o bastante para fazê-lo gritar. Embora talvez houvesse gemido. Não tinha certeza. Elas derramaram água quente no machucado. Muita água quente. Marcus se perguntou se estariam tentando escaldar a perna dele.

Carne cozida. Terrivelmente britânico da parte delas.

Marcus riu. Ele era bem-humorado. Quem poderia imaginar que era *tão* bem-humorado?

– Ai, meu Deus! – ouviu Honoria gritar. – O que eu fiz?

Marcus riu um pouco mais. Porque Honoria soava ridícula. Quase como se falasse através de uma buzina de neblina: *Aaaaaaaaiii meeeeeuuuu Deeeeeus.*

Ele se perguntou se ela também conseguia se ouvir desse modo.

Espere um momento... Honoria estava perguntando o que havia feito? Isso significava que agora era *ela* no comando da tesoura? Marcus não sabia bem como devia se sentir a esse respeito.

Por outro lado... carne cozida!

Ele riu de novo, decidindo que não se importava. Meu Deus, ele era bem-humorado. Como ninguém nunca dissera que ele era bem-humorado?

– Podemos lhe dar mais láudano? – perguntou a Sra. Wetherby.

Ah, sim, por favor.

Porém, elas não deram. Em vez disso, tentaram escaldá-lo de novo, cutucaram-no e furaram-no um pouco mais só para garantir. Depois de mais alguns minutos, pararam.

As damas voltaram a conversar sobre láudano, o que acabou se mostrando uma grande crueldade da parte delas, porque ninguém lhe serviu um copo ou uma colher: jogaram-no direto na perna dele!

– Aaaargh!

Aparentemente doía mais do que o conhaque.

As damas enfim decidiram que bastava de torturá-lo, porque, depois de alguma discussão, elas o desamarraram e o moveram para o outro lado da cama, que não estava todo molhado.

Então, bem... Talvez ele tivesse dormido um pouco. Na verdade, torcia para estar dormindo, porque tinha quase certeza de que vira um coelho de 1,80 metro pulando em seu quarto. Se não era um sonho, eles estavam muito encrencados.

Na realidade, o coelho não parecia tão perigoso quanto a cenoura gigante que ele balançava como uma clava.

Aquela cenoura alimentaria um vilarejo inteiro.

Ele gostava de cenouras. Embora laranja nunca houvesse sido uma de suas cores favoritas. Marcus sempre a achara um pouco irritante. Parecia saltar à sua frente quando ele menos esperava, e ele preferia sua vida sem surpresas.

Azul. Essa, sim, era uma cor adequada. Bela e relaxante. Um azul-claro. Como o céu. Em um dia de verão.

Ou como os olhos de Honoria. Ela chamava a cor de lavanda – fazia isso desde criança. Mas não eram, não na opinião dele. Antes de mais nada, eram cintilantes demais para ser lavanda, tão insípida. Quase tão cinza quanto roxa. E um tanto espalhafatosa. Ela o fazia lembrar de velhas damas de luto. Com turbantes na cabeça. Marcus nunca entendera por que, no luto, essa cor era considerada a gradação mais apropriada depois do preto. Marrom não teria sido mais adequado? Algo em um tom mais mediano?

E por que velhas damas usavam turbantes?

Aquilo tudo era muito interessante. Ele achava que nunca havia dedicado tanto tempo a pensar em cores. Talvez devesse ter prestado mais atenção quando o pai o fizera ter aquelas aulas de pintura anos antes. Mas, sinceramente, qual garoto de 10 anos quer passar quatro meses dedicado a uma tigela de frutas?

Ele voltou a se concentrar nos olhos de Honoria. Eram mesmo um pouco mais azuis do que lavanda. Embora tivessem aquele toque arroxeado que os tornava tão incomuns. Era verdade... Ninguém tinha olhos exatamente como os dela. Nem mesmo os de Daniel eram do mesmo tom. Os dele eram mais escuros. Não muito, mas Marcus conseguia ver a diferença.

Honoria não concordaria com tal afirmação. Quando ela era criança, costumava comentar com frequência como tinha os mesmos olhos do irmão. Marcus sempre achara que Honoria na verdade procurava um vínculo entre os dois, algo que os ligasse de modo especial.

Ela só queria participar das situações. Era tudo o que desejava. Não era de estranhar que estivesse tão ansiosa para se casar e ir embora da casa vazia e silenciosa em que morava. Honoria precisava de barulho. De risadas.

Precisava de companhia. Sempre.

Ela estava no quarto? Estava tão quieto ali... Marcus tentou abrir os olhos. Sem sucesso.

Ele rolou para o lado, feliz por se ver livre daquelas malditas amarras. Sempre gostara de dormir de lado.

Alguém tocou seu ombro, então puxou as mantas para cobri-lo. Marcus tentou soltar um murmúrio para demonstrar quanto estava grato e imaginou que tivera êxito, pois ouviu Honoria perguntar:

– Você está acordado?

Ele repetiu o ruído. Parecia ser a única coisa que conseguia fazer.

– Bem, talvez um pouco acordado – continuou ela. – O que é melhor do que nada, imagino.

Marcus bocejou.

– Ainda estamos esperando o médico – explicou ela. – Achava que ele já estaria aqui a esta altura. – Honoria ficou em silêncio por um instante, então acrescentou em uma voz animada: – Sua perna parece muito melhor. Ou pelo menos é o que a minha mãe diz. Vou ser honesta: para mim ainda parece horrível. Mas com certeza não tanto quanto esta manhã.

Esta manhã? Isso significava que já era de tarde? Marcus desejou abrir os olhos.

– Ela foi para o quarto dela. Minha mãe, quero dizer. Falou que precisava se refrescar um pouco. – Outra pausa. – Está quente mesmo aqui. Abrimos a janela, mas só um pouco. A Sra. Wetherby tem medo de que você pegue uma friagem. Eu sei, é difícil imaginar que possa pegar com esse calor, mas ela garantiu que é possível. Gosto de dormir em quartos frios com uma coberta pesada. Não que você se importe com isso...

Ele se importava. Bom, não tanto com o que ela dizia, mas gostava de ouvir a voz de Honoria.

– E mamãe vive com calor ultimamente. Isso me deixa louca. Ela sente calor, então sente frio, e calor de novo. Juro que não há nenhuma coerência. Mas parece sentir mais calor do que frio. Se algum dia você quiser lhe comprar um presente, recomendo um leque. Ela está sempre precisando de um.

Honoria voltou a tocar o ombro dele, então a testa, assoprando-lhe de leve os cabelos para longe do rosto. Era gostoso. Suave, delicado e carinhoso de um modo que não parecia nada familiar a ele. Um pouco como na sua visita, quando ela o forçara a tomar chá.

Gostava de ser mimado. Veja só...

Marcus deixou escapar um suspiro suave. Pareceu um som feliz aos próprios ouvidos. Esperava que Honoria tivesse notado.

– Você dormiu por um bom tempo – comentou ela. – Acho que sua febre baixou. Não desapareceu, mas você parece tranquilo. No entanto... você sabia que fala durante o sono?

É mesmo?

– É verdade. Hoje mais cedo eu poderia jurar que você falou algo sobre um peixe-sapo. E então, há pouco tempo, acho que algo sobre cebolas.

Cebolas? Não cenouras?

– Eu me pergunto no que você está pensando... Em comida? Peixe-sapo com cebolas? Não é o que eu iria querer comer se estivesse doente, mas cada um com seu gosto. – Ela acariciou novamente os cabelos dele, então, para absoluta surpresa de Marcus, deu um beijinho suave no rosto do amigo. – Você não é tão terrível, sabia? – disse com um sorriso.

Marcus não conseguia ver o sorriso, mas sabia que ele estava lá.

– Você gosta de fingir que é distante e casmurro, mas não é. Embora seja um pouco carrancudo.

Era? Não tinha essa intenção. Não com ela.

– Você quase me enganou, sabia? Lá em Londres, eu estava começando a não gostar de você. Mas foi só porque eu havia me esquecido de você. De quem você costumava ser, quero dizer. De quem provavelmente ainda é.

Marcus não fazia ideia do que ela estava falando.

– Você não gosta que as pessoas vejam quem de fato é.

Ela ficou em silêncio de novo e ele pensou tê-la ouvido se mover, talvez se remexendo na cadeira. Quando Honoria voltou a falar, dava para ouvir o sorriso em sua voz.

– Acho que você é tímido.

Ora, pelo amor de Deus, isso ele mesmo poderia ter lhe dito. Odiava conversar com pessoas que não conhecia. Sempre odiara.

139

– É estranho pensar isso de você – continuou Honoria. – Ninguém pensa num homem como tímido.

Ele não conseguia entender por que não.

– Você é alto – continuou ela em um tom pensativo –, atlético, inteligente e todas essas coisas que os homens devem ser.

Marcus percebeu que ela não falara que ele era bonito.

– Para não mencionar absurdamente abastado. Ah, e esse título também, é claro. Se você tivesse a intenção de se casar, com certeza poderia escolher quem quisesse.

Ela o achava feio?

Honoria cutucou o ombro dele com o dedo.

– Você não imagina quantas pessoas adorariam estar em seu lugar.

Não, naquele momento, elas não adorariam.

– Mas você é tímido – relembrou ela, quase espantada. Marcus percebeu que a jovem se aproximara mais, o hálito aquecendo ligeiramente seu rosto. – Gosto do fato de você ser tímido.

Sério? Ele sempre odiara. Todos aqueles anos na escola observando Daniel conversar com todo mundo sem sequer um momento de hesitação. Sempre precisando de um pouco mais de tempo para descobrir como poderia se encaixar. Era por isso que adorara passar tanto tempo com os Smythe-Smiths. A casa deles era sempre tão caótica e louca que Marcus passava quase despercebido naquela vida sem rotina e acabara se tornando membro da família.

A única família que conhecera na vida.

Honoria tocou o rosto dele de novo, passando o dedo por seu nariz.

– Você seria perfeito demais se não fosse tímido – prosseguiu Honoria. – Seria parecido com um herói típico de folhetim. Estou certa de que nunca leu esse tipo de história, mas sempre achei que minhas amigas o viam como um personagem de um dos romances da Sra. Gorely.

Ele sabia que havia uma razão para nunca ter gostado das amigas dela.

– Mas nunca tive certeza se você era o herói ou o vilão.

Marcus resolveu não se sentir ofendido com a declaração. Dava para captar o sorriso tímido dela.

– Você precisa melhorar – sussurrou Honoria. – Não sei o que farei se você não melhorar. – Então, tão baixinho que ele mal a escutou, acrescentou: – Talvez você seja meu porto seguro.

Marcus tentou mover os lábios, tentou falar, porque aquilo era o tipo de coisa que não se podia deixar passar sem uma resposta. Mas seu rosto parecia denso, pesado, e tudo o que conseguiu foi emitir alguns sons engasgados.

– Marcus? Quer um pouco de água?

Para dizer a verdade, ele queria.

– Está acordado?

Mais ou menos.

– Tome – disse ela. – Experimente isto.

Marcus sentiu algo tocar seus lábios. Uma colher derramando água morna em sua boca. Porém, era difícil engolir e Honoria só conseguiu fazê-lo tomar algumas gotas.

– Acho que você não está acordado – falou ela.

Marcus ouviu-a voltar a se acomodar na cadeira. E suspirar. Parecia cansada. Ele odiava pensar nisso.

Só que estava feliz por ela estar ali. Tinha a sensação de que Honoria também era um porto seguro para ele.

CAPÍTULO 12

– Doutor! – Honoria ficou de pé em um pulo cerca de vinte minutos depois, quando um homem surpreendentemente jovem entrou no quarto. Ela achava que nunca havia conhecido um médico que não tivesse cabelos grisalhos. – É a perna dele. Creio que o senhor não a viu...

– Não fui eu que o examinei antes – interrompeu o médico, em um tom brusco. – Foi meu pai.

– Ah.

Honoria deu um passo respeitoso para trás enquanto o homem se inclinava sobre a perna de Marcus. A mãe dela, que entrara logo atrás do médico, ficou parada ao lado da filha.

Então, lady Winstead pegou a mão de Honoria, que apertou de volta, como se agarrasse uma tábua de salvação, grata pelo contato.

O médico examinou a perna por um tempo muito menor do que Honoria achava necessário, depois se inclinou mais e colou o ouvido ao peito do doente.

– Quanto láudano deram a ele?

Honoria olhou para a mãe, que ministrara o remédio.

– Uma colher – respondeu lady Winstead. – Talvez duas.

O médico comprimiu os lábios enquanto endireitava o corpo e as encarava.

– Foi uma ou foram duas?

– É difícil dizer. Ele não engoliu tudo.

– Eu tive que secar o rosto dele – comentou Honoria.

O homem ficou em silêncio. Voltou a colar o ouvido no peito de Marcus e seus lábios se moveram, quase como se estivesse contando para si mesmo. Honoria esperou pelo máximo de tempo que conseguiu suportar, então falou:

– Doutor, ahn...

– Winters – ajudou a mãe.

– Ah, sim, Dr. Winters, por favor, diga, demos láudano em excesso a ele?

– Acho que não – respondeu o médico, mas manteve o ouvido sobre o peito de Marcus. – O ópio afeta os pulmões. Por isso a respiração dele está tão superficial.

Honoria levou a mão à boca, horrorizada. Nem notara isso. Na verdade, até achou que ele estava melhor. Mais tranquilo.

O médico se empertigou e voltou sua atenção para a perna de Marcus.

– É essencial que eu tenha todas as informações sobre o caso – afirmou ele, de novo em um tom brusco. – Eu ficaria muito mais preocupado se não soubesse que ele tomou láudano.

– O senhor não está preocupado? – perguntou Honoria, incrédula.

O Dr. Winters lhe lançou um olhar duro.

– Eu não disse que não estava preocupado. – Ele se virou para a perna de Marcus e a examinou com atenção. – Se a respiração dele estivesse superficial assim sem o láudano, deduziria que a infecção era muito séria.

– A infecção então não é séria?

O médico dirigiu outro olhar irritado a ela. Estava claro que não gostava das perguntas de Honoria.

– Peço a gentileza de que guarde os seus comentários até que eu termine de examiná-lo.

Honoria sentiu-se tensa de raiva, mas recuou. Seria educada com o Dr. Winters mesmo a contragosto, afinal, só aquele homem poderia salvar a vida de Marcus.

– Expliquem-me exatamente o que fizeram para limpar o ferimento – pediu o médico, levantando os olhos por um breve instante. – Também quero saber qual era a aparência do ferimento antes do procedimento.

Honoria e a mãe se revezaram contando o que haviam feito. Ele pareceu aprovar ou, no mínimo, não desaprovar. Quando elas terminaram de falar, o médico voltou-se para a perna de Marcus, examinou-a mais uma vez e soltou um longo suspiro.

Honoria aguardou por um instante. O Dr. Winters parecia pensar. Mas, que diabo, estava levando muito tempo para pensar. Por fim, Honoria não aguentou mais esperar:

– Qual é a sua opinião?

O médico respondeu lentamente, quase como se pensasse em voz alta:

– Talvez ele consiga manter a perna.

– Talvez?

– É cedo demais para afirmar com certeza. Mas se ele não perdê-la de fato – o homem encarou Honoria e a mãe –, será graças ao bom trabalho da senhorita e da senhora.

Honoria o encarou, surpresa. Não esperava um elogio. Então fez a pergunta cuja resposta mais temia ouvir:

– Mas ele vai sobreviver?

O médico encontrou Honoria com uma firmeza sincera.

– Com certeza, sim, se amputarmos a perna dele.

Os lábios de Honoria tremeram.

– O que quer dizer? – sussurrou.

Mas sabia exatamente; só precisava ouvir do próprio médico.

– Se eu amputar a perna do Sr. Holroyd neste momento, ele sobreviverá. – O Dr. Winters voltou a olhar para Marcus, como se outro olhar pudesse lhe dar mais uma pista. – Se eu não amputar, talvez ele se recupere plenamente. Ou morra. Não tenho como prever agora como a infecção pode progredir.

Honoria ficou paralisada. Apenas seus olhos se moviam, do rosto do Dr. Winters para a perna de Marcus e de volta para o médico.

– Como saberemos? – perguntou baixinho.

O médico inclinou a cabeça para o lado.

– Como saberemos quando tomar a decisão? – explicou ela, erguendo a voz.

– Devemos ficar atentos a alguns sinais. Se começarmos a ver faixas vermelhas que subam ou desçam pela perna dele, por exemplo, será necessário amputar.

– E se isso não acontecer, significa que ele está se curando?

– Não necessariamente – admitiu o médico –, mas, se não houver mudança na aparência do ferimento, podemos assumir como um bom sinal.

Honoria assentiu devagar, tentando entender tudo.

– O senhor permanecerá aqui em Fensmore?

– Não posso – respondeu ele, virando-se para pegar a bolsa. – Preciso visitar outro paciente. Mas estarei de volta esta noite. Acho que não precisaremos tomar qualquer decisão antes disso.

– O senhor *acha*? – questionou Honoria, irritada. – Então não tem certeza?

O Dr. Winters suspirou e, pela primeira vez desde que entrara no quarto, pareceu cansado.

– Na medicina nunca se pode ter certeza, milady. Gostaria que não fosse assim. – Ele olhou pela janela. As cortinas haviam sido afastadas e revelavam o verde infinito do jardim sul de Fensmore. – Talvez um dia não seja mais desse jeito, porém temo que isso não vá acontecer enquanto estivermos vivos. Até lá, meu trabalho continua sendo tanto uma arte quanto uma ciência.

Não era o que Honoria queria ouvir, mas ela reconheceu a verdade no que ele dizia. Aquiesceu e agradeceu ao médico pela atenção.

O Dr. Winters fez uma mesura, então deu instruções a Honoria e à mãe e partiu, prometendo voltar mais tarde. Lady Winstead o acompanhou e deixou a filha mais uma vez sozinha com Marcus, que permanecia deitado, terrivelmente imóvel.

Por vários minutos, Honoria ficou parada no meio do quarto, sentindo-se fraca e perdida. Não havia nada a fazer. Ela estivera tão assustada de manhã quanto estava naquele momento, mas pelo menos fora capaz de se concentrar em cuidar da perna de Marcus. Agora tudo o que lhe restava era esperar. Sem uma tarefa específica para executar, em sua mente só resistia o medo.

Que escolha: a vida ou a perna dele. E talvez ela é que precisasse tomar a decisão.

Não queria essa responsabilidade. Santo Deus, não queria.

– Ah, Marcus… – falou Honoria, suspirando, indo até a cadeira ao lado da cama dele. – Como isso pôde acontecer? *Por que* isso aconteceu? Não é justo.

Ela sentou-se e apoiou os braços dobrados no colchão, pousando a cabeça na curva do cotovelo.

Iria, é claro, sacrificar a perna dele para salvar sua vida. Isso era o que Marcus escolheria se conseguisse falar por si mesmo. Era um homem orgulhoso, mas não tanto a ponto de preferir a morte a uma deficiência. Honoria sabia disso. Eles nunca haviam conversado a respeito, é claro… Quem conversava sobre essas coisas? Ninguém se sentava a uma mesa de jantar para falar se preferia ser amputado ou morrer.

Contudo, Honoria sabia o que Marcus escolheria. Ela o conhecia havia quinze anos. Não precisava perguntar para saber qual seria sua decisão.

Só que ele ficaria furioso. Não com ela. Nem mesmo com o médico. Mas com a vida. Talvez com Deus. Porém, perseveraria. Honoria se encarregaria de garantir isso. Não sairia do lado de Marcus até ele… até ele…

Ah, meu Deus. Ela não conseguia nem imaginar.

Honoria respirou fundo, tentando se controlar. Uma parte dela queria sair correndo do quarto e implorar ao Dr. Winters para amputar a perna direita de Marcus naquele exato instante. Se era isso que garantiria a sobrevivência dele, então ela mesma seguraria a maldita serra. Ou pelo menos pousaria a mão sobre a do médico.

Honoria não podia lidar com a ideia de um mundo sem Marcus. Mesmo se ele não fizesse parte constante da vida dela, mesmo se permanecesse ali em Cambridgeshire e ela se casasse e fosse morar em Yorkshire, no País de Gales ou nas Órcades e nunca mais o visse, ainda saberia que Marcus estava vivo e bem, cavalgando, lendo um livro ou talvez sentado em uma cadeira junto ao fogo.

Só que ainda não era o momento de tomar aquela decisão, por mais que ela detestasse a incerteza. Não podia ser egoísta. Precisava mantê-lo inteiro pelo maior tempo possível. Mas e se acabasse esperando demais?

Honoria fechou os olhos com força. Sentiu as lágrimas ardendo contra as pálpebras, ameaçando se derramar com todo o terror e frustração que cresciam dentro dela.

– Por favor, não morra – sussurrou ela.

Honoria esfregou o rosto, tentando afastar as lágrimas, então voltou a apoiar a cabeça nos braços. Talvez devesse se dirigir à perna de Marcus, não a ele. Ou talvez a Deus, ao diabo, a Zeus ou a Thor. Imploraria a qualquer pessoa se achasse que poderia fazer alguma diferença.

– Marcus… – disse novamente, porque pronunciar o nome dele parecia lhe trazer algum conforto. – Marcus…

–… noria.

Ela ficou paralisada, então levantou o corpo.

– Marcus?

Ele não tinha aberto os olhos, mas ela podia ver o movimento sob as pálpebras e o queixo dele se mexeu ligeiramente para cima e para baixo.

– Ah, Marcus… – Honoria soluçou. As lágrimas vieram. – Ah, sinto muito, não devia estar chorando.

Ela buscou em vão por um lenço e acabou secando os olhos no lençol.

– Estou só feliz por ouvir sua voz, embora não se pareça nada com ela.

– Á-á-á…

– Quer água?

Mais uma vez, o queixo dele se moveu.

– Aqui está, deixe-me erguer um pouco o seu corpo. Ficará mais fácil.

Honoria passou o braço sob os dele e conseguiu levantá-lo uns poucos centímetros. Não foi muito, mas já era alguma coisa. Havia um copo d'água na mesa de cabeceira, a colher dentro desde a última vez que tinham tentado lhe dar de beber.

– Vou lhe dar algumas gotas. Só um pouquinho de cada vez. Tenho medo de que você se engasgue se for muito.

Porém, Marcus se saiu melhor dessa vez e Honoria conseguiu que bebesse grande parte das oito colheres dadas antes que ele sinalizasse estar satisfeito e voltasse a se esticar na cama.

– Como se sente? – perguntou ela, tentando afofar o travesseiro dele. – Além de péssimo, quero dizer.

Marcus moveu a cabeça ligeiramente para o lado. Parecia ser uma fraca interpretação de um dar de ombros.

– É claro que você está se sentindo terrível – continuou Honoria –, mas houve alguma mudança? Mais terrível? Menos terrível?

Ele não respondeu.

– Terrível do mesmo jeito? – Ela riu. Gargalhou. Impressionante. – Estou soando ridícula...

Marcus assentiu. Foi um movimento mínimo, só que menos débil do que os anteriores.

– Você me ouviu – disse Honoria, incapaz de conter o sorriso largo e trêmulo. – Zombou de mim, mas me ouviu.

Marcus assentiu de novo.

– Isso é bom. Fique à vontade. Quando você melhorar... pois você vai... não terá permissão para fazer isso, e estou me referindo a zombar de mim. Mas por enquanto fique à vontade. Ah! – Ela ficou de pé em um pulo, subitamente tomada por uma energia nervosa. – Preciso examinar sua perna. Não faz muito tempo que o Dr. Winters foi embora, eu sei, mas não há problema em olhar.

Levou apenas dois passos e um segundo para ela ver que a perna estava do mesmo jeito. O ferimento ainda era de um vermelho vivo e cintilante, porém não havia mais os pontos amarelos, horríveis. E o mais importante: nenhuma faixa vermelha.

– Está do mesmo jeito. Não que fosse se alterar, mas, como eu disse, não há problema… Bem, você sabe. – Ela deu um sorriso envergonhado. – Eu já falei isso.

Honoria ficou em silêncio por um instante, satisfeita em apenas fitá-lo. Os olhos de Marcus estavam fechados e ele não parecia nada diferente de quando o Dr. Winters o examinara, mas Honoria ouvira sua voz e lhe dera água, e isso foi o bastante para encher seu coração de esperança.

– Sua febre! – exclamou de repente. – Preciso verificá-la. – Honoria tocou a testa dele. – Parece estar do mesmo jeito, ou seja, mais quente do que deveria. Mas melhor do que já esteve. Você sem dúvida melhorou. – Ela fez uma pausa, se perguntando se estaria falando com o vento. – Ainda consegue me ouvir?

Marcus moveu a cabeça.

– Ah, ótimo, porque sei que pareço tola e não faz sentido parecer tola sem uma audiência.

Ele moveu a boca. Honoria pensou enxergar um sorriso. Em algum lugar na mente dele, Marcus estava sorrindo.

– Fico feliz por bancar a tola para você.

Ele aquiesceu.

Honoria levou a mão à boca e apoiou o cotovelo no outro braço, que estava passado ao redor da cintura.

– Gostaria de saber o que você está pensando.

Ele encolheu os ombros de leve.

– Não está pensando muito a respeito de nada? – Honoria apontou o dedo para ele. – Não acredito. Conheço você bem demais.

Ela esperou por outra reação, mesmo que mínima. Como nada aconteceu, continuou a falar:

– Você deve estar pensando na melhor forma de maximizar sua colheita de milho do ano. Não, ponderando se está cobrando aluguéis muito baixos. – Honoria pensou a respeito por um momento. – Aliás, muito *altos*. Tenho certeza absoluta de que você é um senhorio de coração mole. Não iria querer que ninguém passasse por dificuldades para lhe pagar.

Marcus balançou a cabeça. Só o bastante para que ela entendesse o que ele queria dizer.

– Não, você não quer que ninguém passe por dificuldades, ou não, não é isso que você está pensando.

– Você – disse ele com uma voz áspera.

– Está pensando em mim? – sussurrou Honoria.

– Obrigado.

A voz de Marcus era baixa, quase inaudível, mas ela o ouviu. E precisou de todas as forças para não começar a chorar.

– Não vou deixá-lo – garantiu Honoria, tomando a mão dele. – Não até que você esteja melhor.

– Obr-obri...

– Está tudo bem. Não precisa repetir. Não precisava nem ter dito da primeira vez.

Mas Honoria estava feliz por ele ter agradecido. Não sabia qual das duas declarações a tocara mais: "Obrigado" ou o solitário e simples "Você".

Marcus estava pensando nela. Deitado ali, correndo risco de vida ou de uma amputação, estava pensando nela.

Pela primeira vez desde que chegara a Fensmore, Honoria não se sentia apavorada.

CAPÍTULO 13

Quando voltou a acordar, Marcus percebeu que algo havia mudado. Em primeiro lugar, sua perna voltara a doer bastante. Mas, por algum motivo, ele desconfiava de que isso não era ruim. Em segundo lugar, estava com fome. Com muita fome, como se não comesse havia dias. O que provavelmente era verdade. Não fazia ideia de quanto tempo se passara desde que caíra doente.

E, em terceiro e último lugar, conseguia abrir os olhos. Excelente.

Não sabia que horas eram. Estava escuro, mas tanto podia ser quatro da manhã quanto dez da noite. Era desorientador ficar doente.

Marcus engoliu, tentando umedecer a garganta. Seria bom tomar um pouco mais de água. Ele virou a cabeça na direção da mesinha de cabeceira. Seus olhos ainda não haviam se adaptado ao escuro, mas percebeu que alguém estava adormecido em uma cadeira perto da cama. Honoria? Provavelmente. Ele tinha a sensação de que ela não deixara o quarto durante toda aquela agonia.

Marcus piscou, tentando lembrar como Honoria chegara ali. Ah, sim, a Sra. Wetherby lhe escrevera. Não conseguia imaginar por que a governanta pensara em fazer isso, mas seria eternamente grato à mulher pela ideia.

Suspeitava que teria morrido se não fosse pelo tormento que Honoria e a mãe haviam infligido à sua perna.

Contudo, esse não era o único motivo. Sabia que alternara entre a consciência e a inconsciência, com enormes lapsos de memória, porém tinha noção de que Honoria estava sempre ali por perto. Ela segurara sua mão, conversara com ele, a voz baixa tocando a alma de Marcus mesmo quando ele não era capaz de articular uma única palavra.

E saber que ela estava ali... fora bem mais fácil. Ele não tinha ficado só. Pela primeira vez na vida.

Marcus bufou baixinho. Estava sendo dramático demais. Não era como se andasse por aí com um escudo invisível, mantendo todos os outros afastados. Poderia haver mais pessoas em sua vida. Muito mais. Era um conde, pelo amor de Deus. Bastaria estalar os dedos para encher a casa.

Só que nunca quisera companhia apenas para ficar tagarelando sobre futilidades. E em tudo na vida dele que tivera algum significado, estivera sozinho. Fora escolha dele.

Ou o que achara que era uma escolha.

Marcus piscou mais algumas vezes e o quarto começou a entrar em foco. As cortinas não haviam sido inteiramente fechadas e o luar iluminava o cômodo o bastante para que ele divisasse algumas mínimas gradações de cor. Ou talvez fosse só porque soubesse que as paredes eram vinho e a gravura acima da lareira era verde em sua maior parte. As pessoas viam o que esperavam ver – essa era uma das verdades mais básicas da vida.

Ele voltou a virar a cabeça, espiando a pessoa na cadeira. Com certeza era Honoria, e não apenas porque era quem ele esperava ver. Os cabelos dela estavam desarrumados e eram castanho-claros, nem de perto escuros o bastante para serem os de lady Winstead.

Imaginou quanto tempo Honoria já se encontraria ali. Sem dúvida estaria desconfortável.

Mas não devia incomodá-la. Ela certamente precisava dormir.

Marcus tentou ficar sentado, mas descobriu que estava fraco demais para se erguer mais do que poucos centímetros. Ainda assim, conseguia ver um pouco melhor, talvez até pudesse estender o braço para pegar o copo d'água sobre a mesa.

Ou talvez não. Marcus levantou o braço uns 15 centímetros, mas então o deixou pender. Maldição, estava cansado. E sedento. Parecia que haviam esfregado uma lixa na boca dele.

Aquele copo parecia o paraíso. O paraíso fora de alcance.

Maldição.

Ele suspirou, então desejou não ter feito isso, porque as costelas doeram. Todo o corpo doía. Como era possível que um corpo doesse em absolutamente todos os lugares ao mesmo tempo?

Porém, Marcus achava que a febre tinha ido embora. Ou pelo menos não estava mais tão alta. Era difícil dizer. Ele com certeza se sentia mais lúcido.

Observou Honoria por um instante. Ela não se movia nem um milímetro em meio ao sono. Sua cabeça estava caída para o lado em um ângulo nada natural e era bem provável que ela acordasse com um terrível torcicolo.

Talvez devesse despertá-la. Era a coisa mais bondosa a se fazer.

– Honoria – chamou ele, rouco.

Ela não se mexeu.

– Honoria – procurou falar mais alto, mas saiu do mesmo jeito, um som que lembrava um inseto se batendo contra a janela. Além disso, o esforço era exaustivo.

Marcus tentou cutucá-la de novo. O braço dele parecia um peso morto, porém, de algum modo, conseguiu afastá-lo da cama. Queria só tocar Honoria de leve, mas sua mão acabou caindo pesadamente sobre a perna estendida dela.

– Aaaaai! – Ela acordou com um grito e levantou a cabeça tão rápido que bateu na coluna da cama. – Au! – gemeu, esfregando o ponto dolorido.

– Honoria – repetiu Marcus, tentando chamar a atenção dela.

A jovem murmurou algo e deixou escapar um enorme bocejo enquanto passava a mão no rosto.

– Marcus?

Ela soou sonolenta. E maravilhosa.

– Posso beber um pouco de água, por favor? – perguntou ele.

Talvez devesse ter dito algo mais profundo, afinal, praticamente voltara do mundo dos mortos. Mas estava com sede. Uma sede digna de um deserto. E pedir por água era o mais profundo a que um homem em suas condições podia chegar.

– É claro. – As mãos dela buscaram na escuridão até baterem no copo. – Ah, maldição. Um instante.

Ele a observou se levantar e ir até outra mesa, onde pegou uma jarra.

– Não sobrou muito – avisou, grogue. – Mas deve ser o bastante.

Honoria serviu um pouco de água no copo e pegou a colher.

– Eu consigo tomar – garantiu Marcus.

Ela o encarou, surpresa.

– Sério?

– Pode me ajudar a sentar?

Honoria assentiu e passou os braços ao redor dele, quase em um abraço.

– Lá vamos nós – murmurou ela, erguendo-o.

As palavras de Honoria tocaram suavemente a base da nuca dele, quase como um beijo. Marcus suspirou e ficou imóvel, deleitando-se por um momento com o calor do hálito dela contra a sua pele.

– Você está bem? – perguntou Honoria, afastando-se.

– Sim, sim, é claro – respondeu Marcus, abandonando o devaneio com o máximo de rapidez que seu estado lhe permitia. – Desculpe.

Graças ao esforço conjunto, ele conseguiu sentar. Depois, pegou o copo e bebeu sem ajuda. Foi impressionante a sensação de triunfo.

– Você parece muito melhor – comentou Honoria, piscando para afastar o sono. – Eu... eu... – Ela piscou de novo, mas dessa vez Marcus achou que era para afastar as lágrimas. – É tão bom vê-lo assim de novo...

Ele assentiu e estendeu o copo.

– Mais, por favor.

– É claro.

Honoria serviu mais água e lhe entregou o copo. Marcus bebeu com vontade, parando para respirar apenas depois de terminar a última gota.

– Obrigado – agradeceu, devolvendo o copo.

Honoria o pegou, pousou-o na mesa e voltou a se sentar na cadeira.

– Fiquei muito preocupada com você – confessou ela.

– O que aconteceu?

Marcus se lembrava de algumas partes: a mãe dela e a tesoura, o coelho gigante. E de Honoria chamando-o de seu porto seguro. Nunca se esqueceria disso.

– O médico veio vê-lo duas vezes – contou ela. – O Dr. Winters mais jovem. O pai dele... Bem, não sei o que aconteceu com o pai dele, mas sinceramente nem quero saber. O homem nem examinou a sua perna quando esteve aqui. Não fazia ideia de que você estava com um ferimento infeccionado. Se o tivesse visto antes de piorar tanto... ora, acho que tudo acabaria saindo do mesmo jeito. – Ela comprimiu os lábios, parecendo frustrada. – Mas talvez não.

– O que o Dr. Winters disse? – perguntou Marcus, para logo esclarecer: – O filho.

Honoria sorriu.

– Ele acha que você vai conseguir manter a perna.

– O quê?

Marcus sacudiu a cabeça, tentando entender.

– Ficamos com medo de que fosse necessário amputá-la.

– Ai, meu Deus. – Marcus sentiu como se afundasse nos travesseiros. – Ai, meu Deus.

– Provavelmente foi melhor que você não soubesse dessa possibilidade – falou Honoria com delicadeza.

– Ai, meu Deus.

Ele não conseguia imaginar a vida sem uma perna. Supunha que ninguém conseguiria, até ser preciso tirá-la.

– Minha perna... – sussurrou Marcus.

Ele sentia uma urgência irracional de se sentar direito e olhar para a perna, para se certificar de que ainda estava ali. Mas forçou-se a permanecer parado... Honoria com certeza iria achá-lo mais do que tolo por querer ver por si mesmo. Só que a perna doía, doía muito, e Marcus sentia-se grato pela dor. Pelo menos assim sabia que ela ainda estava onde deveria.

Honoria desvencilhou a mão para conter um enorme bocejo.

– Ah, desculpe – disse ao terminar. – Acho que não tenho dormido muito.

Culpa dele, percebeu Marcus. Outra razão para ter uma dívida de gratidão com ela.

– Essa cadeira não é confortável – declarou ele. – Você deveria ficar no outro lado da cama.

– Ah, eu não poderia.

– Não seria mais impróprio do que qualquer outra coisa que aconteceu aqui hoje.

– Não – insistiu Honoria, como se fosse rir caso não estivesse tão cansada. – Quero dizer, realmente não seria possível. O colchão ainda está úmido de quando limpamos a sua perna.

– Ah.

Então ele riu. Porque era engraçado. E porque rir era muito bom.

Honoria se contorceu um pouco, tentando ficar mais confortável na cadeira.

– Talvez eu pudesse me deitar em cima da coberta... – comentou ela, esticando o pescoço para olhar além dele, para a região vazia na cama.

– Como você achar melhor.

Ela soltou um suspiro exausto.

– Meu pé talvez fique molhado. Mas acho que não me importo.

Um instante depois, ela estava na cama, deitada em cima da manta. Na verdade, Marcus também estava, embora a maior parte dele estivesse embaixo de uma segunda colcha – ele imaginou que quisessem que sua perna ficasse para fora das cobertas.

Honoria voltou a bocejar.

– Honoria... – sussurrou Marcus.

– Hummm?

– Obrigado.

– Uhumm.

Um instante se passou, então Marcus disse, porque *precisava* dizer:

– Fico feliz por você estar aqui.

– Eu também – afirmou ela, sonolenta. – Eu também.

A respiração dela foi se acalmando lentamente, assim como a dele. E os dois dormiram.

⌒

Honoria acordou na manhã seguinte deliciosamente aconchegada e aquecida. Com os olhos ainda fechados, esticou os dedos dos pés, então os flexionou e girou os tornozelos para um lado, depois para outro. Aquele era o seu ritual matinal, espreguiçar-se na cama. As mãos vinham em seguida. E lá foram elas, primeiro como pequenas estrelas-do-mar, então encurvadas como garras. Depois o pescoço, para a frente e para trás e em um círculo.

Ela bocejou. Cerrou os punhos enquanto esticava os braços para a frente e...

Esbarrou em alguém.

Ela ficou paralisada. E abriu os olhos. E se lembrou de tudo.

Meu Deus, estava na cama com Marcus. *Não.* Aquela não era a forma certa de descrever a situação. Ela estava na cama de Marcus.

Mas não estava *com* ele.

Sim, era impróprio, mas com certeza podia-se abrir uma exceção nas regras de decoro para jovens damas que se encontravam na cama com cavalheiros que estavam doentes demais para comprometê-las.

Aos poucos, tentou se afastar alguns centímetros. Não havia necessidade de acordá-lo. Marcus provavelmente não tinha nem ideia de que ela estava ali, ou seja, bem perto dele, lado a lado, seus pés tocando os dele. Não se achava mais no extremo da cama, onde se deitara na noite anterior.

Honoria dobrou os joelhos e plantou os pés no colchão para se firmar. Primeiro levantou o quadril, movendo-os um pouquinho para a direita.

Então, os ombros. E o quadril de novo, depois os pés para ficarem no mesmo nível. Era hora dos ombros mais uma vez...

Tum!

Um dos braços de Marcus foi abaixado pesadamente por cima do corpo dela.

Honoria ficou paralisada. Santo Deus, o que deveria fazer agora? Talvez se ela esperasse um minuto ou dois, Marcus rolaria de volta para a posição anterior.

Ela esperou. E esperou. E ele se moveu.

Na direção dela.

Honoria engoliu em seco, nervosa. Não tinha ideia de que horas eram – algum momento depois do amanhecer, talvez – e não queria que a Sra. Wetherby entrasse e a encontrasse com o corpo pressionado contra o de Marcus na cama. Ou, pior, que a mãe entrasse.

Com certeza ninguém pensaria mal dela, principalmente após tudo o que acontecera na véspera. Mas Honoria era solteira, assim como Marcus, aquilo era uma cama, ele estava usando muito pouca roupa e...

Ela iria sair da cama. Se Marcus acordasse, paciência. Pelo menos não acordaria com um revólver às costas, forçando-o a se casar com ela.

Honoria se contorceu para cima e para fora da cama, tentando ignorar os sons muito agradáveis que Marcus emitia enquanto rolava o corpo de novo e se aconchegava embaixo da colcha. Quando já estava com os pés firmemente apoiados no tapete, ela deu uma olhada rápida na perna dele. Parecia estar se curando bem, sem sinal daquelas terríveis faixas vermelhas sobre as quais o Dr. Winters alertara.

– Obrigada – sussurrou Honoria, fazendo uma rápida prece para que ele continuasse a se recuperar.

– De nada – murmurou Marcus.

Honoria deixou escapar um gritinho de surpresa e deu um salto de quase meio metro.

– Desculpe – disse ele, mas estava rindo.

Era o som mais adorável que Honoria já ouvira na vida.

– Eu não estava agradecendo a você – retrucou ela, impertinente.

– Eu sei.

Ele sorriu.

Honoria tentou alisar as saias, terrivelmente amassadas. Estava usando

156

o mesmo vestido azul da viagem, que ocorrera – ah, meu Deus – dois dias antes. Não conseguia imaginar quanto deveria estar medonha.

– Como está se sentindo? – perguntou ela.

– Muito melhor – respondeu Marcus, sentando-se.

Honoria percebeu que ele puxara as cobertas ao se sentar, por isso o rubor que tomou conta do rosto dela foi apenas rosado, e não de um vermelho profundo. Engraçado... Aliás, quase engraçado. Ela vira o peito nu de Marcus uma centena de vezes na véspera, cutucara e espetara a perna nua dele e até mesmo – não que jamais fosse lhe contar isso – vira de relance uma de suas nádegas enquanto ele se debatia. Porém, naquele momento, com os dois totalmente despertos e Marcus não mais às portas da morte, Honoria não conseguia nem encará-lo.

– Ainda sente muita dor? – perguntou ela, apontando para a perna dele que estava para fora das cobertas.

– É mais uma dor surda.

– Você vai ficar com uma terrível cicatriz.

Ele deu um sorriso irônico.

– Vou exibi-la com orgulho e desonestidade.

– Desonestidade? – repetiu ela, incapaz de conter o tom divertido.

Marcus inclinou a cabeça para o lado enquanto examinava o enorme machucado em sua perna.

– Eu estava pensando em atribuir minha cicatriz a uma luta contra um tigre.

– Um tigre. Em Cambridgeshire.

Ele deu de ombros.

– É mais convincente do que um tubarão.

– Um javali – decidiu Honoria.

– Não, muito indigno.

Honoria pressionou os lábios e soltou uma risadinha. Marcus fez o mesmo, e foi só então que ela se permitiu acreditar: ele iria ficar bem. Era um milagre. Não conseguia pensar em nenhuma outra palavra para descrever. A cor voltara ao rosto de Marcus e, mesmo que ele talvez parecesse um pouco magro demais, não era nada comparado ao brilho em seus olhos.

Ele iria ficar bem.

– Honoria?

Ela levantou os olhos.

– Você cambaleou – comentou ele. – Eu a ajudaria, mas...

– Realmente me sinto um pouco instável – admitiu ela, indo até a cadeira perto da cama dele. – Acho...

– Você comeu?

– Sim. Não. Bem, um pouco. Devo ter comido. Acho que estou só... aliviada.

Então, para seu horror, ela se pôs a chorar descontroladamente. Começou de repente, atingindo-a como uma enorme onda do oceano. Cada pedacinho dela estivera muito tenso. Ela se controlara ao máximo e, agora que sabia que ele ficaria bem, desmoronara.

Como uma corda de violino esticada demais que arrebentara.

– Desculpe – disse Honoria, tentando respirar entre os soluços. – Não sei... Não pretendia... É só que estou muito feliz.

– Shhh – sussurrou Marcus, pegando a mão dela. – Está tudo bem. Vai ficar tudo bem.

– Eu sei. – Ela soluçou. – Eu sei. É por isso que estou chorando.

– É por isso que estou chorando também – falou ele baixinho.

Honoria se virou. Não havia lágrimas rolando pelo rosto de Marcus, mas seus olhos estavam marejados. Ela nunca o vira demonstrar tamanha emoção, nunca sequer pensara que isso fosse possível. Com a mão trêmula, Honoria tocou o rosto de Marcus, então o canto do olho dele, recolhendo os dedos quando uma das lágrimas deslizou para a pele dela. Em seguida, fez algo tão inesperado que pegou ambos de surpresa.

Honoria jogou os braços ao redor de Marcus, enfiou o rosto na dobra do pescoço dele e abraçou-o com força.

– Fiquei tão assustada... – sussurrou. – Acho que nem eu sabia quanto estava assustada.

Marcus passou os braços em torno dela, hesitante a princípio, mas, como se precisasse daquele pequeno estímulo, relaxou no abraço, segurando-a delicadamente contra si, acariciando seus cabelos.

– Eu não sabia – disse Honoria. – Não me dei conta.

Agora aquilo eram apenas palavras, com significados que nem ela entendia. Não tinha ideia de sobre o que estava falando... o que não sabia ou do que não se dera conta. Ela só... Ela só...

Honoria levantou os olhos. Precisava ver o rosto de Marcus.

– Honoria – sussurrou ele, encarando-a como se nunca a tivesse visto antes.

Os olhos dele eram cálidos, de um castanho cor de chocolate, e carregados de emoção. Algo se acendeu no íntimo deles, algo que Honoria não reconheceu direito, e lentamente, muito lentamente, os lábios de Marcus vieram ao encontro dos dela.

Marcus nunca conseguiria explicar por que beijara Honoria. Estava abraçando-a enquanto ela chorava e aquilo parecera a coisa mais natural e inocente a fazer. Mas a princípio não houvera intenção de beijá-la, nenhuma urgência.

Só que então ela o encarara. Os olhos de Honoria – ah, aqueles olhos incríveis – cintilando por causa das lágrimas e os lábios cheios e trêmulos. Ele havia parado de respirar. De pensar. Algo o dominara. Algo profundo dentro dele, que sentira a mulher em seus braços e o fizera se perder.

Mudar.

Precisava beijá-la. Tinha que fazer isso. Era tão básico e elementar quanto sua respiração, seu sangue, sua alma.

E quando a beijou...

A Terra parou de girar.

Os pássaros pararam de cantar.

Tudo no mundo ficou em suspenso, a não ser por ele, ela e o beijo muito leve que os unia.

Algo desabrochou dentro de Marcus, uma paixão, um desejo. E ele percebeu que, se não estivesse tão fraco, tão debilitado, teria levado aquela situação além. Não teria sido capaz de se controlar. Teria pressionado o corpo dela contra o dele, deleitando-se com a suavidade de Honoria, com seu perfume.

Ele a teria beijado mais intensamente. E a teria tocado. Em toda parte.

Teria implorado por ela. Para que ficasse, para que recebesse a paixão dele, para que o recebesse dentro dela.

Marcus desejava Honoria. E nada poderia tê-lo apavorado mais.

Aquela era Honoria. Ele jurara protegê-la e, em vez disso...

Afastou os lábios, mas não conseguiu se afastar completamente. Ele descansou a testa contra a dela e, saboreando aquele último toque, sussurrou:

– Perdoe-me.

Ela o deixou, então. Saiu do quarto em disparada. Marcus a observou partir, viu as mãos e os lábios trêmulos.

Ele era um selvagem. Honoria salvara sua vida e era daquele jeito que ele retribuía?

– Honoria – sussurrou.

Tocou os lábios com os dedos, como se de algum modo pudesse senti-la ali.

E sentiu. Era a coisa mais incrível. Ainda sentia o beijo dela. Sua boca ainda pulsava com o toque dos lábios dela.

Honoria ainda estava com ele.

E Marcus tinha a estranha sensação de que sempre estaria.

CAPÍTULO 14

Felizmente, Honoria não teve que passar o dia seguinte agonizando por causa do breve beijo.

Em vez disso, ela dormiu.

Era uma curta caminhada do quarto de Marcus para o dela, assim Honoria se dedicou à tarefa incumbida – em outras palavras, colocar um pé na frente do outro e permanecer aprumada o bastante para chegar ao aposento. Quando teve êxito, deitou-se na cama e só se levantou 24 horas depois.

Nem se lembrou de ter sonhado.

Já amanhecera quando Honoria enfim acordou, ainda com a mesma roupa que vestira em Londres – quantos dias haviam se passado? Um banho pareceu ser o mais necessário, uma muda de roupas limpas e o café da manhã, é claro. Honoria insistiu com alegria para que a Sra. Wetherby se juntasse a ela à mesa e conversasse sobre qualquer coisa que não tivesse relação com Marcus.

Os ovos estavam muito interessantes, assim como o bacon, e as hortênsias do lado de fora da janela eram fascinantes.

Hortênsias… Quem teria imaginado?

Honoria evitou muito bem não apenas Marcus, mas todos os pensamentos a respeito dele até a Sra. Wetherby perguntar:

– Já foi ver o patrão esta manhã?

Honoria fez uma pausa, o muffin a meio caminho da boca.

– Ahn, ainda não.

A manteiga que passara no bolinho pingava na mão dela. Honoria pousou-o e limpou os dedos.

– Estou certa de que ele adoraria vê-la – continuou a Sra. Wetherby.

Portanto, Honoria precisava ir ao quarto. Depois de todo o tempo e esforço que dedicara a Marcus quando ele estava nas profundezas da febre, teria parecido muito estranho acenar com desdém e dizer: "Ah, não é necessário."

A caminhada da sala do café da manhã até o quarto de Marcus levava aproximadamente três minutos, tempo demais para pensar sobre um beijo de três segundos.

Beijara o melhor amigo do irmão. Beijara *Marcus*… que ela achava que havia se tornado também um de seus melhores amigos.

Como aquilo acontecera? Marcus sempre fora amigo de Daniel, não dela. Ou melhor, fora amigo de Daniel primeiro, depois dela. O que não queria dizer…

Honoria parou. Estava ficando zonza.

Ah, não importava. Marcus provavelmente nem sequer pensara a respeito. Talvez ele até estivesse ainda um pouco delirante quando a beijara. Talvez nem conseguisse se lembrar.

E aquilo poderia mesmo ser chamado de beijo? Fora tão, tão breve. E deveria ser levado em conta caso o beijador se sentisse grato à beijada e provavelmente até em dívida com ela?

Afinal, Honoria salvara a vida dele. Um beijo não chegava a ser nenhum absurdo.

Além do mais, Marcus dissera "Perdoe-me". O que acontecera contava como um beijo se o beijador pedia perdão?

Honoria achava que não.

Ainda assim, a última coisa que ela desejava era conversar com ele a respeito, por isso, quando a Sra. Wetherby avisou que Marcus ainda estava dormindo, Honoria resolveu fazer logo a visita antes que ele acordasse.

Como a porta do quarto estava entreaberta, Honoria pousou a mão na madeira escura e empurrou bem devagar. Era inconcebível que uma casa tão bem administrada quanto Fensmore tivesse dobradiças rangentes nas portas, mas não custava ter cuidado. Quando a abriu o bastante para passar a cabeça, Honoria espiou dentro, inclinou-se para que pudesse vê-lo e…

Marcus se virou para encará-la.

– Ah, você está acordado! – As palavras escaparam da boca de Honoria como o piado surpreso de um passarinho.

Maldição.

Marcus estava sentado na cama, as cobertas presas com cuidado ao redor da cintura. Honoria percebeu com alívio que ele finalmente vestira um camisolão de dormir.

Ele ergueu um livro.

– Estou tentando ler.

– Ah, não vou incomodá-lo – disse Honoria rapidamente, embora o tom da voz dele fosse mais do tipo "estou tentando ler mas não consigo".

Então Honoria fez uma reverência.

Uma reverência!

Por que diabos? Nunca fizera uma mesura para Marcus. Já meneara a cabeça e até chegara a curvar um pouco os joelhos em alguns momentos, mas, santo Deus, Marcus teria um ataque de riso se ela fizesse uma reverência. Na verdade, era bem possível que ele estivesse rindo naquele momento. Mas Honoria jamais saberia, pois fugiu do quarto antes que ele emitisse qualquer som.

No entanto, quando encontrou com a mãe e com a Sra. Wetherby na sala de visitas, mais tarde, pôde dizer com toda a honestidade que visitara Marcus e que o encontrara muito melhor.

– Ele estava até lendo – comentou ela, soando alegre. – Isso deve ser um bom sinal.

– O que ele estava lendo? – perguntou a mãe por educação enquanto servia uma xícara de chá à filha.

– Ahn… – Honoria ficou confusa, não se lembrava de nada além da capa de couro vermelho-escura. – Na verdade, não sei.

– Provavelmente devemos lhe levar mais livros para que tenha variedade de escolha – disse lady Winstead, entregando o chá a Honoria. – Está quente e é tedioso ficar confinado a uma cama. Falo por experiência própria. Fiquei quatro meses de cama quando estava esperando você, e três quando esperava Charlotte.

– Não sabia.

Lady Winstead fez um gesto despreocupado.

– Não havia nada a ser feito. Não tive escolha. Mas os livros salvaram a minha sanidade. Pode-se ler ou bordar na cama, e não consigo imaginar Marcus pegando agulha e linha.

– Não mesmo – concordou Honoria, sorrindo.

A mãe deu outro gole no chá.

– Você deve investigar a biblioteca de Marcus e ver o que consegue encontrar para ele. E Marcus pode ficar com meu romance quando partirmos. – Ela pousou a xícara. – Trouxe aquele de Sarah Gorely. Estou quase terminando. Até agora está maravilhoso.

– *A Srta. Butterworth e o barão louco*? – perguntou Honoria, em dúvida.

Ela também lera o livro e o achara muito divertido, mas era comicamente melodramático e não achava que Marcus fosse gostar. Se Honoria se lembrava direito, havia muitas pessoas penduradas em penhascos. E em árvores. E em parapeitos de janelas.

– Será que ele não iria preferir algo um pouco mais sério?

– Tenho certeza de que ele *acha* que iria preferir algo mais sério. Mas aquele menino já é muito sério. Precisa de mais leveza na vida.

– Marcus dificilmente pode ser chamado de menino.

– Para mim, ele sempre será um menino. – Lady Winstead se virou para a Sra. Wetherby, que permanecera em silêncio durante toda a conversa. – Não concorda?

– Ah, sem dúvida. É que o conheço desde que ele usava fraldas.

Honoria tinha certeza de que Marcus não aprovaria aquela conversa.

– Talvez você possa escolher alguns livros para ele, Honoria – disse a mãe. – Você conhece o gosto de Marcus melhor do que eu.

– Na verdade, acho que não – replicou Honoria, baixando os olhos para o chá. Por algum motivo, aquilo a perturbava.

– Temos uma biblioteca bem abrangente aqui em Fensmore – informou a Sra. Wetherby com orgulho.

– Sem dúvida encontrarei alguma coisa – garantiu Honoria, colocando um sorriso animado no rosto.

– Terá que encontrar – falou a mãe –, a menos que queira ensiná-lo a bordar.

Honoria a encarou, horrorizada, então viu o riso em seu olhar.

– Ah, pode imaginar? – perguntou lady Winstead com uma risadinha. – Sei que homens podem ser alfaiates maravilhosos, mas devem ter equipes de bordadeiras escondidas nos quartos dos fundos.

– Os dedos dos homens são grandes demais – concordou a Sra. Wetherby. – Não conseguem segurar as agulhas direito.

– Ora, Marcus não poderia ser muito pior do que Margaret. – Lady Winstead se virou para a Sra. Wetherby. – Minha filha mais velha. Nunca vi ninguém com menos talento para trabalhos com agulha.

Honoria olhou para a mãe com interesse. Nunca havia percebido que Margaret era tão ruim. Mas a verdade era que a irmã era dezessete anos mais velha. Já tinha se casado e saído de casa mesmo antes de Honoria ter idade o bastante para guardar lembranças.

– É bom que ela tenha tanto talento com o violino – continuou lady Winstead.

Honoria ergueu os olhos para a mãe, chocada. Ouvira Margaret tocar. Não usaria a palavra "talento" associada àquele desempenho.

– Todas as minhas filhas tocam violino – contou lady Winstead com orgulho.

– Até a senhorita? – perguntou a governanta para a jovem.

Honoria assentiu.

– Até eu.

– Gostaria que a senhorita tivesse trazido seu instrumento. Eu teria adorado ouvi-la.

– Não sou tão talentosa quanto minha irmã.

Tragicamente, isso era verdade.

– Ah, não seja boba – retrucou a mãe, dando um tapinha brincalhão no braço da filha. – Achei que estava magnífica no ano passado. Só precisa praticar um pouco mais. – Ela se virou para a Sra. Wetherby. – Nossa família faz um recital todo ano. É um dos convites mais cobiçados da cidade.

– Que maravilha fazer parte de uma família tão musical.

– Ah – fez Honoria, porque não tinha certeza se conseguiria dizer muito mais. – Sim.

– Espero que suas primas estejam ensaiando na sua ausência – falou a mãe, com uma expressão preocupada.

– Não sei como poderiam – rebateu Honoria. – Somos um quarteto. Não é possível ensaiar adequadamente com um violino faltando.

– Sim, imagino que seja verdade. É só que Daisy ainda está tão verde...

– Daisy? – indagou a Sra. Wetherby.

– Minha sobrinha. Ela é muito jovem e... – a voz da mãe agora era apenas um sussurro, embora Honoria não entendesse o porquê –... não é muito talentosa.

– Ah, meu Deus. – A Sra. Wetherby arquejou, levando a mão ao peito. – O que poderão fazer? Seu recital será arruinado.

– Estou certa de que Daisy conseguirá ficar à altura do resto de nós – afirmou Honoria com um sorrisinho fraco.

Para ser sincera, Daisy era muito ruim, mas era difícil imaginá-la tornando o quarteto pior. E a jovem prima acrescentaria um entusiasmo necessário ao grupo. Sarah ainda alegava que preferia ter os dentes arrancados a se apresentar novamente.

– Lorde Chatteris já assistiu ao concerto? – perguntou a Sra. Wetherby.

– Ah, ele comparece todo ano – respondeu lady Winstead. – E senta-se na primeira fileira.

Era um santo, pensou Honoria. Ao menos por uma noite a cada ano.

– Ele realmente adora música – comentou a governanta.

Um santo. Um mártir, mesmo.

– Imagino que ele perderá o recital este ano – disse sua mãe com um suspiro triste. – Talvez possamos dar um jeito de as moças virem até aqui para uma apresentação especial.

– Não! – exclamou Honoria, alto o bastante para que as duas mulheres se voltassem para ela. – Quero dizer, tenho certeza de que Marcus não gostaria. Ele não acha justo que as pessoas mudem suas rotinas por causa dele. – A jovem percebeu que lady Winstead não achava o argumento forte o suficiente, por isso acrescentou: – E Iris nunca se sente bem em viagens.

Uma mentira deslavada, mas a melhor que Honoria conseguiu inventar tão rapidamente.

– Ora, acredito que seja verdade – cedeu a mãe. – Mas sempre há o ano seguinte. – Com um lampejo de pânico nos olhos, completou: – Embora você não vá tocar, estou certa. – Como se tornou óbvio que precisaria explicar, lady Winstead virou-se para a Sra. Wetherby. – As Smythe-Smiths devem deixar o quarteto quando se casam. É uma tradição.

– E você está noiva, lady Honoria? – perguntou a governanta, com o cenho franzido, confusa.

– Não, e eu...

– O que ela quer dizer – interrompeu-a a mãe – é que esperamos que esteja noiva no fim da temporada social.

Honoria ficou apenas encarando lady Winstead. A mãe não havia demonstrado tamanha determinação ou estratégia durante as duas primeiras temporadas de que Honoria participara.

– Espero sinceramente que não seja tarde demais para procurarmos madame Brovard – murmurou a mãe.

Madame Brovard? A modista mais exclusiva de Londres? Honoria estava estupefata. Apenas alguns dias antes, a mãe lhe dissera para fazer compras com a prima Marigold e "encontrar alguma coisa cor-de-rosa". Agora queria que Honoria fosse atendida por madame Brovard?

– Ela não usa o mesmo tecido duas vezes se for marcante demais – explicou a mãe para a Sra. Wetherby. – Por isso é considerada a melhor.

A governanta assentiu, aprovando, claramente apreciando a conversa.

– Mas o lado ruim é que, se a pessoa a procura tarde demais na temporada social – lady Winstead levantou as mãos em um gesto dramático –, todos os bons tecidos já foram usados.

– Ah, isso é terrível – comentou a Sra. Wetherby.

– Eu sei, eu sei. E quero me certificar de que encontraremos as cores certas para Honoria este ano. Para destacar os olhos dela, a senhora entende.

– Honoria tem lindos olhos – concordou a governanta, e se virou para a moça. – Tem mesmo.

– Ahn, obrigada – agradeceu Honoria automaticamente. Era estranho ver a mãe agir como... bem, como a Sra. Royle, para ser honesta. Era desconcertante. – Acho que vou até a biblioteca agora.

As duas mulheres haviam iniciado uma conversa animada sobre a diferença entre lavanda e pervinca.

– Divirta-se, querida – falou a mãe, sem sequer olhar para Honoria. – Estou dizendo, Sra. Wetherby, se for um tom *mais claro* de pervinca...

Honoria apenas balançou a cabeça. Precisava de um livro. E talvez de outra soneca. E de um pedaço de bolo. Não necessariamente nessa ordem.

O Dr. Winters passou por lá naquela tarde e declarou que Marcus estava se recuperando bem. A febre desaparecera inteiramente, a perna vinha se curando de modo esplêndido e até mesmo o tornozelo torcido – do qual eles haviam esquecido por completo – já não mostrava mais sinais de inchaço.

Com a vida de Marcus fora de perigo, lady Winstead anunciou que ela e Honoria arrumariam seus pertences e partiriam para Londres o mais rápido possível.

– Antes de mais nada, essa viagem foi anormal – disse ela a Marcus em particular. – Duvido que haverá comentários por causa de nossos laços de tantos anos e da precariedade de sua saúde, mas sabemos que a sociedade não será tão leniente se nos demorarmos.

– É claro – murmurou Marcus.

Era o melhor mesmo. Ele estava terrivelmente entediado e sentiria falta de tê-las por perto, porém a temporada logo começaria e Honoria precisava voltar para Londres. Ela era a filha solteira de um conde, portanto procurava um marido adequado. Não havia outro lugar em que devesse estar àquela época do ano.

Marcus teria que ir também, para manter o juramento que fizera a Daniel e se certificar de que Honoria não se casasse com um idiota, mas estava preso à cama – ordens do médico – e permaneceria assim por pelo menos mais uma semana. Depois, ficaria confinado em casa por outra semana, talvez duas, até que o Dr. Winters tivesse certeza de que a infecção tinha sarado. Lady Winstead o obrigara a prometer que seguiria as orientações médicas.

– Não salvamos sua vida para que você a desperdice.

Demoraria cerca de um mês até que as pudesse encontrar em Londres. E Marcus achou que isso era inexplicavelmente frustrante.

– Honoria está por perto? – perguntou a lady Winstead, embora soubesse que não era adequado inquirir sobre uma jovem solteira à mãe dela, mesmo no caso daquelas duas.

Porém, estava muito entediado e sentia falta da companhia de Honoria – o que não era de modo algum o mesmo que sentir falta *dela*.

– Tomamos chá há pouco – respondeu lady Winstead. – Honoria mencionou que o viu esta manhã. Acho que ela planeja pegar alguns livros para você na biblioteca da casa. Imagino que passará por aqui mais tarde para trazê-los.

– Ficarei muito grato. Quase terminei com... – Ele olhou para a mesinha de cabeceira. O que estava lendo mesmo? – *Dúvidas filosóficas sobre a essência da liberdade humana.*

Ela ergueu as sobrancelhas.

– Está gostando?

– Não, não muito.

– Devo dizer a Honoria para se apressar com os livros, então – comentou lady Winstead com um sorriso de divertimento.

– Esperarei ansioso.

Ele fez menção de sorrir, então se recompôs e assumiu feições mais sérias.

– Estou certa de que ela também – falou lady Winstead.

Disso Marcus não tinha tanta certeza, mas, se Honoria não mencionara o beijo, ele também não mencionaria. Na verdade, era uma coisa insignificante. Ou, se não fosse, deveria ser. Facilmente esquecível. Eles logo voltariam à antiga amizade.

– Acho que ela ainda está cansada – comentou lady Winstead –, embora não consiga imaginar por quê. Honoria dormiu por 24 horas, sabia?

Marcus não sabia.

– Ela não saiu do seu lado até sua febre ceder. Eu me ofereci para substituí-la, mas ela não permitiu.

– Estou em grande dívida com Honoria – falou Marcus baixinho. – E com a senhora, também, pelo que entendi.

Por um momento, lady Winstead ficou calada. Então, entreabriu os lábios, como se estivesse decidindo o que falar. Marcus esperou, sabendo que o silêncio com frequência era o maior encorajador e, alguns segundos depois, a mãe de Honoria pigarreou.

– Não teríamos vindo a Fensmore se Honoria não houvesse insistido.

Marcus não sabia bem como responder.

– Eu disse a ela que não deveríamos vir, que não era adequado – continuou lady Winstead –, já que não somos da família.

– Eu não tenho família – explicou Marcus em um tom tranquilo.

– Sim, foi o que Honoria disse.

Ele sentiu uma estranha pontada no íntimo. É claro que Honoria sabia que ele não tinha família... Todos sabiam. Mas, de algum modo, ouvi-la falar isso ou simplesmente ouvir alguém lhe contar que ela falara...

Doía. Só um pouco. E ele não entendia por quê.

Honoria vira além de tudo aquilo, além do isolamento dele, dentro da solidão de Marcus. Ela vira isso – não, vira a *ele* – de um modo que nem o próprio Marcus compreendia.

Marcus não percebera quanto sua vida era solitária até Honoria voltar a fazer parte dela.

– Ela foi muito insistente – enfatizou lady Winstead, interrompendo os pensamentos de Marcus. Então, tão baixo que ele mal conseguiu escutá-la, acrescentou: – Só achei que você deveria saber.

169

CAPÍTULO 15

Horas mais tarde, Marcus estava sentado na cama, nem sequer fingindo ler *Dúvidas filosóficas sobre a essência da liberdade humana*, quando Honoria apareceu para outra visita. Ela carregava cerca de meia dúzia de livros nos braços e estava acompanhada por uma criada que trazia uma bandeja com o jantar.

Marcus não ficou surpreso por Honoria ter esperado para entrar só quando outra pessoa também fosse ao aposento.

– Eu trouxe alguns livros – avisou ela, com um sorriso determinado. Honoria esperou até que a criada pousasse a bandeja na cama, então empilhou os volumes sobre a mesinha de cabeceira. – Mamãe comentou que você provavelmente precisaria de alguma distração.

Honoria sorriu de novo, mas sua expressão era resoluta demais para ser espontânea. Ela deu um breve aceno de cabeça, virou-se de costas e começou a seguir a criada para fora do quarto.

– Espere! – chamou Marcus.

Não podia deixá-la partir. Não ainda.

Ela parou e se voltou na direção dele, encarando-o com uma expressão questionadora.

– Sente-se comigo, por favor? – pediu ele, indicando a cadeira com a cabeça. Honoria hesitou e Marcus acrescentou: – Só tive a mim mesmo por companhia durante a maior parte dos últimos dois dias. – Como ela ainda não parecia convencida, ele deu um sorriso irônico. – Temo estar me achando meio tedioso.

– Só *meio* tedioso? – perguntou ela, provavelmente antes de se lembrar que tentava não engatar uma conversa.

– Estou desesperado, Honoria.

Ela suspirou, mas exibia um sorriso melancólico, e voltou a adentrar o quarto. Deixou a porta aberta – agora que ele não estava mais à beira da morte, havia certas regras de decoro que deveriam ser obedecidas.

– Odeio essa palavra.

– "Desesperado"? – indagou Marcus. – Acha que é muito usada?

– Não – Honoria suspirou de novo, sentando-se na cadeira perto da cama –, acho que ela é apropriada por vezes de mais. É uma sensação terrível.

Marcus assentiu, embora, para dizer a verdade, achasse que não compreendia bem o que era desespero. Solidão, com certeza; desespero, não.

Honoria ficou sentada ao lado dele, as mãos cruzadas no colo. Houve um longo silêncio, não exatamente constrangido, mas também não confortável, e então ela falou de repente:

– A sopa é de carne.

Ele baixou os olhos para a pequena terrina de porcelana na bandeja, ainda coberta com uma tampa.

– A cozinheira o chamou de *boeuf consommé* – continuou Honoria, falando um pouco mais rápido do que o habitual –, mas é uma sopa, pura e simplesmente. A Sra. Wetherby insiste que tem poderes curativos incomparáveis.

– Acho que não há mais nada para eu comer além de sopa – comentou Marcus, desanimado, encarando a bandeja quase vazia.

– Torrada seca – disse Honoria, em um tom solidário. – Lamento.

Ele sentiu a cabeça pender um pouco mais para a frente. O que não daria por um pedaço do bolo de chocolate da Flindle's. Ou por uma torta de maçã cremosa. Ou por um biscoito amanteigado. Ou ainda por um pão doce, ou por qualquer coisa que contivesse uma grande quantidade de açúcar.

– Está com um aroma delicioso – comentou Honoria. – A sopa.

Realmente estava, mas não tanto quanto algo de chocolate.

Ele suspirou e tomou uma colherada, soprando antes de saborear.

– Está bom.

– Sério? – Honoria parecia desconfiada.

Ele assentiu e tomou mais. Ou melhor, bebeu mais. As pessoas tomavam ou bebiam aquela sopa tão líquida? E, o mais importante, não poderia haver um pouco de queijo derretido?

– O que você comeu no jantar? – perguntou Marcus.

Ela balançou a cabeça.

– Você não vai querer saber.

Marcus sorveu outra colher.

– Provavelmente não. – Então não conseguiu se controlar: – Tinha presunto?

Honoria não disse nada.

– Ah, *tinha* – falou Marcus em um tom acusador.

Ele fitou o pouco que sobrara da sopa e imaginou se poderia usar a torrada seca para pegar aquele restinho. Mas não sobrara líquido o bastante e, depois de duas mordidas, a torrada se mostrou seca demais.

Seca como serragem. Como se ele vagasse no deserto. Marcus parou para pensar por um instante. Não estivera com uma sede desértica poucos dias antes? Ele deu uma mordida na torrada indigesta. Nunca passara por um deserto e provavelmente nunca passaria, mas no que dizia respeito a biomas, o deserto parecia oferecer uma grande variedade de semelhanças com a vida dele nos últimos tempos.

– Por que está sorrindo? – perguntou Honoria, curiosa.

– Estou? Era um sorriso muito, muito triste, posso lhe assegurar. – Marcus olhou para a torrada. – Você comeu presunto mesmo? – Então, embora tivesse consciência de que não queria saber a resposta: – E pudim?

Ele olhou para Honoria, que estava com uma expressão muito culpada.

– De chocolate? – sussurrou ele.

Honoria balançou a cabeça.

– Frutas vermelhas? Torta... Ah, Deus, a cozinheira fez torta de melado? Ninguém fazia torta de melado como a cozinheira de Fensmore.

– Estava deliciosa – admitiu Honoria, com um daqueles suspiros incrivelmente felizes reservados às lembranças das melhores sobremesas. – Foi servida com chantilly e morangos.

– Sobrou alguma coisa? – perguntou Marcus, melancólico.

– Imagino que tenha sobrado. Foi servida em uma enorme... Espere um instante. – Ela estreitou os olhos e o encarou, desconfiada. – Você não quer que eu roube um pedaço para você, certo?

– Você faria isso?

Marcus esperava que sua expressão fosse tão patética quanto sua voz. Realmente precisava que Honoria sentisse pena dele.

– Não! – exclamou ela, mas seus lábios comprimiam-se em uma óbvia tentativa de não rir. – Torta de melado não é uma comida apropriada para quem está de cama.

– Não vejo motivo – retrucou Marcus, com a mais absoluta honestidade.

– Porque você deve tomar sopa. E óleo de fígado de bacalhau. E comer geleia de mocotó. Todo mundo sabe disso.

Marcus forçou o estômago a não se revirar.

– Alguma dessas iguarias já a fez se sentir melhor?

– Não, mas acho que não é esse o objetivo.

– Como pode não ser?

Honoria entreabriu os lábios para uma resposta rápida, mas permaneceu comicamente imóvel. Ela levantou os olhos e desviou-os para a esquerda, como se buscasse uma réplica adequada. Por fim, falou com uma lentidão deliberada:

– Não sei.

– Então vai roubar uma fatia de torta para mim?

Marcus abriu seu melhor sorriso, que dizia "Eu quase morri, portanto você não pode me negar". Ou ao menos era o que ele esperava que parecesse. A verdade é que não tinha muitos talentos para o flerte, portanto o sorriso poderia ter saído mais como "Estou um pouco demente, portanto será melhor você fingir que concorda comigo".

Não havia como saber.

– Você tem ideia de como isso poderia me encrencar? – perguntou Honoria.

Ela se inclinou para a frente em um movimento furtivo, como se alguém os estivesse espiando.

– Não muito – retrucou ele. – Esta é a minha casa.

– Isso tem pouquíssima importância se comparado à fúria da Sra. Wetherby, do Dr. Winters e da minha mãe.

Ele deu de ombros.

– Marcus...

Porém, Honoria não protestou de novo. Marcus insistiu:

– Por favor.

Ela o encarou. Ele tentou parecer patético.

– Ah, está certo. – Ela bufou, capitulando com uma notável falta de graciosidade. – Tenho que ir agora?

Marcus juntou as mãos, implorando.

– Eu ficaria extremamente grato.

Honoria não mexeu a cabeça, mas virou os olhos para um lado, depois para outro. Ele não sabia dizer se ela estava tentando agir de modo furtivo. Então Honoria se levantou e alisou o tecido verde-pálido das saias.

– Já volto.

– Mal posso esperar.

Ela caminhou decidida até a porta e se virou.

– Com a torta.

– Você é minha salvadora.

Honoria estreitou os olhos.

– Vai ficar me devendo.

– Eu já lhe devo muito mais do que uma torta de melado – replicou Marcus, com toda a seriedade.

Ela saiu do quarto em silêncio, deixando Marcus com sua terrina vazia e migalhas de torradas. E com os livros. Ele olhou para a mesinha, onde Honoria os deixara. Com muito cuidado, para não derramar o copo de água quente com limão que a Sra. Wetherby preparara, empurrou a bandeja para o outro lado da cama. Ele se inclinou para a frente, pegou o primeiro volume e deu uma olhada: *Descrição pitoresca e formidável do grande, lindo, maravilhoso e interessante cenário ao redor do lago Earn.*

Santo Deus, ela encontrara aquilo na biblioteca dele?

Marcus examinou o livro seguinte. *A Srta. Butterworth e o barão louco.* Não era um título que ele fosse escolher normalmente, mas comparado ao *Descrição pitoresca e formidável do grande, lindo, etc., etc., em algum lugar nas profundezas da Escócia e que deve me matar de tédio,* parecia mais substancial.

Ele se recostou nos travesseiros e o folheou até chegar ao primeiro capítulo, e acomodou-se para ler.

Era uma noite escura e tempestuosa...

Ele já não ouvira isso antes?

... e a Srta. Priscilla Butterworth estava certa de que, a qualquer momento, a chuva desabaria com força...

Quando Honoria voltou, a Srta. Butterworth havia sido abandonada à porta de uma casa, sobrevivera a uma praga e fora perseguida por um javali.

Era muito ligeira, a Srta. Butterworth.

Marcus virou a página para o capítulo três, ansioso por continuar, porque imaginava que a Srta. Butterworth esbarraria com uma praga de gafanhotos. Encontrava-se profundamente entretido quando Honoria apareceu à porta, ofegante e segurando uma toalha de chá embrulhada nas mãos.

– Não conseguiu, então? – perguntou ele, encarando-a por cima do exemplar de *A Srta. Butterworth.*

– É claro que consegui – retrucou ela, com desdém.

Honoria pousou a toalha de chá e desdobrou-a para revelar uma torta de melado um tanto quanto destruída, mas ainda assim reconhecível.

– Trouxe uma torta *inteira.*

Marcus arregalou os olhos. Sua pele formigava de expectativa. De verdade. A Srta. Butterworth e seus gafanhotos não eram nada comparados àquilo.

– Você é minha heroína.

– Para não mencionar que salvei a sua vida – lembrou ela.

– Ora, isso também.

– Um dos criados tentou me seguir. – Honoria olhou por cima do ombro na direção da porta aberta. – Ele deve ter pensado que eu era uma ladra, embora, se eu viesse a Fensmore para roubar, dificilmente começaria por uma torta de melado.

– É mesmo? – perguntou Marcus, a boca já cheia do sabor do paraíso. – Eu começaria justamente por ela.

Honoria partiu um pedaço da torta e colocou-o na boca.

– Ai, como é gostosa – disse em um suspiro. – Mesmo sem os morangos e o chantilly.

– Não consigo pensar em nada melhor – comentou Marcus com um suspiro feliz. – A não ser, talvez, em bolo de chocolate.

Honoria se encarapitou na beira da cama e pegou outro pedaço pequeno.

– Desculpe – falou, engolindo antes de continuar –, não sabia onde ficavam os garfos.

– Não importa.

E era verdade. Estava muito feliz por ingerir comida de verdade, com sabor de verdade. Que era preciso ser mastigada de verdade. Por que as pessoas achavam que líquidos eram a chave para a recuperação de uma febre, ele jamais saberia.

Marcus começou a fantasiar com uma torta de carne com batatas. Sobremesa era uma coisa incrível, mas ele iria precisar de algo com sustância. Carne moída. Batatas fatiadas e assadas, ligeiramente crocantes. Quase conseguia sentir o sabor.

Ele olhou para Honoria. Por algum motivo, não achava que ela seria capaz de tirar aquilo da cozinha enrolado em uma toalha de chá.

Honoria estendeu a mão para outro pedaço de torta.

– O que está lendo?

– *A Srta. Butterworth e o...* ahn... – Ele fitou o livro, que estava virado para baixo sobre a cama, aberto na página em que parara. –*... e o barão louco*, aparentemente.

– É mesmo? – Ela parecia estupefata.

– Não consegui me obrigar a abrir *Reflexões e esclarecimentos de uma pequena e despovoada área da Escócia.*

– O quê?

– Este aqui – disse Marcus, estendendo-lhe o livro.

Honoria baixou os olhos para o volume e Marcus percebeu que ela precisou se afastar um pouco para conseguir ler todo o título.

– Parece bastante descritivo – comentou Honoria, encolhendo os ombros. – Achei que você iria gostar.

– Só se eu estivesse preocupado que a febre não houvesse me matado – replicou com uma risadinha irônica.

– Parece interessante.

– Você deveria lê-lo, então – sugeriu Marcus com um gesto gracioso. – Não vou sentir falta dele.

Honoria comprimiu os lábios, irritada.

– Você olhou para algum outro livro que eu trouxe?

– Na verdade, não. – Ele ergueu o exemplar de *A Srta. Butterworth*. – Este é realmente intrigante.

– Não consigo acreditar que você esteja gostando desse livro.

– Você já o leu?

– Sim, mas...

– Terminou?

– Sim, mas...

– E gostou?

Honoria parecia não ter uma resposta pronta, assim Marcus se aproveitou da distração dela e puxou a toalha de chá mais para perto. Mais alguns centímetros e o doce estaria totalmente fora do alcance da jovem.

– Gostei, sim – respondeu Honoria por fim –, embora tenha achado algumas partes bastante improváveis.

Ele fitou o livro e o folheou.

– É mesmo?

– Você ainda está no começo – explicou Honoria, puxando a toalha de chá em sua direção. – A mãe dela é bicada até a morte por pombos.

Marcus olhou para o livro com um respeito renovado.

– É mesmo?

– É bem macabro.

– Mal posso esperar.

– Ah, por favor, não é possível que você queira ler isso.

– Por que não?

– É tão... – Ela gesticulou, como se buscasse a palavra certa. – Não é nem um pouco sério.

– Não posso ler algo pouco sério?

– Ora, é claro que pode. Só nunca imaginaria que você escolheria esse.

– Por quê?

Honoria ergueu as sobrancelhas.

– Por que você está na defensiva assim?

– Fico curioso. Por que eu não escolheria ler algo que fosse pouco sério?

– Não sei. Você é *você*.

– Por que isso está parecendo um insulto? – comentou ele, mas com uma ponta de curiosidade.

– Não é um insulto.

Ela pegou outro pedaço da torta de melado e o mordiscou. E foi quando a coisa mais estranha aconteceu. No momento em que os olhos dele pousaram nos lábios dela, Honoria lambeu um farelo perdido. Foi um movimento muito rápido, que durou menos de um segundo, mas provocou uma reação elétrica no corpo dele. Espantado, Marcus se deu conta de que era desejo. Um desejo ardente, que revirava as suas entranhas.

Por Honoria.

– Você está bem? – perguntou ela.

Não.

– Sim, ahn, por quê?

– Fiquei com medo de tê-lo magoado. Se esse for o caso, por favor, aceite as minhas desculpas. Sinceramente, não tive a intenção de insultá-lo. Você é uma pessoa agradável do jeito que é.

– Agradável?

Que palavra sem graça...

– É melhor do que desagradável.

Seria nesse ponto que outro homem qualquer talvez a houvesse agarrado e lhe mostrado como ele poderia ser "desagradável". Na verdade, Marcus era "desagradável" o bastante para imaginar a cena em detalhes. Mas também ainda sofria as consequências de sua febre quase fatal, isso para não mencionar a porta aberta e a mãe de Honoria, que provavelmente estava mais adiante no corredor. Por isso, disse apenas:

– O que mais você trouxe para eu ler?

Aquele era um tema de conversa mais seguro, sobretudo depois de ele passar o dia tentando se convencer de que o beijo em Honoria não tivera *nada* a ver com desejo. Fora uma completa aberração, um surto momentâneo de loucura provocado por uma emoção extrema.

Aquele argumento, infelizmente, estava sendo destroçado naquele instante. Honoria mudara de posição para conseguir alcançar os livros sem se levantar, e aquilo significava mover o traseiro um pouco mais para perto de... bem, do traseiro dele, ou do quadril dele, se quisesse colocar as coisas de uma forma mais elegante. Havia um lençol e uma manta entre os dois, para não mencionar seu camisolão de dormir e o vestido dela, e só Deus sabia o que mais por baixo das saias de Honoria. Ele nunca estivera tão consciente da presença de outro ser humano quanto estava dela naquele momento.

E Marcus ainda não sabia bem como aquilo acontecera.

– *Ivanhoé* – respondeu Honoria.

Do que ela estava falando?

– Marcus? Está ouvindo? Eu trouxe *Ivanhoé*. De sir Walter Scott. Olhe, não parece interessante?

Marcus ficou confuso, certo de que havia perdido alguma coisa. Honoria abrira o livro e folheava o início.

– O nome dele não está no livro. Não o vejo em parte alguma. – Ela virou o exemplar e levantou-o. – Diz apenas "Do autor de *Waverley*". Veja, até na lombada.

Marcus assentiu, porque foi o que pensou que era esperado dele. Não conseguia afastar os olhos dos lábios dela, que estavam comprimidos naquele jeitinho de botão de rosa tão típico de Honoria ao pensar.

– Eu não li *Waverley*. Você leu?

Ela ergueu a cabeça, os olhos cintilando.

– Não.

– Talvez eu devesse... – murmurou ela. – Minha irmã disse que gostou. De qualquer modo, não lhe trouxe *Waverley*, mas *Ivanhoé*. Ou melhor, o primeiro volume. Não vi motivo em trazer os três.

– Eu já li *Ivanhoé*.

– Ah. Bem, vamos deixar este de lado, então.

Ela fitou o próximo. Marcus continuou a encará-la.

Os cílios dela... Como nunca percebera que eram tão longos? Era estranho, porque Honoria não tinha a cor de pele que costumava acompanhar cílios longos. Talvez fosse por isso que não houvesse percebido: eram longos, mas não escuros.

– Marcus? Marcus?

– Hein?

– Você está bem? – Ela se inclinou para a frente, observando-o com certa preocupação. – Está um pouco ruborizado.

Marcus pigarreou.

– Talvez eu aceite um pouco mais de água com limão. – Ele deu um gole, então outro, só para garantir. – Está achando quente aqui?

– Não. – Ela franziu a testa.

– Tenho certeza de que não é nada. Eu...

Honoria já estava com a mão na testa dele.

– Você não parece febril.

– O que mais você trouxe? – perguntou ele rapidamente, indicando os livros com um gesto de cabeça.

– Ah, ahn, temos aqui... – Ela pegou outro e leu o título: – *História das Cruzadas para recuperação e posse da Terra Santa*. Ah, Deus.

– O que foi?

– Trouxe apenas o volume dois. Você não pode começar por ele. Perderá o cerco a Jerusalém e tudo sobre os noruegueses.

Digamos que nada esfria mais o ardor de um homem do que as Cruzadas, pensou Marcus com sarcasmo. Ainda assim...

Ele a encarou, confuso.

– Noruegueses?

– Uma Cruzada pouco conhecida no princípio – explicou Honoria, afastando com um aceno de mão o que provavelmente era uma boa década de história. – Quase ninguém fala sobre o assunto. – Ela o fitou e viu o que devia ser uma expressão de completo espanto. – Gosto das Cruzadas – revelou com um dar de ombros.

– Isso é... excelente.

– Que tal *A vida e a morte do cardeal Wolsey*? – perguntou ela, exibindo outro livro. – Não? Também tenho *História da ascensão, do progresso e do fim da Revolução Americana*.

– Você realmente me acha tedioso.

Ela o encarou, acusadora.

– As Cruzadas *não* são tediosas.

– Mas você só trouxe o volume dois.

– Com certeza posso voltar à biblioteca e procurar o primeiro.

Marcus resolveu interpretar aquilo como uma ameaça.

– Ah, aqui está. Olhe só para isso. – Honoria ergueu, triunfante, um livro de bolso muito fino. – Tenho um de Byron. O homem menos tedioso do mundo. Ou ao menos foi o que eu soube. Nunca o encontrei. – Ela abriu o volume na primeira página. – Já leu *O corsário*?

– No dia em que foi publicado.

– Ah. – Honoria franziu o cenho. – Aqui está outro de sir Walter Scott. É bem longo. Deve mantê-lo ocupado por algum tempo.

– Acho que vou continuar com *A Srta. Butterworth*.

– Se você prefere... – Ela o encarou como se dissesse "Não é possível que você vá gostar desse livro". – É da minha mãe. Mas ela falou que você pode ficar com ele.

– Ao menos acho que vou renovar meu gosto por torta de pombo.

Honoria riu.

– Vou pedir à cozinheira para preparar depois que formos embora, amanhã. – Ela ergueu os olhos de repente. – Você sabe que partimos para Londres amanhã?

– Sim, sua mãe me contou.

– Não iríamos se não tivéssemos certeza de sua recuperação – assegurou Honoria.

– Eu sei. E, sem dúvida, vocês têm muito a fazer na cidade.

Ela fez uma careta.

– Ensaios, na verdade.

– Ensaios?

– Para o...

Ah, não.

–... recital – completou ela.

O recital das Smythe-Smiths acabou com o serviço que as Cruzadas tinham iniciado. Não havia um homem vivo que conseguisse manter um pensamento romântico diante da lembrança – ou da ameaça – desse evento.

– Você ainda está tocando violino? – perguntou Marcus por educação.

Ela o encarou com uma expressão divertida.

– Eu dificilmente teria passado ao violoncelo desde o ano passado.

– Não, não, é claro que não. – Fora uma pergunta tola. Mas provavelmente a única pergunta gentil que poderia ter feito. – Ahn, você já sabe para quando o recital está agendado este ano?

– Dia 14 de abril. Não falta muito. Pouco mais de duas semanas.

Marcus pegou outro pedaço de torta de melado e mastigou, tentando calcular de quanto tempo precisaria para se recuperar. Duas semanas parecia ser o período apropriado.

– Lamento que eu vá perder.

– Está falando sério?

Ela parecia incrédula. Marcus não soube bem como interpretar isso.

– Ora, é claro – disse Marcus, gaguejando um pouco. Nunca mentira bem. – Há anos não perco uma apresentação do quarteto.

– Eu sei – afirmou Honoria, balançando a cabeça. – Tem sido um magnífico esforço da sua parte.

Marcus e Honoria se encararam. Ele a observou mais detidamente.

– O que quer dizer? – perguntou Marcus com cautela.

O rosto dela ficou um pouco mais ruborizado.

– Ora – respondeu Honoria, desviando o olhar para uma parede absolutamente vazia –, tenho consciência de que não somos as mais... ahn... – Ela pigarreou. – Qual é o antônimo de dissonante?

Ele a encarou, incrédulo.

– Está dizendo que sabe que vocês... ahn, quero dizer...

– Que somos péssimas? É claro que sei. Achou que eu fosse idiota? Ou surda?

– Não – disse Marcus, demorando-se na palavra para ganhar tempo para pensar, embora não adiantasse. – Só achei...

Ele deixou a frase morrer.

– Somos terríveis – declarou Honoria, dando de ombros. – Mas não serve de nada fazer drama ou ficar emburrada. Não há nada que possamos fazer a respeito.

Marcus não imaginava que uma pessoa poderia soar ao mesmo tempo zombeteira e divertida, mas Honoria tivera êxito.

– Se eu achasse que a prática nos tornaria melhor – continuou ela, os lábios se curvando apenas levemente acompanhados pelo olhar risonho e dançante –, acredite em mim, eu seria a mais dedicada aluna de violino que o mundo já viu.

– Talvez se...

– Não – interrompeu ela com bastante firmeza. – Somos terríveis. É só o que há a dizer. Não temos nenhum mísero talento musical.

Marcus não conseguia acreditar no que estava ouvindo. Comparecera a tantos recitais das Smythe-Smiths que o espantava ainda ser capaz de apreciar música. E no último ano, quando Honoria estreara ao violino, ela se mostrara radiante, tocando com um sorriso tão largo que qualquer pessoa presumira estar arrebatada.

– Na verdade – prosseguiu ela –, acho tudo muito terno, de certo modo.

Marcus achava que Honoria não conseguiria encontrar outro ser humano que fosse concordar com aquela declaração, mas não viu razão para dizer isso em voz alta.

– Assim, sorrio e finjo que estou me divertindo – continuou Honoria. – E até que estou. As Smythe-Smiths vêm apresentando recitais desde 1807. Já é uma tradição de família. – Então, em uma voz mais baixa e contemplativa, acrescentou: – Eu me considero muito afortunada por ter tradições familiares.

Marcus pensou em sua própria família, ou melhor, no grande vácuo onde ela estivera.

– Sim – sussurrou ele –, você é.

– Por exemplo, eu uso sapatos da sorte.

Marcus tinha quase certeza de que não ouvira direito.

– Durante o recital – explicou Honoria com um leve dar de ombros. – É um hábito específico do meu ramo da família. Henrietta e Margaret costumam debater quem começou, mas sempre usamos sapatos vermelhos.

Sapatos vermelhos. A pequena pontada de desejo que fora arrancada dos pensamentos de Marcus pela conversa sobre musicistas amadoras voltou à vida. De repente, nada no mundo poderia ter sido mais sedutor do que sapatos vermelhos. Santo Deus.

– Você tem certeza de que está bem? – perguntou Honoria. – Está um tanto ruborizado.

– Estou bem – respondeu ele com a voz rouca.

– Minha mãe não sabe.

O quê? Se ele já não estivesse ruborizado, agora ficou.

– Perdão?

– Sobre os sapatos vermelhos. Ela não faz ideia de que os usamos.

Marcus pigarreou.

– Há alguma razão em particular para que mantenham segredo?

Honoria pensou por um momento, então estendeu a mão e pegou outro pedaço de torta de melado.

– Não sei. Acho que não. – Ela comeu o doce e deu de ombros. – Na verdade, agora que estou pensando a respeito, não sei por que são sapatos vermelhos. Poderiam muito bem ser verdes. Ou azuis. Bem, azuis, não. Teria sido no mínimo banal. Mas verde funcionaria. Ou rosa.

Nada funcionaria tão bem quanto vermelho, disso Marcus tinha certeza.

– Acho que vamos começar a ensaiar assim que voltarmos a Londres – informou Honoria.

– Lamento.

– Ah, não, *gosto* dos ensaios. Ainda mais agora que todas as minhas irmãs já não moram comigo e não há mais nada em casa além do tique-taque dos relógios e das refeições servidas em bandejas. É ótimo me reunir com as outras e ter alguém com quem conversar. – Ela olhou para ele com uma expressão encabulada. – Conversamos pelo menos tanto quanto ensaiamos.

– Não me surpreende – murmurou Marcus.

Ela o encarou, deixando claro que percebera a pequena ironia. Mas não se ofendeu, Marcus sabia que não se ofenderia.

Então ele percebeu… que gostava de saber que ela não teria se ofendido. Havia algo de maravilhoso em conhecer tão bem outra pessoa.

– Pois bem – continuou Honoria, determinada a encerrar o assunto –, Sarah vai tocar piano outra vez este ano, e ela é mesmo a minha amiga mais próxima. Nós nos divertimos muito juntas. E Iris vai se juntar a nós no violoncelo. Ela é quase da minha idade e sempre desejei que pudéssemos passar mais tempo juntas. Iris também estava na casa dos Royles e eu... – Ela se deteve.

– O que foi? – perguntou Marcus. Honoria parecia quase preocupada.

– Acho que ela pode ser realmente boa – disse, espantada.

– No violoncelo?

– Sim. Consegue imaginar?

Ele decidiu encarar a pergunta como retórica.

– De qualquer modo – prosseguiu ela –, Iris vai tocar, assim como a irmã dela, Daisy, que, lamento dizer, é péssima.

– Ahn... – Como perguntar aquilo de forma educada? – Péssima quando comparada com a maior parte da humanidade ou terrível para os padrões das Smythe-Smiths?

Honoria se continha para não sorrir.

– Péssima até mesmo para os nossos padrões.

– Isso é mesmo *muito* grave – comentou Marcus, conseguindo manter o rosto inexpressivo, para a própria surpresa.

– Eu sei. Acho que a pobre Sarah está torcendo para ser atingida por um raio em algum momento nas próximas três semanas. Ela mal se recuperou do ano passado.

– Presumo que ela não sorriu nem exibiu uma expressão corajosa?

– Você não estava lá?

– Eu não estava olhando para Sarah.

Honoria entreabriu os lábios, só que a princípio não de surpresa. Os olhos ainda estavam iluminados de expectativa, do tipo que alguém sente quando está prestes a fazer um comentário brilhante e espirituoso. Mas então, antes de emitir qualquer som, pareceu se dar conta do que ele dissera.

Nesse momento, o próprio Marcus também percebeu.

Lentamente, Honoria inclinou a cabeça para o lado. Ela o encarava como se... como se...

Ele não sabia. Não sabia o que significava aquele olhar. Poderia jurar que os olhos de Honoria ficavam mais escuros a cada momento. Mais escuros e mais profundos. Tudo em que Marcus conseguia pensar era que ela era capaz de ver dentro dele, no fundo do seu coração.

No fundo da sua alma.

– Eu estava olhando para você – continuou Marcus, a voz tão baixa que mal se ouvia. – Estava olhando só para você.

Mas aquilo fora antes...

Honoria pousou a mão sobre a dele. Parecia tão pequena e delicada, e pálida com tons róseos.

Perfeita.

– Marcus? – sussurrou ela.

Então ele finalmente soube... Aquilo fora antes de ele amá-la.

CAPÍTULO 16

Era extraordinário, pensou Honoria, mas o mundo realmente havia parado de girar.

Ela tinha certeza disso. Não poderia haver outra explicação para a força, a vertigem, a absoluta singularidade do momento, bem ali, no quarto de Marcus, com uma bandeja de jantar e uma torta de melado roubada, e a ânsia por um beijo único e perfeito que lhe tirava o fôlego.

Honoria se virou e sentiu a cabeça inclinar para o lado, como se de algum modo, caso mudasse de ângulo, fosse vê-lo mais claramente. E, por incrível que pareça, vira mesmo. Ele entrou em foco, o que era estranho demais, porque Honoria jurava que sua visão estivera clara apenas um momento antes.

Era como se nunca o houvesse visto antes. Honoria o encarou nos olhos e viu mais do que cor, mais do que forma. Não importava que a íris fosse castanha e a pupila, negra. Era o fato de *ele* estar ali e de ela poder vê-lo, cada mínima parte dele, e Honoria pensou...

Eu o amo.

A frase ecoou em sua mente.

Eu o amo.

Nada poderia ter sido mais espantoso e, ao mesmo tempo, mais simples e verdadeiro. Honoria tinha a sensação de que algo dentro dela estivera fora do lugar havia anos, e que Marcus, com seis palavras inocentes – *Eu não estava olhando para Sarah* –, tinha encaixado esse "algo" no local certo.

Ela o amava. Sempre o amaria. Isso fazia tanto sentido... Quem não amaria Marcus Holroyd?

– Eu estava olhando para você – disse ele, tão baixo que Honoria não teve certeza de ter ouvido. – Estava olhando só para você.

Honoria baixou os olhos. A mão dela estava sobre a dele. Não se lembrava de tê-la colocado ali.

– Marcus? – sussurrou, e não sabia por que aquilo soara como uma pergunta. Mas não conseguiria dizer qualquer outra palavra.

– Honoria – sussurrou ele.

– Milorde! Milorde!

Honoria deu um pulo para trás e quase caiu da cadeira. Havia uma pequena comoção no corredor, o som de passos apressados na direção deles. Honoria se levantou rapidamente e ficou de pé atrás da cadeira.

Um momento mais tarde, a mãe e a Sra. Wetherby entravam correndo no quarto.

– Chegou uma carta – avisou lady Winstead, ofegante. – De Daniel.

Honoria cambaleou ligeiramente, então se agarrou às costas da cadeira para se apoiar. Não tinham notícias do irmão havia um ano. Bom, talvez Marcus houvesse recebido, mas *ela* não. Fazia muito tempo que Daniel parara de tentar escrever para a mãe.

– O que diz? – perguntou a mãe, embora Marcus ainda estivesse rompendo o lacre.

– Deixe-o abri-la primeiro – retrucou Honoria.

Estava prestes a sugerir que as três saíssem do quarto, dando privacidade a Marcus para ler a carta, mas não seguiu em frente. Daniel era o seu único irmão e Honoria sentia uma falta imensa dele. Conforme os meses se passavam sem receber nem um bilhete, ela convencera a si mesma que Daniel não tinha a intenção de ignorá-la. As cartas dele certamente haviam se perdido e todos sabiam que o correio internacional não era confiável.

Porém, naquele momento, ela não se importava de não ter recebido notícias; só queria saber o que Daniel dizia em sua carta para Marcus.

Assim, ficaram todas ali paradas, encarando o conde com a respiração suspensa. Apesar de ser uma atitude muito grosseira, ninguém se moveu.

– Ele está bem? – aventurou-se a perguntar lady Winstead, depois de Marcus terminar a primeira página.

– Sim – murmurou ele, como se não conseguisse acreditar direito no que lia. – Sim. Na verdade, ele está vindo para casa.

– O quê?

Lady Winstead ficou pálida e Honoria correu para o lado da mãe, para o caso de ela precisar de apoio.

Marcus pigarreou.

– Ele escreve que recebeu alguma correspondência de Hugh Prentice. Ramsgate enfim concordou em deixar o dito pelo não dito.

Honoria não podia deixar de pensar que aquele fora um dito grave. E, na última vez em que encontrara o marquês de Ramsgate, o homem quase tivera um ataque apoplético só de vê-la. É verdade que isso acontecera havia mais de um ano, mas ainda assim...

– Poderia ser uma armadilha? – perguntou Honoria. – Para atrair Daniel de volta ao país?

– Acho que não – respondeu Marcus, fitando a segunda página da carta. – Ele não é do tipo que faz uma coisa dessas.

– Não é do tipo? – repetiu lady Winstead, e sua voz se elevou devido à incredulidade. – Ele arruinou a vida do meu filho!

– Isso foi o que tornou tudo tão estranho. – Marcus ainda fitava o papel enquanto falava. – Hugh Prentice sempre foi um homem bom. Excêntrico, sim, mas não sem honra.

– Daniel disse quando voltará? – indagou Honoria.

Marcus balançou a cabeça.

– Ele não foi específico. Menciona que precisa resolver alguns assuntos na Itália e que, então, começará a jornada de volta.

– Ah, meu Deus – falou lady Winstead, desabando em uma cadeira próxima. – Nunca imaginei que veria esse dia. Nunca sequer me permiti pensar a respeito... o que obviamente significa que eu não pensava em outra coisa.

Por um momento, Honoria não conseguiu fazer nada além de encarar a mãe. Por três anos, lady Winstead não mencionara o nome de Daniel. E agora afirmava que só pensara nele?

Honoria balançou a cabeça. Não adiantava nada ficar zangada com a mãe. Não importava o que ela tivesse feito ou sido nos últimos anos; agora ela havia mais do que se redimido. Honoria sabia, sem sombra de dúvida, que Marcus não teria sobrevivido se não fosse pelos talentos de enfermagem da mãe.

– Quanto tempo demora a viagem da Itália para a Inglaterra? – indagou Honoria, porque com certeza essa era a pergunta mais importante.

Marcus levantou os olhos.

– Não faço ideia. Nem sei direito em que parte da Itália ele está.

Honoria assentiu. O irmão sempre tivera a mania de contar histórias e deixar de fora os detalhes mais relevantes.

– Isso é muito empolgante – comentou a Sra. Wetherby. – Sei que todos vocês sentiram uma falta terrível dele.

Por um momento, o quarto permaneceu em silêncio. Aquele era o tipo de comentário tão óbvio que nem se sabia como concordar com ele. Por fim, lady Winstead falou:

– Ainda bem que já planejávamos partir para Londres amanhã. Odiaria estar longe de casa quando ele chegasse. – Ela olhou para Marcus e continuou: – Vamos nos recolher para a noite. Estou certa de que você deseja descansar um pouco. Venha, Honoria. Temos muito a conversar, você e eu.

Lady Winstead queria conversar sobre como comemorariam o retorno de Daniel. Mas o debate não se alongou muito, pois Honoria lembrou sensatamente que não havia o que fazer se não sabiam a data da chegada dele. A mãe conseguiu ignorar esse fato por pelo menos dez minutos enquanto discutia as vantagens de uma pequena reunião em comparação com uma festa maior, ponderando se lorde Ramsgate e lorde Hugh deveriam ser convidados. E, caso fossem, declinariam do convite, certo? Qualquer pessoa razoável faria isso, mas no caso de lorde Ramsgate nunca se podia afirmar nada.

– Mamãe – insistiu Honoria –, não há nada a fazer até que Daniel chegue. Ele talvez nem queira uma comemoração.

– Bobagem. É claro que vai querer. Daniel...

– Ele deixou o país em desgraça – interrompeu Honoria. Odiava ser tão objetiva, mas era a única saída.

– Sim, mas não foi justo.

– Não importa se não foi justo. As coisas são o que são e Daniel talvez não deseje lembrar o acontecido.

A mãe não pareceu convencida, porém deixou o assunto de lado e, então, não havia o que fazer a não ser ir para a cama.

$\backsim$

Na manhã seguinte, Honoria despertou com o sol. Elas iriam partir cedo, era a única forma de chegar a Londres sem precisar parar e passar a noite na estrada. Depois de um rápido café da manhã, foi até o quarto de Marcus para se despedir.

E talvez para mais alguma coisa.

Quando ela chegou lá, Marcus não estava na cama e uma criada recolhia os lençóis.

– Sabe onde se encontra lorde Chatteris? – perguntou Honoria, torcendo para que nada houvesse acontecido.

– Ele está no cômodo aqui bem ao lado – respondeu a criada. Então corou um pouco. – Com o valete.

Honoria engoliu em seco e provavelmente também ficou ruborizada, pois aquilo significava que Marcus estava tomando banho. A criada partiu com sua trouxa de roupa de cama e Honoria ficou sozinha por um instante no quarto, perguntando-se o que deveria fazer. Precisaria se despedir por escrito. Não poderia esperá-lo ali, era mais do que inadequado, ia além de todas as impropriedades que os dois haviam cometido na última semana.

Certas regras de decoro podiam ser flexíveis quando alguém estava mortalmente enfermo, mas naquele momento Marcus já estava bem e, ao que parecia, despido de algum modo. A presença de Honoria no quarto só levaria à completa ruína de sua reputação.

Além do mais, a mãe dela queria partir quanto antes.

Honoria correu os olhos pelo quarto, em busca de papel e pena. Havia uma pequena escrivaninha perto da janela e, sobre a mesinha de cabeceira dele, ela viu...

A carta de Daniel.

Estava onde Marcus a deixara na noite anterior, duas folhas um tanto amassadas, preenchidas com a letra pequena e espremida que as pessoas costumavam usar quando queriam economizar no valor da postagem. Marcus não comentara sobre mais nada da carta, apenas o fato de Daniel voltar para casa. Essa era a coisa mais importante, é claro, mas Honoria estava ávida por mais notícias. Fazia muito tempo desde que recebera qualquer notícia do irmão. Não se importava se ele só havia mencionado o que comera no café da manhã... Seria o café da manhã servido na Itália e, portanto, bem exótico. O que Daniel continuava fazer? Estaria entediado? Será que sabia falar italiano?

Honoria encarou os papéis. Seria assim tão terrível se desse uma espiada?

Não. Não poderia fazer isso. Constituiria uma violação grosseira da confiança de Marcus, uma completa invasão da privacidade dele. E da privacidade de Daniel.

Contudo, que assuntos eles poderiam ter que não fossem do interesse dela?

Honoria se virou, relanceou o olhar na direção da porta para a qual a criada apontara. Não ouvia nenhum som vindo de lá. Se Marcus houvesse terminado o banho, com certeza ela o escutaria se movendo. Honoria voltou a fitar a carta.

Ela conseguia ler muito rápido.

No fim das contas, Honoria não chegou a tomar a decisão de ler a carta que Daniel mandara para Marcus. Ou melhor, ela não se permitiu decidir não ler. Existia uma pequena diferença, mas que de certo modo a levou a ignorar o próprio código moral e fazer algo que a teria enfurecido se a carta fosse endereçada a ela.

Honoria foi rápida, como se a velocidade da ação pudesse diminuir o tamanho do pecado, e pegou as folhas. *Querido Marcus* etc., etc. Daniel falava sobre o apartamento que alugara, descrevendo todas as lojas da vizinhança em detalhes adoráveis, mas omitindo o nome da cidade em que estava. Ele seguia falando sobre a comida, que insistia ser superior à inglesa. Depois, havia um breve parágrafo sobre os planos de voltar para casa.

Sorrindo, Honoria passou à segunda folha. Daniel escrevia do mesmo modo que falava e ela quase conseguia ouvir a voz do irmão.

No parágrafo seguinte, Daniel pedia a Marcus para informar à mãe dele sobre seu retorno. Honoria deu um sorriso mais largo. O irmão nunca imaginaria que elas estariam ao lado de Marcus quando ele lesse a correspondência.

Então, no fim, Honoria viu o próprio nome mencionado:

Não recebi nenhuma notícia sobre um possível casamento de Honoria, por isso presumo que ela ainda esteja solteira. Devo agradecer a você novamente por espantar Fotheringham no ano passado. Ele é um canalha, e me enfurece que tenha até mesmo tentado cortejá-la.

O que significava aquilo? Honoria piscou, como se de algum modo isso fosse capaz de mudar as palavras na página. Marcus tivera algo a ver com a desistência de lorde Fotheringham? Ela decidira que não gostava do homem e que não o aceitaria, mas...

Travers também teria gerado uma união ruim. Espero que você não

191

tenha precisado lhe pagar para que ele a deixasse em paz, mas, se foi esse o caso, devo reembolsá-lo.

O quê? Pessoas estavam sendo pagas para... para o quê? Para não corte-já-la? Aquilo nem fazia sentido.

Agradeço que você esteja tomando conta dela. Sei que foi pedir demais e que não lhe dei muita escolha, pois falei com você na noite da minha partida. Assumirei a responsabilidade quando voltar e você estará livre para deixar Londres, já que sei como detesta a cidade.

E era assim que Daniel encerrava a carta. Liberando Marcus do terrível fardo que, aparentemente, *ela* era.

Honoria deixou as folhas sobre a mesa, então arrumou-as para que ficassem como estavam quando ela as pegara.

Daniel pedira a Marcus para tomar conta dela? Por que Marcus não comentara nada? Na verdade, como era estúpida por não ter percebido... Fazia todo o sentido. Todas aquelas festas em que flagrara Marcus olhando para ela com uma expressão severa... não porque desaprovava o comportamento dela e, sim, porque estava de mau humor por se ver preso em Londres até que Honoria recebesse um bom pedido de casamento. Não era de espantar que Marcus parecesse tão infeliz o tempo todo.

E todos aqueles pretendentes que misteriosamente haviam desistido – Marcus os *espantara*. Ele decidira que não eram o que Daniel iria querer para ela e os espantara pelas costas de Honoria.

Ela deveria estar furiosa.

Mas não estava. Não por causa daquilo.

Tudo em que conseguia pensar era no que Marcus dissera na noite anterior. *Eu não estava olhando para Sarah.*

Era óbvio que não estava! Olhava para ela, Honoria, porque fora forçado. Marcus a observava porque o melhor amigo o fizera prometer. Porque Honoria era uma obrigação.

E agora ela estava apaixonada por ele.

Honoria sentiu uma terrível vontade de rir. Precisava sair do quarto. A única coisa que poderia intensificar a vergonha era ser pega lendo a correspondência de Marcus.

Porém, não poderia ir sem deixar um bilhete. Seria muito estranho e Marcus saberia com certeza que havia algo errado.

Assim, Honoria encontrou papel e pena e escreveu um bilhete de despedida perfeitamente comum e tedioso.

Então partiu.

CAPÍTULO 17

Na semana seguinte,
no salão de música recém-arejado da
Casa Winstead, em Londres

— Mozart este ano! – anunciou Daisy Smythe-Smith. Ela ergueu o violino novo com tanto vigor que seus cachos louros quase se soltaram todos do penteado. – Não é lindo? É um Ruggieri. Papai me presenteou pelos meus 16 anos.

– É um lindo instrumento – concordou Honoria –, mas tocamos Mozart no ano passado.

– Na verdade, tocamos Mozart todo ano – disse Sarah em uma voz arrastada, diante do piano.

– Mas eu não toquei no ano passado – argumentou Daisy. Ela lançou um olhar irritado na direção de Sarah. – E essa é apenas sua segunda vez no quarteto, portanto você dificilmente poderia reclamar do que toca *todo* ano.

– Talvez eu mate você antes que a temporada termine – observou Sarah, no mesmo tom que usava para dizer "Talvez eu prefira limonada a chá".

Daisy estalou a língua.

– Iris? – Honoria olhou para a prima, no violoncelo.

– Tanto faz – respondeu Iris, sem muita empolgação.

Honoria suspirou.

– Não podemos repetir o que tocamos no ano passado.

– Não vejo por que não – replicou Sarah. – Com a nossa interpretação, não acredito que alguém vá mesmo ser capaz de reconhecer a música.

Iris curvou os ombros para a frente.

– Mas estará impressa no programa – retrucou Honoria.

– Você acha mesmo que alguém guarda os nossos programas? – questionou Sarah.

– Minha mãe guarda – disse Daisy.

– A minha também – revelou Sarah –, mas não acredito que vá compará-los.

– Minha mãe faz isso – afirmou Daisy.

– Santo Deus – gemeu Iris.

– O Sr. Mozart não escreveu apenas uma peça – comentou Daisy com insolência. – Temos muitas opções. Acho que deveríamos tocar *Eine Kleine Nachtmusik*. É a minha favorita absoluta. É tão jovial, alegre...

– Mas não tem uma parte para o piano – lembrou Honoria.

– Não faço objeções – garantiu Sarah rapidamente.

– Se eu tenho que participar, você também tem – sibilou Iris.

Sarah chegou a recuar no assento.

– Não sabia que você era capaz de ser tão perversa, Iris.

– É porque ela não tem cílios – explicou Daisy.

Iris se virou para a irmã com toda a calma e falou:

– Odeio você.

– Que coisa terrível de se dizer, Daisy – repreendeu Honoria, virando-se para a outra com uma expressão severa.

Iris era mesmo bastante pálida, com o tipo de cabelo louro-avermelhado que fazia de seus cílios e sobrancelhas praticamente invisíveis. Mas ela sempre considerara sua beleza incrível, sua aparência quase etérea.

– Se ela não tivesse cílios, estaria morta – comentou Sarah.

Honoria se virou para ela, sem conseguir acreditar no rumo que a conversa tomara. Bem, não, aquilo não era exatamente verdade. Acreditava, sim (infelizmente). Apenas não compreendia.

– Ora, é sério – insistiu Sarah, na defensiva. – Ou, no mínimo, estaria cega. Cílios mantêm a poeira longe dos olhos.

– Por que estamos tendo esta conversa? – perguntou-se Honoria em voz alta.

Daisy respondeu no mesmo instante:

– Porque Sarah disse que não achava que Iris poderia ser tão perversa, e então eu falei...

– Eu sei – cortou-a Honoria. Como percebeu que Daisy continuava com a boca aberta, parecendo esperar o momento certo para completar a frase, repetiu: – Eu *sei*. Foi uma pergunta retórica.

– Que ainda tem uma resposta absolutamente válida – replicou Daisy com uma fungadinha.

Honoria se virou para Iris, que também tinha 21 anos, mas não fizera parte do quarteto até aquele ano. A irmã dela, Marigold, mantivera-se agarrada ao violoncelo até se casar no outono anterior.

– Tem alguma sugestão, Iris? – perguntou Honoria, em um tom animado.

Iris cruzou os braços e curvou o corpo na cadeira. Para Honoria, parecia que tentava se dobrar até sumir.

– Algo que não tenha violoncelo – resmungou.

– Se eu tenho que participar, você também tem – disse Sarah, com um sorrisinho irônico.

Iris encarou a outra com toda a fúria de uma artista incompreendida.

– Você não compreende.

– Ah, acredite, compreendo, sim – rebateu Sarah, exaltada. – Toquei no ano passado, caso não se lembre. Tive um ano inteiro para compreender.

– Por que estão todas reclamando? – perguntou Daisy com impaciência. – É tão empolgante! Vamos nos apresentar. Sabem há quanto tempo espero por esse dia?

– Infelizmente, sim – respondeu Sarah, em uma voz inexpressiva.

– Mais ou menos pelo mesmo tempo que venho temendo esse dia – murmurou Iris.

– É impressionante que vocês duas sejam irmãs – comentou Sarah.

– Isso também me impressiona diariamente – afirmou Iris, ainda em uma voz inexpressiva.

– Poderia ser um quarteto de piano – apressou-se em falar Honoria, antes que Daisy percebesse que havia sido insultada. – Infelizmente, não há muitos para escolher.

Ninguém emitiu qualquer opinião.

Honoria reprimiu um gemido. Estava claro que precisaria assumir as rédeas daquela apresentação, caso contrário se transformaria numa anarquia musical – embora imaginasse que seria uma melhora na situação das Smythe-Smiths.

Essa era uma triste conclusão.

– *Quarteto para piano nº 1* de Mozart, ou o nº 2 – anunciou, erguendo as duas peças musicais. – Qual preferem?

– Qualquer uma que não tivermos apresentado no ano passado – respondeu Sarah, suspirando.

Ela apoiou a cabeça na madeira do piano, depois deixou-a pender sobre as teclas.

– Gostei do resultado – disse Daisy com surpresa.

– Pareceu um peixe vomitando – retrucou Sarah, ainda com a cara no piano.

– Que imagem encantadora – comentou Honoria.

– Não acho que peixes realmente vomitem – argumentou Daisy. – E, se vomitam, não acho que soariam...

– Não podemos ser o primeiro grupo de primas a nos rebelarmos? – interrompeu Sarah, erguendo a cabeça. – Não podemos apenas dizer não?

– Não! – bradou Daisy.

– Não – concordou Honoria.

– Sim? – falou Iris em uma voz fraca.

– Não acredito que você queira fazer isso de novo – disse Sarah para Honoria.

– É uma tradição.

– É uma tradição desgraçada, e precisarei de seis meses para me recuperar.

– Eu talvez nunca me recupere – lamentou Iris.

Daisy parecia estar prestes a bater o pé, porém Honoria a deteve com um olhar duro. Ela pensou em Marcus, e logo se forçou a não pensar em Marcus.

– É uma tradição – repetiu –, e temos sorte por pertencermos a uma família que valoriza a tradição.

– Do que você está falando? – perguntou Sarah, balançando a cabeça.

– Algumas pessoas não têm – disse Honoria em um tom apaixonado.

A prima a encarou por um longo tempo, então voltou a falar:

– Desculpe, mas do que você está falando?

Honoria olhou para todas elas, ciente de que a emoção a fazia erguer a voz, mas totalmente incapaz de se controlar:

– Eu posso não gostar de me apresentar nos recitais, mas adoro ensaiar com vocês três.

As três primas a encararam, momentaneamente desconcertadas.

– Não percebem a sorte que temos? – indagou Honoria. Então, sem dar tempo para que concordassem, acrescentou: – Por termos umas às outras?

– Não poderíamos ter umas às outras jogando cartas? – sugeriu Iris.

– Somos Smythe-Smiths e é isso que fazemos. – Antes que Sarah pudesse protestar, continuou: – Você também, apesar do último sobrenome. Sua mãe era uma Smythe-Smith, é o que conta.

Sarah deixou escapar um suspiro alto, longo e cansado.

– Vamos pegar nossos instrumentos e tocar Mozart – anunciou Honoria. – E faremos isso com sorrisos abertos.

– Não faço ideia do que vocês estão falando – disse Daisy.

– Eu tocarei – garantiu Sarah –, mas não prometo o sorriso. – Ela encarou o piano. – E não vou *pegar* meu instrumento.

Iris riu. Então seus olhos brilharam.

– Eu poderia ajudá-la.

– A pegá-lo?

O sorriso de Iris tornou-se definitivamente maquiavélico.

– A janela não fica muito longe…

– Eu sabia que amava você – falou Sarah, com um largo sorriso.

Enquanto as duas faziam planos para destruir o piano novinho de lady Winstead, Honoria tentava escolher a peça.

– Tocamos o *Quarteto nº 2* no ano passado – disse, embora apenas Daisy estivesse escutando –, mas estou hesitando em optar pelo nº 1.

– Por quê? – perguntou Daisy.

– Ele é muito difícil.

– Por quê?

– Não sei. Só ouvi dizer que é, e com frequência o bastante para me deixar cautelosa.

– Existe um *Quarteto nº 3*?

– Temo que não.

– Então acho que devemos tocar o nº 1 – opinou Daisy, ousada. – Quem não arrisca não petisca.

– Sim, mas sábio é aquele que conhece seus limites.

– Quem disse isso?

– *Eu* disse – respondeu Honoria, impaciente. Ela ergueu a partitura do *Quarteto nº 1*. – Não acho que conseguiríamos aprendê-lo, mesmo se tivéssemos três vezes mais tempo para ensaiar.

– Não precisamos aprendê-lo. Teremos as partituras na nossa frente.

Aquilo ia ser muito pior do que Honoria temera…

– Acho que devemos tocar o nº 1 – insistiu Daisy. – Seria embaraçoso se apresentássemos a mesma peça do ano passado.

A apresentação seria embaraçosa não importava qual música escolhessem, mas Honoria não teve coragem de dizer isso para a prima.

Com certeza a mutilariam até que ficasse irreconhecível. Uma peça difícil tocada terrivelmente seria assim tão pior do que uma peça um pouco mais fácil também tocada pessimamente?

– Ah, por que não? – cedeu Honoria. – Tocaremos o nº 1, então.

Ela balançou a cabeça. Sarah ficaria furiosa. A parte do piano era bastante difícil. Por outro lado, a prima nem se dignara a tomar parte no processo de seleção.

– Uma escolha sábia! – exclamou Daisy com grande convicção. – Vamos tocar o *Quarteto nº 1*! – gritou por sobre o ombro.

Honoria olhou além da prima mais nova, na direção de Sarah e Iris, que haviam empurrado o piano por alguns metros.

– O que estão fazendo?! – quase gritou.

– Ah, não se preocupe – disse Sarah com uma risada. – Não vamos jogá-lo pela janela.

Iris desabou sobre o banco do piano, o corpo todo se sacudindo em gargalhadas.

– Não tem graça nenhuma – retrucou Honoria, embora tivesse.

Ela adoraria se juntar à prima em sua tolice, mas alguém precisava assumir o controle da situação, e Honoria sabia que, se não fizesse isso, Daisy o faria.

Meu Deus.

– Escolhemos o *Quarteto para piano nº 1* de Mozart – repetiu Daisy.

Iris ficou profundamente pálida, ou seja, parecendo um fantasma.

– Você está brincando.

– Não – replicou Honoria, já um tanto farta, para dizer a verdade. – Se você tinha uma opinião tão forte a respeito, deveria ter se juntado à conversa.

– Mas você faz ideia de como essa peça é difícil?

– É por isso que queremos apresentá-la! – declarou Daisy.

Iris encarou a irmã por um momento, então se virou novamente para Honoria, que julgava ser a mais sensata das duas.

– Honoria, não podemos tocar o *Quarteto nº 1*. É impossível. Você já ouviu a peça?

– Só uma vez – admitiu Honoria –, mas não lembro muito bem.

– É impossível. Não é para amadores.

Honoria não era tão pura de coração assim a ponto de não se divertir com o desespero da prima, só um pouquinho. Iris passara a tarde reclamando.

– Escute – voltou a dizer a prima –, se tentarmos tocar essa peça, seremos massacradas.

– Por quem? – perguntou Daisy.

Iris apenas olhou para a irmã, completamente incapaz de articular uma resposta.

– Pela música – interveio Sarah.

– Ah, você decidiu se juntar à discussão – ironizou Honoria.

– Não seja sarcástica – retrucou Sarah, irritada.

– Onde vocês duas estavam enquanto eu tentava escolher alguma coisa?

– Elas estavam empurrando o piano.

– Daisy! – gritaram as três.

– O que foi?

– Tente não ser tão literal – foi a vez de Iris dizer, zangada.

Daisy deixou escapar um muxoxo e começou a folhear a partitura.

– Venho tentando manter todas animadas – continuou Honoria, as mãos no quadril, encarando Sarah e Iris. – Temos uma apresentação para ensaiar, e não importa quanto vocês reclamem, não há como escapar disso. Portanto, parem de tentar tornar a minha vida tão difícil e façam o que eu estou mandando.

Sarah e Iris ficaram encarando-a, chocadas.

– Ahn... por favor – acrescentou Honoria.

– Talvez esse seja um bom momento para um breve intervalo – sugeriu Sarah.

Honoria gemeu.

– Nós nem começamos.

– Eu sei. Mas precisamos de um intervalo.

Honoria ficou imóvel por um momento, sentindo o corpo murchar. Aquilo era exaustivo. Sarah estava certa: elas precisavam de um intervalo. Um intervalo apesar de não terem feito absolutamente nada.

– Além do mais – voltou a falar Sarah, com um olhar travesso para Honoria –, estou morrendo de sede.

Honoria ergueu uma sobrancelha.

– Reclamar tanto a deixou com sede?

– Exatamente – respondeu Sarah com um sorriso. – Haveria limonada para nós, prima querida?

– Não sei – disse Honoria, suspirando –, mas acho que posso perguntar.

Limonada parecia uma boa ideia. E, para ser sincera, não ensaiar também. Ela se levantou para tocar a campainha chamando a empregada. Quando mal voltara a se sentar, Poole – mordomo da Casa Winstead havia muito tempo – apareceu à porta.

– Foi rápido – comentou Sarah.

– Uma visita para a senhorita, lady Honoria – avisou ele, muito pomposo. *Marcus?*

O coração de Honoria se acelerou até ela se dar conta de que não poderia ser Marcus. Ele ainda estava confinado a Fensmore. O Dr. Winters insistira.

Poole se aproximou com a bandeja e estendeu-a para que Honoria pudesse pegar o cartão de visita.

Conde de Chatteris

Santo Deus, *era* Marcus. Que diabos ele estava fazendo em Londres? Honoria se esqueceu completamente de se sentir mortificada, ou zangada, ou o que quer que fosse que estivesse sentindo (não conseguira se decidir), e logo ficou furiosa. Como ele ousava arriscar a própria saúde? Ela não trabalhara como uma condenada ao lado da cama dele, enfrentando calor, sangue e delírio, apenas para vê-lo ter um colapso em Londres porque fora tolo demais para ficar em casa.

– Deixe-o entrar logo – disse, irritada, ao mordomo, provavelmente soando bastante dura porque as três primas se viraram para encará-la com expressões de curiosidade idênticas.

Honoria fitou a todas, furiosa. Daisy chegou mesmo a recuar um passo.

– Ele não deveria estar andando por aí – grunhiu Honoria.

– Lorde Chatteris – disse Sarah, com absoluta confiança.

– Fiquem aqui – ordenou Honoria às outras. – Voltarei logo.

– Precisamos ensaiar em sua ausência? – quis saber Iris.

Honoria revirou os olhos e se recusou a responder.

– O conde já está esperando na sala de visitas – informou-lhe Poole.

É claro. Nenhum mordomo insultaria um conde forçando-o a colocar o cartão de visita na bandeja de prata e deixá-lo esperando à porta.

– Voltarei logo – repetiu Honoria para as primas.

– Você já disse isso – lembrou Sarah.

– Não me sigam.

– Você também já disse isso. Ou algo parecido.

Honoria lançou um último olhar irritado para as primas antes de sair da sala. Não contara muito a Sarah sobre o tempo que passara em Fensmore, apenas que Marcus adoecera e que ela e a mãe o haviam ajudado em sua convalescença. Mas Sarah a conhecia melhor do que ninguém. Ficaria curiosa, ainda mais agora que Honoria quase perdera a cabeça só de ver o cartão de Marcus.

Honoria atravessou a casa pisando firme, a raiva aumentando a cada passo. Em que diabos ele estava pensando? O Dr. Winters não poderia ter sido mais claro. Marcus deveria ficar na cama por uma semana e permanecer em casa por mais outra, provavelmente duas. Com base em nenhum universo matemático ele estaria em Londres naquele momento.

– Que raios você...

Ela entrou tempestuosamente na sala de visitas, mas se deteve de repente ao vê-lo parado perto da lareira, a saúde em pessoa.

– Marcus?

Ele sorriu e o coração de Honoria – aquele órgão miserável e traidor – se derreteu.

– Honoria, é um prazer vê-la também.

– Você parece... – Ela o encarou, confusa, sem conseguir acreditar direito no que via. A cor de sua pele estava ótima, os olhos já não estavam mais fundos e, aparentemente, ele havia recuperado peso. –... bem – concluiu, incapaz de esconder a surpresa.

– O Dr. Winters me declarou em forma para viajar. Disse que nunca viu ninguém se recuperar de uma febre com tanta rapidez.

– Deve ter sido a torta de melado.

O olhar dele se tornou cálido.

– É verdade.

– O que o traz à cidade? – perguntou Honoria, desejando acrescentar: "Já que você não precisa mais se assegurar que eu não me case com um idiota."

Ela talvez estivesse se sentindo só um pouco amarga.

Mas não zangada. Não havia razão para se irritar com Marcus. Ele só fizera o que Daniel lhe solicitara. E, afinal de contas, não destruíra nenhum romance verdadeiro. Honoria não se apaixonara de verdade por nenhum de seus pretendentes; se algum deles a houvesse pedido em casamento, ela provavelmente não teria aceitado.

Contudo, era embaraçoso. Por que ninguém lhe contara que Marcus vinha interferindo em seus assuntos? Talvez ficasse aborrecida – ah, está certo, com certeza ficaria, mas não tanto. E se soubesse, não interpretaria mal as atitudes de Marcus em Fensmore. Não acharia que ele estivesse se apaixonando um pouquinho por ela.

E não teria cedido à paixão.

Mas Honoria estava determinada: não o deixaria presumir que se passava algo fora do comum. Até onde Marcus sabia, ela ainda não tinha ideia das maquinações dele.

Assim, Honoria abriu seu melhor sorriso, certa de que parecia interessada em tudo o que ele tinha a dizer.

– Eu não queria perder o recital – respondeu Marcus.

– Ah, agora sei que você está mentindo.

– Não, é sério. Agora que conheço seus verdadeiros sentimentos a respeito, assistirei ao evento sob uma nova perspectiva.

Ela revirou os olhos.

– Por favor, não importa quanto você pense que está rindo comigo, e não de mim... não vai conseguir escapar da cacofonia.

– Estou cogitando a possibilidade de usar discretas bolinhas de algodão nos ouvidos.

– Se minha mãe descobrir, ficará mortalmente magoada. E logo ela, que salvou *você* de um ferimento fatal.

Ele a encarou com certa surpresa.

– Sua mãe ainda acha que você tem talento?

– Que todas nós temos – confirmou Honoria. – Acho que ela está um pouco triste porque sou a última de suas filhas a se apresentar. Mas acredito que logo a tocha será passada a uma nova geração. Tenho várias sobrinhas treinando os dedinhos em seus violinos minúsculos.

– É mesmo? Violinos minúsculos?

– Não. Apenas soa melhor descrevê-los dessa maneira.

Ele riu e então se calou. Os dois permaneceram em silêncio, apenas parados na sala de visitas, estranhamente constrangidos.

Foi estranho. Não se parecia em nada com o jeito de eles serem um com o outro.

– Você se incomodaria de dar um passeio? – perguntou Marcus de repente. – O clima está bom.

– Não – respondeu Honoria, mais bruscamente do que desejava. – Obrigada.

Uma sombra perpassou os olhos dele e se foi tão depressa que Honoria pensou ter imaginado.

– Muito bem – disse ele em um tom rígido.

– Não posso – acrescentou Honoria, porque não tivera a intenção de ferir os sentimentos dele. Ou talvez tivera, e agora se sentia culpada. – Minhas primas estão todas aqui. Estamos ensaiando.

Uma breve expressão de alarme cruzou o rosto dele.

– Você provavelmente vai arranjar algo para se afastar de Mayfair – continuou ela. – Daisy ainda não alcançou o pianíssimo. – Diante do olhar inexpressivo dele, Honoria explicou: – Ela é barulhenta.

– E o resto de vocês não é?

– *Touché*. Não como ela.

– Então, no recital, devo garantir um lugar no fundo?

– Na sala ao lado se for possível.

– É mesmo? – Marcus pareceu incrivelmente… não, comicamente… esperançoso. – Haverá assentos na sala ao lado?

– Não – respondeu Honoria, revirando os olhos mais uma vez. – Mas não acho que a última fileira irá salvá-lo. Não de Daisy.

Ele suspirou.

– Você deveria ter considerado isso antes de acelerar sua recuperação.

– É o que comecei a perceber.

– Bem – disse Honoria, tentando soar como uma jovem dama muito ocupada, com vários compromissos e algumas tarefas, sendo que nenhuma delas era devanear com ele. – Realmente preciso ir.

– É claro – falou ele, com um aceno educado de cabeça em despedida.

– Adeus.

Mas ela não se moveu.

– Adeus.

– Foi muito bom vê-lo.

– E a você também. Por favor, mande lembranças à sua mãe.

– É claro. Ela ficará encantada em saber que você se recuperou bem.

Marcus assentiu. E ficou parado. Por fim, voltou a falar:

– Bem, então...

– Sim – concordou Honoria apressadamente. – Preciso ir.

Dessa vez Honoria deixou a sala. E nem mesmo olhou por sobre o ombro – um feito maior do que ela poderia ter sonhado.

CAPÍTULO 18

A verdade era, pensou Marcus, sentado no escritório de sua casa de Londres, que ele sabia muito pouco sobre como cortejar jovens damas. Sabia muito sobre como evitá-las, e talvez um pouco mais ainda sobre como evitar as mães delas. Também sabia bastante sobre investigar com discrição outros homens que cortejassem jovens damas (em especial, Honoria) e, mais do que tudo, como ser silenciosamente ameaçador enquanto os convencia a abandonar seu objetivo.

Mas o que fazer ele mesmo, não tinha ideia.

Dar flores? Ele vira outros homens com flores. Mulheres gostavam de flores. Diabo, ele também gostava. Quem não gostava?

Marcus apreciaria encontrar alguns jacintos-uva que o faziam lembrar dos olhos de Honoria, mas só havia botões pequenos e ele achou que não funcionariam bem em um buquê. Além disso, deveria entregar as flores e dizer a Honoria que elas o faziam se lembrar dos olhos dela? Porque então teria que explicar que estava se referindo a uma parte muito específica da flor, na base da pétala, bem perto do caule.

Não conseguia imaginar nada que o fizesse se sentir mais tolo.

E o problema final era que Marcus nunca dera flores a Honoria. Ela ficaria imediatamente curiosa, então desconfiada, e se não retribuísse os sentimentos dele (Marcus não tinha nenhuma razão particular para achar que era recíproco), ele ficaria parado na sala de visitas de Honoria parecendo um idiota completo.

Levando tudo em consideração, aquele era um cenário que preferia evitar.

Seria mais seguro cortejá-la em público, decidiu. Lady Bridgerton daria um baile de aniversário no dia seguinte e Marcus sabia que Honoria estaria lá. Mesmo se ela não quisesse ir, ainda assim iria. Haveria bons partidos de mais lá para que declinasse do convite, inclusive Gregory Bridgerton, a respeito de quem Marcus revira sua opinião – o rapaz era jovem e ingênuo demais para ter uma esposa. Se Honoria decidisse que estava interessada no jovem Sr. Bridgerton, Marcus teria que interceder.

Do seu jeito tranquilo e nos bastidores, é claro. Ainda assim, era outra razão para comparecer ao baile.

Marcus baixou os olhos para a escrivaninha. À esquerda estava um convite impresso da Casa Bridgerton. À direita, o bilhete que Honoria deixara para ele em Fensmore, quando partira, na semana anterior. Um cumprimento, uma assinatura, duas frases banais entre eles. Nada indicava uma vida salva, um beijo dado ou uma torta de melado roubada...

Era o tipo de bilhete que se escrevia ao agradecer a uma anfitriã por uma festa ao ar livre absolutamente perfeita e elegante. Não o tipo que uma pessoa escrevia para alguém com quem considerava a hipótese de se casar.

Porque era isso que Marcus pretendia. Assim que Daniel colocasse os pés na Inglaterra, ele pediria a mão de Honoria ao amigo. Mas, até lá, teria que cortejá-la.

Portanto, esse era o dilema em que se encontrava.

Marcus suspirou. Alguns homens sabiam instintivamente como conversar com as mulheres. Teria sido muito conveniente.

Mas ele não sabia. Na verdade, era um homem que só sabia conversar com Honoria. E, nos últimos tempos, nem mesmo isso estava funcionando muito bem.

Assim, na noite seguinte, Marcus se viu em um dos lugares de que menos gostava no mundo: um salão de baile em Londres.

Ele assumiu sua posição de sempre, na lateral, as costas contra a parede, onde poderia observar melhor o que acontecia e fingir não se importar. Mais uma vez lhe ocorreu que era extraordinariamente afortunado por não ter nascido mulher. A jovem dama ao lado tomava chá de cadeira, mas Marcus se manteve soturno, reservado e carrancudo.

A festa estava lotada – lady Bridgerton era bastante popular e Marcus não sabia se Honoria se encontrava lá. Ele não a viu, no entanto também não conseguia enxergar a porta por onde entrara. Nunca iria entender como alguém se divertia em meio a tanto calor, suor e gente.

Ele lançou um olhar furtivo para a jovem ao lado. Ela parecia familiar, mas Marcus não se lembrava de onde. Na verdade, talvez a dama não estivesse no desabrochar da juventude, porém duvidava que fosse muito mais velha do que ele. Ela soltou um suspiro longo e cansado, e Marcus pensou que estava parado ao lado de um espírito afim. A dama também observava a multidão, tentando fingir que não procurava por alguém em particular.

Marcus pensou em dizer "boa noite" ou perguntar se conhecia Honoria – e, caso conhecesse, se a vira. Porém, no instante em que ia cumprimentá-la, ela se virou para o lado oposto e Marcus poderia jurar que a ouviu resmungar: "Dane-se tudo, vou pegar uma bomba de chocolate."

A dama se afastou, abrindo caminho na multidão. Marcus a observou com interesse, pois ela parecia saber exatamente aonde estava indo. Portanto, se a ouvira bem...

Ela sabia onde conseguir um doce.

Ele partiu imediatamente em seu encalço. Se iria ficar preso naquele salão de baile, sem sequer ver Honoria – que era a única razão para se submeter àquela provação –, iria atrás de uma bomba.

Há muito, Marcus aperfeiçoara a arte de se deslocar com determinação, mesmo quando não tinha um objetivo definido, e conseguiu evitar conversas desnecessárias apenas mantendo o queixo erguido, fixando o olhar determinado acima da multidão.

Até algo atingi-lo na perna.

Ai.

– Por que essa expressão, Chatteris? – indagou uma voz feminina autoritária. – Eu mal o toquei.

Marcus ficou paralisado, porque conhecia aquela voz e sabia que não havia como escapar. Ele se obrigou a abrir um sorrisinho e fitou o rosto enrugado de lady Danbury, que vinha aterrorizando as Ilhas Britânicas desde a época da Restauração.

Ou era o que parecia. Ela era tia-avó da mãe de Marcus, e ele poderia jurar que a mulher tinha 100 anos.

– Um ferimento na minha perna, milady – respondeu Marcus, dobrando o corpo em sua mesura mais respeitosa.

Ela bateu com a arma no chão – outros poderiam chamá-la de bengala, mas Marcus já a conhecia muito bem.

– Caiu do cavalo?

– Não, eu...

– Rolou na escada? Deixou uma garrafa cair no pé? – A expressão dela agora era travessa. – Ou o acontecido envolve uma mulher?

Ele lutou contra a vontade de cruzar os braços. Lady Danbury o encarava com um sorrisinho afetado. Ela gostava de zombar de seus interlocutores; certa vez dissera a Marcus que a melhor parte de envelhecer era poder falar qualquer coisa que desejasse e se manter impune.

Marcus se inclinou para a frente e respondeu, muito sério.

– Na verdade, fui esfaqueado por meu valete.

Talvez pela primeira vez na vida, ele a deixou tão perplexa que emudeceu. Lady Danbury ficou boquiaberta, com os olhos arregalados. Marcus gostaria de pensar que até empalidecera, mas a pele dela era de um tom tão estranho que não se podia afirmar com certeza. Depois de um momento de choque, ela deu uma gargalhada e falou:

– Não, é sério. O que aconteceu?

– Exatamente o que eu disse: fui esfaqueado. – Ele esperou um momento, então acrescentou: – Se não estivéssemos no meio de um baile, eu lhe mostraria.

– Não diga? – Ela agora estava de fato interessada. Lady Danbury se inclinou para a frente, os olhos animados por uma curiosidade macabra. – Está horrível?

– Já esteve pior.

Ela cerrou os lábios, e seus olhos se estreitaram quando perguntou:

– E onde está seu valete agora?

– Na Casa Chatteris, provavelmente roubando um copo do meu melhor conhaque.

Ela soltou outra de suas gargalhadas estridentes.

– Você sempre me divertiu. Acho que é mesmo meu segundo sobrinho favorito.

– Sério? – Marcus não conseguiu pensar em outra resposta.

– Sabe que a maior parte das pessoas acha que você não tem humor, não é?

– A senhora realmente gosta de ser direta – murmurou ele.

Ela deu de ombros.

– Você é meu sobrinho-bisneto. Posso ser direta quanto quiser.

– Parentesco nunca pareceu ser um dos seus pré-requisitos para falar diretamente.

– *Touché* – admitiu ela, fazendo um breve meneio de aprovação com a cabeça. – Apenas afirmei que você mantém oculto seu bom humor. E aplaudo isso de coração.

– Estou trêmulo de alegria.

Lady Danbury sacudiu o dedo para ele.

– É exatamente o que estou falando. Você é mesmo muito divertido, só não deixa ninguém enxergar isso.

Marcus pensou em Honoria. Ele conseguia fazê-la rir. Era o som mais adorável que conhecia.

– Bem – declarou a velha senhora, batendo com a bengala no chão –, basta. Por que você está aqui?

– Acredito que tenha sido convidado.

– Ah, tolice. Você detesta essas coisas.

Marcus deu de ombros ligeiramente.

– Veio tomar conta daquela garota Smythe-Smith, imagino – disse ela.

Marcus olhava por cima do ombro, tentando localizar a bomba de chocolate, mas então a encarou de supetão.

– Ah, não se preocupe – contemporizou lady Danbury, com um revirar de olhos. – Não acho que está interessado naquela senhorita. Ela é uma das que tocam violino, não é? Santo Deus, você ficaria surdo em uma semana.

Marcus abriu a boca para defender Honoria, para dizer que ela também riria da brincadeira, mas lhe ocorreu que aquilo não era uma brincadeira para Honoria. Ela sabia perfeitamente bem que o quarteto era terrível, só que continuava a tocar devido à importância para a família. Honoria precisava ter uma tremenda coragem para assumir seu lugar no palco e fingir que se considerava uma virtuose no violino.

E também precisava ter amor.

Honoria amava tão profundamente, e tudo o que Marcus conseguiu pensar foi: *É isso que quero para mim.*

– Você sempre foi próximo daquela família – comentou lady Danbury, interrompendo os pensamentos dele.

Marcus ficou confuso e precisou de um instante para voltar à conversa.

– Sim, estudei com o irmão dela.

– Ah, sim – falou lady Danbury, com um suspiro. – Que absurdo o que aconteceu. Aquele rapaz nunca deveria ter sido banido do país. Eu sempre disse que Ramsgate era um jumento.

Marcus a encarou, chocado.

– Como você disse – prosseguiu ela, atrevida –, parentesco nunca foi um pré-requisito para que eu falasse algo com franqueza.

– Ao que parece, não mesmo.

– Ah, veja, lá está ela.

Lady Danbury inclinou a cabeça para a direita e Marcus seguiu seu olhar até Honoria, que conversava com outras duas jovens damas que ele não conseguiu identificar a distância. Ela ainda não o vira e Marcus aproveitou a vantagem para se deliciar com a visão de Honoria. Seus cabelos pareciam diferentes... Ele não conseguiu identificar o que ela mudara – nunca compreendera as sutilezas dos penteados femininos –, mas achou encantador. Tudo nela era encantador. Talvez devesse ter pensado em outro modo, mais poético, de descrevê-la, porém às vezes as palavras mais simples são as mais sinceras.

Honoria era encantadora. E Marcus ansiava por ela.

– Você a ama mesmo – sussurrou lady Danbury.

Ele se voltou rapidamente para ela.

– Do que está falando?

– Está escrito em seu rosto, por mais clichê que possa ser a expressão. Ah, vá em frente e convide-a para dançar – insistiu ela, erguendo a bengala e apontando-a na direção de Honoria. – Poderia ser bem pior, não é mesmo?

Ele hesitou. Era difícil saber como interpretar até a mais simples frase de lady Danbury. Para não mencionar que ela ainda estava com a bengala levantada. Precisava ter muito cuidado quando aquela bengala era brandida.

– Vá, vá – animou ela. – Não se preocupe comigo. Encontrarei outro pobre tolo desprevenido para torturar. E, sim, antes que você precise protestar, acabo de chamá-lo de tolo.

– Esse, acredito, talvez seja o único privilégio que o parentesco lhe permite.

Ela deu uma gargalhada com gosto.

– Você é o príncipe dos meus sobrinhos.

– Seu segundo favorito – murmurou Marcus.

– Você subirá ao topo da lista se encontrar um modo de destruir o violino dela.

Marcus não deveria ter rido, mas não se conteve.

– É uma maldição, de verdade – afirmou lady Danbury. – Sou a única pessoa da minha idade que tem a audição perfeita.

– A maioria das pessoas acharia isso uma bênção.

Ela bufou.

– Não com aquele recital pairando no horizonte.

– Por que a senhora comparece? Não é próxima da família. Poderia facilmente declinar do convite.

Lady Danbury suspirou e, por um momento, seu olhar se suavizou.

– Não sei – admitiu. – Alguém precisa aplaudir aquelas pobres criaturas.

Ele observou o rosto dela voltar à expressão normal, desprovida de sentimentos.

– A senhora é mais bondosa do que faz supor – disse Marcus, sorrindo.

– Não conte a ninguém. Humpf. – Ela bateu com a bengala no chão. – Acabamos por aqui.

Ele fez uma reverência com todo o devido respeito a uma tia-bisavó aterrorizante e se afastou na direção de Honoria. Ela usava um vestido azul-pálido com babados que Marcus não conseguiria descrever, exceto dizer que deixavam os ombros nus – algo que ele aprovou, e muito.

– Lady Honoria – cumprimentou Marcus quando chegou ao lado dela.

Honoria se virou e ele fez uma mesura polida.

Um lampejo de felicidade iluminou os olhos dela. Honoria logo se inclinou educadamente e murmurou:

– Lorde Chatteris, que prazer em vê-lo.

Era por isso que Marcus detestava aquelas situações. A vida toda, Honoria o chamara pelo primeiro nome, mas bastava colocá-la em um baile em Londres e, de repente, ele se tornava lorde Chatteris.

– Lembra-se da Srta. Royle, é claro – disse Honoria, indicando a jovem dama à direita dela, vestida em um tom mais escuro de azul. – E de minha prima, lady Sarah.

– Srta. Royle, lady Sarah.

Ele fez uma reverência para cada uma.

– Que surpresa vê-lo aqui – comentou Honoria.

– Surpresa?

– Não achei... – Ela se interrompeu e seu rosto ficou curiosamente ruborizado. – Não é nada – emendou Honoria, o que era uma óbvia mentira.

Só que ele não poderia pressioná-la em um ambiente público daqueles, por isso fez uma constatação estonteante:

– Está muito cheio aqui esta noite, não acha?

– Ah, sim – murmuraram as três, as vozes em volumes diferentes. Uma delas talvez até tivesse dito: – Realmente.

Houve um breve período de silêncio, até que Honoria perguntou de súbito:

– Recebeu alguma notícia de Daniel?

– Não – respondeu Marcus. – Torço para que isso signifique que ele já iniciou a viagem de volta.

– Então não sabe quando ele retornará.

– Não.

Curioso... Ele imaginou que isso ficara claro na resposta anterior.

– Entendo – disse Honoria, e abriu um daqueles sorrisos que expressavam "estou sorrindo porque não tenho nada para falar", o que era ainda mais curioso. – Tenho certeza de que mal pode esperar pelo retorno dele – comentou ela, após vários segundos sem que ninguém contribuísse para a conversa.

Era óbvio que havia um subtexto nas declarações dela, mas Marcus não fazia ideia de qual era. Com certeza não era o subtexto *dele* – esperava que o irmão dela voltasse a fim de pedir permissão para se casar com ela.

– Sim, estou ansioso para vê-lo – murmurou Marcus.

– Como estamos todos – interveio a Srta. Royle.

– Ah, sim – concordou a até então silenciosa prima de Honoria.

Houve outra longa pausa, até que Marcus se virou para Honoria.

– Espero que tenha guardado uma dança para mim.

– É claro.

Ela parecia satisfeita, mas ele achava estranhamente difícil decifrá-la naquela noite.

As outras damas ficaram imóveis, com os olhos arregalados, sem piscar. Elas o faziam lembrar dois avestruzes. Foi só então que Marcus percebeu o que era esperado dele.

– Espero que todas as três tenham guardado uma dança para mim – completou educadamente.

Cartões de dança logo foram estendidos. Um minueto foi marcado com a Srta. Royle, uma quadrilha com lady Sarah, e com Honoria garantiu uma valsa. Que os fofoqueiros falassem o que quisessem; ele já tinha valsado com ela.

Depois de combinarem as danças, ficaram parados de novo. Um quarteto silencioso (todos os quartetos deveriam ser silenciosos assim, pensou Marcus), até que Sarah pigarreou e comentou:

– Acho que as danças estão começando neste momento.

Isso significava que era hora do minueto.

A Srta. Royle olhou para ele e sorriu. Tarde demais, Marcus lembrou que a mãe dela queria unir os dois.

Honoria o encarou como se dissesse "Tenha muito medo".

E tudo em que Marcus conseguiu pensar foi: *Maldição, acabei não conseguindo uma bomba.*

⌐∽⌐

– Ele gosta de você – sentenciou Sarah, no momento em que Marcus e Cecily seguiram para o minueto.

– O quê? – perguntou Honoria.

Ela precisou piscar para enxergar direito, pois seus olhos haviam ficado desfocados de tanto encarar as costas de Marcus enquanto ele se afastava.

– Ele gosta de você – repetiu Sarah.

– É claro que gosta. Somos amigos desde sempre.

Isso não era bem verdade. Eles se *conheciam* desde sempre. Haviam se tornado amigos, amigos de verdade, muito recentemente.

– Não, ele *gosta* de você – frisou Sarah com exagero.

– O quê? – indagou Honoria, parecendo reduzida à estupidez. – Ah. Não. Não, é claro que não.

Ainda assim, seu coração disparou.

Sarah balançou a cabeça devagar, como se percebesse enquanto falava:

– Cecily me contou que desconfiou disso quando vocês duas foram a Fensmore para ver como ele estava depois da exposição à chuva, mas achei que era só imaginação dela.

– Você deveria se manter fiel à sua primeira impressão – replicou Honoria bruscamente.

Sarah fez um som de deboche.

– Não percebeu o modo como ele a encarava?

Praticamente implorando para que a prima a contradissesse, Honoria falou:

– Ele não estava me encarando.

– Ah, sim, ele estava. E, a propósito, no caso de você estar preocupada: não estou interessada nele.

Honoria só conseguiu piscar várias vezes.

– Quando estávamos na casa dos Royles e levantei a possibilidade de o conde de Chatteris se apaixonar rapidamente por mim, lembra? – perguntou Sarah.

214

– Ah, sim – lembrou Honoria, fingindo não perceber o embrulho no estômago ao pensar em Marcus se apaixonando por outra pessoa. Ela pigarreou. – Eu havia esquecido.

Sarah deu de ombros.

– Era só desespero. – Ela olhou para o aglomerado de pessoas e murmurou: – Fico me perguntando se há algum cavalheiro aqui que esteja disposto a se casar comigo antes de quarta-feira.

– Sarah!

– Estou brincando. Meu Deus, você deveria saber. – Então ela acrescentou: – Ele está olhando para você de novo.

– O quê? – Honoria chegou a dar um pulinho de surpresa. – Não, não pode estar. Marcus está dançando com Cecily.

– Está dançando com ela e olhando para *você* – retrucou Sarah, parecendo bastante satisfeita com sua percepção.

Honoria desejava acreditar que ele se importava, mas depois de ler a carta de Daniel, sabia que isso não era verdade.

– Não é porque ele gosta de mim – falou, balançando a cabeça.

– É mesmo? – Sarah a encarou, questionadora. – Então, por favor, me explique o motivo.

Honoria engoliu em seco e olhou furtivamente ao redor.

– Consegue guardar um segredo?

– É claro.

– Daniel pediu a ele para "tomar conta de mim" enquanto estivesse fora.

Sarah não pareceu impressionada.

– Por que isso é um segredo?

– Não é, imagino. Bem, é, sim. Porque ninguém me contou.

– Então como você soube?

Honoria sentiu o rosto arder.

– Talvez eu tenha lido algo que não deveria – murmurou.

Sarah arregalou os olhos.

– Sério? – Ela se inclinou para a frente. – Isso não é típico de você.

– Foi em um momento de fraqueza.

– E agora se arrepende?

Honoria pensou a respeito por um momento.

– Não.

– Honoria Smythe-Smith – falou Sarah, sorrindo abertamente –, estou tão orgulhosa de você!

– Eu perguntaria o motivo – replicou Honoria, em um tom cauteloso –, mas não estou certa de que desejo saber a resposta.

– Essa deve ser a coisa mais imprópria que você já fez.

– Isso não é verdade.

– Ah, talvez então você tenha se esquecido de me contar da vez que correu nua pelo Hyde Park?

– Sarah!

A jovem riu.

– Todo mundo já leu algo que não deveria em determinado momento da vida. Só estou feliz por você enfim ter resolvido se juntar ao resto da humanidade.

– Não sou tão rígida e correta – protestou Honoria.

– É claro que não. Mas não a chamaria de aventureira.

– Eu também não a chamaria de aventureira.

– Não. – Sarah deixou os ombros caírem. – Não sou.

Elas ficaram paradas um instante, um pouco tristes, um pouco pensativas.

– Bem – disse Honoria, tentando injetar certa dose de leveza na conversa –, você não vai correr nua pelo Hyde Park, certo?

– Não sem você – respondeu Sarah, em um tom malicioso.

Honoria riu, então, num impulso, abraçou a prima com força.

– Amo você, sabe disso.

– É claro que sei – retrucou Sarah.

Honoria aguardou.

– Ah, sim, também amo você – acrescentou Sarah.

Honoria sorriu e, por um momento, tudo pareceu certo no mundo. Ou, se não certo, pelo menos normal. Ela estava em Londres, em um baile, parada ao lado da prima favorita. Nada poderia ser mais normal. Honoria inclinou um pouco a cabeça e examinou a multidão. O minueto era mesmo uma dança adorável de se observar, tão imponente e elegante. Talvez fosse imaginação de Honoria, mas as damas pareciam estar vestidas em cores semelhantes, cintilando pelo salão de baile com azuis, verdes e prateados.

– Quase uma caixinha de música – murmurou.

– É verdade – concordou Sarah, mas logo estragou o momento completando: – Odeio minueto.

– É mesmo?

– Sim. Não sei por quê.

Honoria continuou a olhar para os dançarinos. Quantas vezes ela e Sarah já haviam ficado paradas daquele jeito? Lado a lado, observando as pessoas à sua frente, enquanto seguiam com uma conversa sem nem sequer olhar uma para a outra. Nem precisavam; conheciam-se tão bem que não era necessário ver a expressão da prima para entender o que sentia.

Marcus e Cecily enfim surgiram e Honoria os viu bailar para a frente e para trás.

– Acha que Cecily está jogando charme para ele? – perguntou.

– Você acha? – devolveu Sarah.

Honoria manteve os olhos nos pés de Marcus. Ele era mesmo muito gracioso para um homem tão grande.

– Não sei – murmurou.

– Você se importa?

Honoria pensou por um momento sobre quanto dos seus sentimentos estava disposta a compartilhar.

– Acho que sim.

– Na verdade, isso não importa – comentou Sarah. – Ele não está interessado nela.

– Eu sei – retrucou Honoria, baixinho –, mas acho que ele também não está interessado em mim.

– Espere para ver – disse Sarah, enfim se virando para encarar a prima. – Espere para ver.

Mais ou menos uma hora mais tarde, Honoria estava parada perto de um prato vazio na mesa de sobremesas, feliz consigo mesma por ter conseguido capturar a última bomba de chocolate, quando Marcus veio chamá-la para a valsa.

– Comeu uma? – perguntou ela.

– Uma o quê?

– Uma bomba. Estavam divinas. Ah. – Ela se esforçou para não sorrir. – Desculpe. Pela sua expressão, posso ver que não conseguiu.

– Venho tentando chegar até elas a noite toda.

– Deve haver mais – disse Honoria, em sua melhor imitação de otimismo. Ele a encarou com uma sobrancelha erguida.

– Mas provavelmente não – admitiu Honoria. – Sinto muito. Talvez eu possa perguntar a lady Bridgerton onde ela as encomendou. Ou – ela tentou parecer diabólica –, se o próprio cozinheiro dela as preparou, talvez possamos sequestrá-lo.

Marcus sorriu.

– Ou poderíamos dançar.

– Ou poderíamos dançar – concordou Honoria, contente.

Ela pousou a mão no braço de Marcus e permitiu que ele a conduzisse ao centro do salão. Os dois já haviam dançado juntos, até mesmo valsas, uma ou duas vezes, mas aquela parecia diferente. Mesmo antes de a música começar, Honoria sentia como se já deslizasse, movendo-se sem esforço pelo piso de madeira encerado. E quando a mão de Marcus descansou em suas costas, e seus olhos encontraram os dele, algo ardente começou a percorrer o corpo dela.

Sentia-se leve. Sem fôlego. Faminta. Carente. Desejava algo que não conseguia definir e com tanta intensidade que deveria ficar assustada.

Mas não estava. Não com a mão de Marcus em suas costas. Nos braços dele, Honoria se sentia segura, mesmo enquanto o corpo dela se agitava em frenesi. O calor da pele de Marcus emanava até a pele dela através das roupas como um combustível, uma mistura inebriante que a fazia ter vontade de se erguer na ponta dos pés e alçar voo.

Ela o desejava. Isso lhe ocorreu de repente. Aquilo era desejo.

Não era de estranhar que as moças se arruinassem. Honoria já ouvira falar de algumas que haviam "cometido erros". As pessoas sussurravam que eram devassas, que tinham se desencaminhado. Honoria nunca entendera aquilo muito bem. Por que alguém jogaria fora uma vida segura por uma única noite de paixão?

Agora ela sabia. E queria fazer o mesmo.

– Honoria? – A voz de Marcus era como estrelas cadentes em seus ouvidos.

Ela ergueu os olhos e viu que ele a encarava com curiosidade. A música começara e ela não movera os pés.

Marcus inclinou a cabeça para o lado, como se lhe fizesse uma pergunta. Mas ele não precisou falar e ela não precisou responder. Honoria apertou-lhe a mão e os dois se puseram a dançar.

A música os envolveu e se intensificou ao redor deles, e Honoria seguiu a condução de Marcus, sem nunca tirar os olhos do seu rosto. A música a elevou, carregou-a e, pela primeira vez na vida, ela sentiu que compreendia o que significava dançar. Seus pés se moviam em compasso perfeito com a valsa – *um-dois-três um-dois-três* – e o coração se encheu de prazer.

Honoria sentia os violinos atravessarem sua pele. Os instrumentos de sopro faziam cócegas em seu nariz. Ela se incorporou à música e, quando a valsa acabou e eles se separaram, Honoria se inclinou em resposta à mesura dele e sentiu-se desolada.

– Honoria? – chamou Marcus, baixinho.

Ele parecia preocupado. Não uma preocupação do tipo "o que posso fazer para que ela me adore". Não, definitivamente era mais no estilo "santo Deus, ela vai passar mal".

Marcus não parecia um homem apaixonado, mas preocupado com a possibilidade de estar ao lado de alguém com um estômago sensível.

Honoria dançara com ele e se sentira profundamente transformada. Ela, que não conseguia seguir um tom ou bater os pés no ritmo, tornara-se mágica nos braços dele. A dança havia sido paradisíaca e ela morria um pouco por saber que Marcus não se sentira da mesma forma.

Ele não poderia ter se sentido. Ela mal conseguia se manter de pé e Marcus parecia tão...

Tão ele mesmo.

O mesmo velho Marcus, que a via como um fardo. Não um totalmente desagradável, mas ainda assim um fardo. Honoria sabia por que ele ansiava pelo retorno de Daniel. Isso significaria uma autorização para deixar Londres e voltar para o campo, onde era mais feliz.

Significaria sua liberdade.

Ele voltou a chamá-la e, de algum modo, Honoria conseguiu se arrancar dos devaneios.

– Marcus – perguntou ela abruptamente –, por que você está aqui?

Por um momento, ele a encarou como se houvesse despontado uma segunda cabeça nela.

– Fui convidado – respondeu em um tom um pouco indignado.

– Não. – A cabeça de Honoria doía e ela sentiu vontade de esfregar os olhos. Mais do que tudo, queria chorar. – Não aqui neste baile: aqui em Londres.

Ele estreitou os olhos, desconfiado.

– Por que a pergunta?

– Porque você odeia Londres.

Ele ajustou a gravata.

– Ora, não odeio...

– Você odeia a temporada social – interrompeu-o Honoria. – Já me contou isso.

Marcus fez menção de falar algo, mas se deteve após meia sílaba. Foi então que Honoria se lembrou: ele era um péssimo mentiroso. Sempre fora. Na infância, Marcus e Daniel uma vez haviam arrancado um lustre do teto. Mesmo passado tanto tempo, Honoria ainda se perguntava como tinham feito aquilo. Quando lady Winstead exigira que confessassem, Daniel mentira descaradamente e de um modo tão encantador que Honoria percebeu que a mãe estava quase acreditando.

Marcus, por outro lado, ficara com o rosto muito vermelho e puxara o colarinho como se o pescoço coçasse.

Exatamente o que acontecia naquele momento.

– Tenho... responsabilidades aqui – disse, sem jeito.

Responsabilidades.

– Entendo – falou Honoria, quase se engasgando com as palavras.

– Honoria, você está bem?

– Estou ótima – respondeu ela com rispidez, e se odiou por ter o pavio tão curto.

Não era culpa de Marcus que Daniel o houvesse impingido com... bem, com *ela*. Não era nem mesmo culpa dele ter aceitado. Qualquer cavalheiro faria o mesmo.

Marcus permaneceu imóvel, mas desviou os olhos para os lados, quase como se procurasse alguma explicação para ela agir tão estranhamente.

– Você está zangada... – começou ele, num tom um pouco conciliador, talvez até mesmo condescendente.

– Não estou zangada – rebateu ela.

A maioria das pessoas teria comentado que ela parecia zangada, mas Marcus apenas a encarou com aquele seu jeito muito contido e irritante.

– Não estou zangada – murmurou Honoria mais uma vez, porque o silêncio dele praticamente exigia que ela dissesse algo.

– É claro que não.

Ela levantou a cabeça de repente. Aquilo fora condescendente. O resto ela talvez houvesse imaginado, mas não aquilo.

Marcus não disse nada. Não diria nada. Marcus nunca faria uma cena.

– Não estou me sentindo bem – comentou Honoria de súbito.

Isso, ao menos, era verdade. A cabeça doía, ela estava com calor, zonza. Tudo o que queria era ir para casa, se enfiar na cama e se cobrir toda.

– Eu a levarei para tomar um pouco de ar – ofereceu Marcus, tenso, e pousou a mão nas costas dela para guiá-la até as portas francesas que se abriam para o jardim.

– Não – recusou Honoria, e a palavra saiu alta e dissonante demais. – Quero dizer, não, obrigada. – Ela engoliu em seco. – Acho que vou para casa.

Ele assentiu.

– Vou buscar sua mãe.

– Eu farei isso.

– Ficarei feliz em...

– Posso fazer as coisas sozinha – cortou Honoria.

Meu Deus, ela odiava o som da própria voz. Sabia que estava na hora de calar a boca. Não conseguia enunciar as palavras certas. E também não conseguia parar de falar.

– Não preciso ser responsabilidade sua.

– Do que está falando?

Ela não poderia responder aquela pergunta, por isso repetiu:

– Quero ir para casa.

Marcus a encarou pelo que pareceu uma eternidade, então fez uma mesura rígida.

– Como desejar – disse, e se afastou.

E, assim, Honoria foi para casa. Como desejava. Conseguiu exatamente o que queria.

E como foi terrível.

CAPÍTULO 19

O dia do recital
Seis horas antes da apresentação

— Onde está Sarah?

Honoria levantou os olhos da partitura. Estivera rabiscando anotações na margem. Nada que escrevera tinha sentido, mas lhe dava a ilusão de que sabia um pouco sobre o que fazia, assim se certificava de anotar alguma coisa qualquer em cada página.

Iris estava parada no meio do salão de música e voltou a perguntar:

– Onde está Sarah?

– Não sei – respondeu Honoria, e olhou para os dois lados. – Onde está Daisy?

Iris gesticulou com impaciência na direção da porta.

– Ela parou para se arrumar depois que chegamos. Não se preocupe com ela. Daisy não perderia isso por nada no mundo.

– Sarah não está aqui?

Iris parecia prestes a explodir.

– Você a está vendo?

– Iris!

– Desculpe. Não tive a intenção de ser grosseira, mas onde diabos ela está?

Honoria bufou, irritada. Iris não tinha nada mais importante com que se preocupar? Ela não fizera papel de tola na frente do homem por quem percebera estar apaixonada.

Três dias haviam se passado e Honoria se sentia mal só de pensar a respeito.

Não conseguia se lembrar exatamente do que dissera. Mas se recordava perfeitamente bem do terrível som da própria voz, balbuciante e engasgada. E do cérebro implorando à boca para *parar de falar*, e também da boca não atendendo ao pedido. Havia sido completamente irracional e, se Marcus a havia considerado uma responsabilidade antes, agora devia pensar que era um fardo muito pesado.

Mesmo antes disso – antes de ter começado a dizer bobagens e a agir de um modo tão emotivo que os homens do mundo se achariam no direito de considerarem as mulheres o sexo caprichoso –, fizera papel de tola. Dançara com Marcus como se ele fosse sua salvação, o fitara com o coração nos olhos, e Marcus dissera...

Nada. Ele não dissera nada. Apenas chamara o nome dela. Então Marcus a encarara como se ela tivesse ficado verde. Ele provavelmente pensara que ela iria colocar para fora tudo o que tinha no estômago e arruinar seu excelente par de botas.

Aquilo tinha acontecido três dias antes. Três dias. Sem uma palavra.

– Ela deveria ter chegado há pelo menos vinte minutos – murmurou Iris.

– *Ele* deveria ter vindo aqui dois dias atrás – sussurrou Honoria.

Iris se virou rapidamente para ela.

– O que você disse?

– Talvez tenha sido o trânsito? – perguntou Honoria, recuperando-se depressa.

– Ela mora a menos de um quilômetro.

Honoria assentiu, distraída. Então baixou os olhos para as anotações que fizera na página dois da partitura e percebeu que escrevera o nome de Marcus. Duas vezes. Não, três vezes. Havia um pequeno *M.H.* em uma letra curvilínea escondido perto de uma mínima pontuada. Santo Deus. Como ela era patética...

– Honoria! Honoria! Você está me escutando?

Iris de novo. Honoria tentou não gemer.

– Tenho certeza de que ela chegará logo – disse, conciliadora.

– Sério mesmo? – comentou Iris, sarcástica. – Porque eu não. Sabia que Sarah iria fazer isso comigo.

– Fazer o quê?

– Não entende? Ela não vem.

Honoria finalmente ergueu os olhos.

– Ah, não seja tola. Sarah jamais faria isso.

– Tem certeza? – Iris a encarou com uma expressão de absoluta incredulidade. E pânico. – *Tem certeza?*

Honoria a encarou de volta por longo momento.

– Ai, meu Deus.

– Eu avisei que você não deveria ter escolhido o *Quarteto nº 1*. Na verdade, Sarah não é assim tão ruim no piano, mas a peça é muito difícil.

– É difícil para nós também – retrucou Honoria, sem muita energia. Começava a se sentir nauseada.

– Não tão difícil quanto a parte do piano. Além do mais, não importa quanto as partes do violino são difíceis, porque…

Iris se interrompeu. Então engoliu em seco e corou.

– Você não vai ferir meus sentimentos – garantiu Honoria. – Sei que sou terrível. E sei que Daisy é ainda pior. Faríamos um trabalho igualmente ruim com qualquer peça de música.

– Não consigo acreditar – falou Iris, e começou a andar agitada de um lado para outro. – Não consigo acreditar que ela tenha feito isso.

– Não sabemos se Sarah não vai tocar – argumentou Honoria.

Iris girou e a questionou:

– Não?

Honoria engoliu em seco, sentindo-se desconfortável. Iris estava certa. Sarah nunca se atrasara vinte minutos – não, já eram vinte e cinco – para um ensaio.

– Isso não teria acontecido se você não tivesse escolhido uma peça tão difícil – acusou Iris.

Honoria ficou de pé num rompante.

– Não tente me culpar! Não fui eu que passei a última semana reclamando… Ah, não importa. Eu estou aqui e ela não, então não vejo como isso pode ser culpa minha.

– Não, não, é claro – cedeu Iris, balançando a cabeça. – É só que… Ah! – Ela deixou escapar um grito furioso de frustração. – Não consigo acreditar que ela fez isso comigo.

– Conosco – lembrou Honoria em voz baixa.

– Sim, mas era eu que não queria me apresentar. Você e Daisy não se importavam.

– Não vejo o que uma coisa tem a ver com a outra.

– Não sei – uivou Iris. – É só que deveríamos estar todas juntas. Foi o que você disse. Você repetiu isso todos os dias. E se eu vou engolir meu orgulho e me humilhar diante de todas as pessoas que conheço, então Sarah também tem que fazer o mesmo.

Nesse exato momento, Daisy chegou.

– O que aconteceu? Por que Iris está tão aborrecida?

– Sarah não chegou – explicou Honoria.

Daisy consultou o relógio na lareira.

– Que grosseria da parte dela! Já está quase meia hora atrasada.

– Ela não vem – afirmou Iris em um tom inexpressivo.

– Não temos certeza disso.

– Como assim? – indagou Daisy. – Ela não pode não vir. Como vamos apresentar um quarteto de piano sem um piano?

Um longo silêncio se abateu sobre a sala, então Iris arquejou.

– Daisy, você é brilhante.

A irmã pareceu satisfeita, mas ainda assim perguntou:

– Sou?

– Podemos cancelar a apresentação!

– Não – disse Daisy, balançando rapidamente a cabeça. Ela se virou para Honoria. – Não quero fazer isso.

– Não teremos escolha – continuou Iris, os olhos brilhando de prazer. – É exatamente como você disse. Não podemos apresentar um quarteto de piano sem um piano. Ah, Sarah é *brilhante*.

Honoria, no entanto, não estava convencida. Adorava Sarah, mas era difícil imaginar a prima planejando algo tão generoso, ainda mais sob aquelas circunstâncias.

– Acha mesmo que ela fez isso em uma tentativa de cancelar a apresentação?

– Não me importo com o motivo – afirmou Iris com sinceridade. – Estou tão feliz que poderia... – Por um instante, ela ficou sem palavras. – Estou livre! Estamos livres! Estamos...

– Meninas! Meninas!

Iris interrompeu a comemoração e todas se viraram para a porta. A mãe de Sarah – tia Charlotte para elas, conhecida pelo resto do mundo como lady Pleinsworth – entrou apressada na sala, seguida por uma mulher jovem de cabelos escuros que usava uma roupa muito bem-feita, mas terrivelmente sem graça, o que logo a identificou como uma governanta.

Honoria teve um péssimo pressentimento.

Não sobre a mulher. Ela parecia agradável, embora talvez um pouco desconfortável por ter sido arrastada para uma confusão familiar. Porém, tia Charlotte tinha um brilho assustador nos olhos.

– Sarah caiu doente – anunciou.

– Ah, não – reagiu Daisy, desabando dramaticamente em uma cadeira. – O que vamos fazer?

– Vou matá-la – murmurou Iris para Honoria.

– É claro que eu não permitiria o cancelamento da apresentação – continuou tia Charlotte. – Não conseguiria suportar uma tragédia dessas.

– Nem ela – disse Iris bem baixinho.

– Minha primeira ideia foi quebrar a tradição e colocar uma das antigas musicistas para tocar com o grupo, mas não temos uma pianista no quarteto desde que Philippa tocou em 1816.

Honoria encarou a tia, perplexa. Tia Charlotte realmente se lembrava de detalhes como aquele ou anotara tudo?

– Philippa não está saindo de casa – lembrou Iris.

– Eu sei. Falta menos de um mês para a pobrezinha dar à luz e ela está enorme. Talvez até conseguisse tocar violino, mas nunca poderia se acomodar diante de um piano.

– Quem tocou antes de Philippa? – perguntou Daisy.

– Ninguém.

– Ora, isso não pode ser verdade – retrucou Honoria. Dezoito anos de recitais e os Smythe-Smiths geraram apenas duas pianistas?

– É verdade – confirmou tia Charlotte. – Fiquei tão surpresa quanto você. Consultei todos os nossos programas só para ter certeza. Na maior parte dos anos, eram dois violinos, uma viola e um violoncelo.

– Um quarteto de cordas – concluiu Daisy, sem necessidade. – O conjunto clássico de quatro instrumentos.

– Cancelamos, então? – perguntou Iris, e Honoria se viu obrigada a relancear um olhar de alerta para a prima. Iris soava um pouco animada demais com a possibilidade.

– De forma alguma – respondeu tia Charlotte, e indicou a mulher ao seu lado. – Esta é a Srta. Wynter. Ela substituirá Sarah.

Todas se viraram para a mulher de cabelos escuros, parada em silêncio, ligeiramente escondida atrás de tia Charlotte. Ela era linda. Tudo na jovem era perfeito, dos cabelos brilhantes à pele branca como leite. O rosto tinha formato de coração, os lábios eram cheios e rosados, os cílios tão longos que deveriam tocar as sobrancelhas se a jovem abrisse muito os olhos, pensou Honoria.

– Bem – murmurou Honoria para Iris –, pelo menos ninguém olhará para nós.

– Ela é nossa governanta – explicou tia Charlotte.

– E ela toca? – perguntou Daisy.

– Eu não a teria trazido se não tocasse – retrucou tia Charlotte com impaciência.

– É uma peça difícil – declarou Iris, o tom beirando a truculência. – Uma peça muito difícil. Muito, *muito...*

Honoria cutucou-a nas costelas.

– A Srta. Wynter já a conhece – informou tia Charlotte.

– Conhece? – perguntou Iris. Ela se voltou para a governanta com uma expressão incrédula e desesperada. – A senhorita conhece?

– Não muito bem – respondeu a Srta. Wynter em uma voz suave –, mas já toquei partes dela antes.

– Os programas já foram impressos – insistiu Iris. – E Sarah aparece como a pianista.

– Mantenham o programa – disse tia Charlotte, irritada. – Anunciaremos a troca no início da apresentação. Fazem isso o tempo todo no teatro. – Ela gesticulou na direção da Srta. Wynter, batendo sem querer no ombro da jovem. – Considerem-na a substituta de Sarah.

Houve um momento de silêncio ligeiramente deselegante. Então Honoria se adiantou.

– Seja bem-vinda – falou, com firmeza o bastante para que Iris e Daisy entendessem que deveriam seguir a sua deixa. – É um prazer conhecê-la.

A Srta. Wynter fez uma brevíssima mesura.

– Também é um prazer conhecê-la, ahn...

– Ah, mil desculpas. Sou lady Honoria Smythe-Smith, mas, por favor, se vai tocar conosco, deve usar nossos primeiros nomes. – Ela indicou as primas. – Essas são Iris e Daisy. Também Smythe-Smiths.

– Como eu já fui – lembrou tia Charlotte.

– Sou Anne – apresentou-se a Srta. Wynter.

– Iris toca violoncelo – continuou Honoria – e Daisy e eu somos as violinistas.

– Vou deixá-las para que possam ensaiar – anunciou tia Charlotte, seguindo para a porta. – Estou certa de que vocês têm uma tarde muito ocupada à frente.

As quatro musicistas esperaram até ela sair, então Iris atacou:

– Ela não está realmente doente, não é verdade?

Anne se mostrou surpresa pelo fervor na voz de Iris.

– Perdão?

– Sarah – disse Iris, de um modo nada gentil. – Ela está fingindo. Eu sei.

– Eu não saberia dizer – respondeu Anne, com diplomacia. – Nem sequer a vi.

– Talvez ela esteja com uma erupção cutânea – arriscou Daisy. – E não iria querer que ninguém a visse com a pele toda marcada.

– Nada menos do que a desfiguração me deixaria satisfeita – grunhiu Iris.

– Iris! – repreendeu Honoria.

– Não conheço lady Sarah muito bem – comentou Anne. – Só fui contratada este ano e ela não precisa de governanta.

– Ela não a escutaria, de qualquer modo – afirmou Daisy. – Aliás, você chega a ser mais velha do que Sarah?

– Daisy! – ralhou Honoria. Meu Deus, era uma repreensão atrás da outra. A prima deu de ombros.

– Se ela nos trata pelo primeiro nome, acho que posso perguntar sua idade.

– Ela é mais velha do que você – replicou Honoria –, portanto não, você não pode perguntar.

– Não há problema – manifestou-se Anne, dando um sorrisinho para Daisy. – Tenho 24 anos. Sou responsável por Harriet, Elizabeth e Frances.

– Que Deus a ajude – murmurou Iris.

Honoria não conseguiu contradizê-la. As três irmãs mais novas de Sarah eram, quando separadas, absolutamente encantadoras. Juntas, no entanto... Havia motivos para que nunca faltasse drama na casa dos Pleinsworths.

Honoria suspirou.

– Acho que deveríamos ensaiar.

– Devo avisá-las que não sou muito boa – disse Anne.

– Está tudo certo. Nenhuma de nós é.

– Isso não é verdade! – protestou Daisy.

Honoria se inclinou um pouco para a frente, de modo que as outras não conseguissem ouvi-la, e sussurrou para a Srta. Wynter:

– Na verdade, Iris é bem talentosa e Sarah era adequada, mas Daisy e eu somos terríveis. Meu conselho é que você coloque um sorriso no rosto e siga em frente como for possível.

228

Anne pareceu ligeiramente alarmada. Honoria respondeu com um dar de ombros. A jovem logo descobriria o que significava se apresentar em um recital das Smythe-Smiths.

Caso contrário, enlouqueceria tentando.

Marcus chegou cedo naquela noite, embora não soubesse se era para garantir um lugar na frente ou bem atrás. Ele levara flores. Não jacintos-uva – ninguém os tinha, de qualquer modo –, mas duas dúzias de tulipas da Holanda, de aparência vívida.

Nunca dera flores a uma mulher... O que diabos fizera com a própria vida até ali?

Cogitara a hipótese de não comparecer ao recital. Honoria agira de um modo muito estranho no baile de aniversário de lady Bridgerton. Ela ficara zangada com ele por algum motivo. E Marcus não tinha ideia de qual seria, porém nem sabia se isso importava. E Honoria parecera estranhamente distante quando a procurara, logo que ele retornara a Londres.

Mas então, quando os dois dançaram...

Havia sido mágico. E Marcus poderia jurar que Honoria sentira o mesmo. O resto do mundo parecera deixar de existir. Eram apenas os dois em meio a um borrão de cor e som, e ela não pisara nos pés dele nem uma vez – o que já era uma façanha por si só.

Entretanto, talvez ele houvesse imaginado tudo. Ou talvez houvesse sido uma emoção só dele. Porque, quando a música tinha parado, Honoria fora seca e breve. E, mesmo dizendo que não se sentia bem, recusou todas as ofertas de ajuda dele.

Marcus jamais compreenderia as mulheres. Pensara que Honoria seria a exceção a essa regra, mas, ao que parecia, isso não era verdade. E ele passara os últimos três dias tentando descobrir a razão.

No fim, no entanto, Marcus percebeu que não poderia perder o recital. Era uma tradição, como Honoria explicara com tanta eloquência. Ele havia comparecido a todos desde que tivera idade para permanecer sozinho em Londres. Se não fosse ao daquele ano, depois de alegar que aquela fora a razão para voltar a Londres tão rapidamente após a doença... Honoria veria sua atitude como uma bofetada.

229

Não poderia fazer uma coisa daquelas. Não importava se ela estava zangada com ele. Não importava se ele estava zangado com ela, e Marcus achava que tinha todo o direito de estar. Honoria se comportara do modo mais estranho e hostil... e não lhe dera a menor pista do motivo.

Ela era amiga dele. Mesmo se não o amasse, sempre seria sua amiga. E Marcus não teria coragem de magoá-la de propósito, do mesmo modo que não teria coragem de arrancar a própria mão direita.

Só se apaixonara por Honoria recentemente, mas a conhecia havia quinze anos. Quinze anos em que aprendera a conhecer o tipo de coração que batia no peito dela. E não mudaria de opinião por causa de uma única noite em que Honoria parecera estranha.

Ele seguiu até o salão de música, que estava tomado pela agitação dos criados que o preparavam para a apresentação. Na verdade só queria dar uma olhada em Honoria e talvez lhe oferecer algumas palavras de encorajamento antes do concerto.

Diabos, Marcus achava que era ele quem precisava de encorajamento. Seria doloroso ficar sentado ali e assisti-la fingir que fazia o recital mais importante da vida apenas para agradar à família.

Marcus permaneceu parado em uma das laterais da sala, muito rígido, desejando não ter chegado tão cedo. Parecera uma boa ideia antes, mas agora não sabia o porquê. Honoria não estava em nenhum lugar à vista. Deveria ter imaginado; ela e as primas com certeza afinavam os instrumentos em algum outro lugar da casa. E os criados relanceavam olhares curiosos na direção dele, como se perguntando: "O que está fazendo aqui?"

Ele ergueu o queixo e examinou o salão do mesmo modo que fazia nos eventos mais formais. Provavelmente parecia entediado, sem dúvida parecia orgulhoso, mas nenhuma das duas coisas era uma verdade absoluta.

Marcus desconfiava de que os outros convidados só chegariam no mínimo meia hora antes e começava a se perguntar se deveria esperar na sala de visitas, que com certeza estaria vazia. Foi quando viu de relance algo rosa passando e percebeu que era lady Winstead, atravessando a sala em uma pressa fora do comum. Ela o viu e correu na direção dele.

– Ah, graças aos céus que você está aqui.

Marcus percebeu sua expressão frenética.

– Algum problema?

– Sarah caiu doente.

– Lamento ouvir isso – comentou ele, com educação. – Ela ficará bem?

– Não faço ideia – retrucou lady Winstead, um tanto acidamente, considerando-se que falava da saúde da sobrinha. – Não a vi. Tudo o que sei é que ela não está aqui.

Marcus tentou controlar a euforia que sentiu.

– Então vocês terão que cancelar o concerto?

– Por que todos perguntam isso? Ah, não importa. É claro que não podemos cancelar. A governanta dos Pleinsworths aparentemente sabe tocar e assumirá o lugar de Sarah.

– Então está tudo bem – concluiu Marcus, e pigarreou. – Não está?

Ela o encarou como se ele fosse uma criança com raciocínio lento.

– Não sabemos se essa governanta é boa.

Marcus não conseguia compreender como o talento da novata ao piano poderia fazer qualquer diferença na qualidade da apresentação como um todo, mas optou por não comentar isso em voz alta. Preferiu dizer algo como "Ah, sim" ou talvez "Entendo bem". De qualquer modo, sua resposta serviu ao propósito de emitir um som sem falar nada significativo. O melhor que conseguiu naquelas circunstâncias.

– Esse é o nosso décimo oitavo recital, sabia? – perguntou lady Winstead.

Ele não sabia.

– Todos foram um sucesso, e agora acontece isso.

– Talvez a governanta seja muito talentosa – sugeriu Marcus, tentando confortá-la.

Lady Winstead o encarou com impaciência.

– Talento não faz muita diferença quando se teve apenas seis horas para ensaiar.

Marcus percebeu que não havia outro rumo para aquela conversa; ela só seguiria em círculos. Assim, perguntou educadamente se poderia fazer algo para ajudar com a apresentação, mas certo de que lady Winstead negaria, deixando-o livre para desfrutar de um solitário copo de conhaque na sala de visitas.

Mas, para sua completa surpresa e – é preciso ser honesto – horror, ela segurou a mão dele com ardor e exclamou:

– Sim!

Ele ficou paralisado.

– Como assim?

– Você poderia levar limonada para as moças?

Ela queria que ele...

– *O quê?*

– Todos estão ocupados. Todos. – Ela gesticulou ao redor como se para demonstrar. – Os criados já rearrumaram as cadeiras três vezes.

Marcus relanceou o olhar pela sala, se perguntando o que poderia ser tão complicado em organizar doze fileiras retas.

– A senhora quer que eu leve limonada para elas.

– Elas devem estar com sede.

– Elas não estão *cantando*, certo?

Meu Deus, isso seria o pior horror.

A mãe de Honoria cerrou os lábios, irritada.

– É claro que não. Mas ensaiaram o dia todo. É um trabalho extenuante. Você toca?

– Algum instrumento? Não. – Aquela fora uma das poucas habilidades que o pai de Marcus não vira necessidade que ele desenvolvesse.

– Então não conseguiria entender – replicou ela, muito dramática. – Aquelas pobres garotas devem estar morrendo de sede.

– Limonada – repetiu Marcus, perguntando-se se lady Winstead desejava que ele servisse as moças em uma bandeja. – Muito bem.

Ela franziu a testa e pareceu um pouco aborrecida com a lentidão dele.

– Presumo que você esteja forte o bastante para carregar a jarra?

Aquele insulto foi tão absurdo que nem o aborreceu.

– Acredito que consigo carregar a jarra, sim – respondeu, seco.

– Ótimo. Está ali. – Ela apontou para uma mesa na lateral da sala. – E Honoria está bem ali, depois daquela porta. – Ela indicou os fundos do cômodo.

– Só Honoria?

Lady Winstead estreitou os olhos.

– Claro que não. Elas são um quarteto.

Com isso, ela se afastou para orientar os criados e interrogar as criadas, em uma tentativa de supervisionar um trabalho que já vinha correndo muito bem, na opinião de Marcus.

Ele foi até uma das mesas onde se encontravam petiscos e bebidas e pegou uma jarra de limonada. Ao que parecia, ainda não haviam colocado os copos ali. Imaginou se lady Winstead esperava que ele despejasse limonada pela garganta das moças.

Marcus sorriu. Era uma imagem divertida.

Com a jarra na mão, passou pela porta que lady Winstead indicara, movendo-se silenciosamente para não perturbar qualquer ensaio que ainda pudesse estar em curso.

Não havia ensaio algum.

Marcus viu quatro mulheres discutindo como se o destino da Grã-Bretanha dependesse da decisão. Bem, não, na verdade, apenas três mulheres brigavam. A que se sentava ao piano – presumiu ser a governanta – se mantinha sabiamente à parte da altercação.

O mais impressionante era que as três Smythe-Smiths conseguiam debater sem erguer as vozes. Marcus supôs que fosse um acordo tácito em razão dos convidados que, elas sabiam, logo estariam chegando e se acomodando no salão ao lado.

– Se você apenas sorrisse, Iris – disse Honoria, irritada –, tornaria tudo tão mais fácil!

– Para quem? Para você? Porque lhe asseguro que não tornaria nada mais fácil para mim.

– Não me importo se ela não sorrir – falou a outra. – Não me importo se ela nunca mais voltar a sorrir. Ela é cruel.

– Daisy! – exclamou Honoria.

A garota estreitou os olhos e encarou Iris com raiva.

– Você é cruel.

– E você é uma idiota.

Marcus olhou para a governanta, que descansava a cabeça no piano. Havia quanto tempo as Smythe-Smiths estariam naquela discussão?

– Pode *tentar* sorrir? – perguntou Honoria, parecendo cansada.

Iris esticou os lábios em uma expressão tão assustadora que Marcus quase abandonou a sala.

– Santo Deus, não – murmurou Honoria. – Não faça isso.

– É difícil fingir bom humor quando tudo o que mais desejo é me jogar pela janela.

– A janela está fechada – informou Daisy, séria.

O olhar de Iris era veneno puro.

– Exatamente.

– Por favor – implorou Honoria. – Podemos apenas seguir em frente?

– Acho que estamos fantásticas – opinou Daisy, fungando. – Ninguém imaginaria que tivemos apenas seis horas para ensaiar com Anne.

A governanta levantou os olhos ao ouvir o próprio nome, então baixou-os de novo ao perceber que não precisava responder.

Iris se virou na direção da irmã com algo que beirava a maldade.

– Você não saberia diferenciar... Ai! Honoria!

– Desculpe. Foi meu cotovelo?

– Nas minhas costelas.

Honoria sibilou algo para Iris que Marcus supôs que fosse apenas para a moça ouvir, mas claramente era sobre Daisy, porque Iris dirigiu um olhar de desprezo à irmã mais nova, revirou os olhos e falou:

– Está bem.

Marcus voltou a fitar a governanta, que agora parecia contar as manchas no teto.

– Vamos tentar uma última vez? – perguntou Honoria, com uma determinação cansada.

– Não consigo imaginar de que adiantaria. – A observação foi feita por Iris, naturalmente.

Daisy a encarou com um olhar devastador e disparou:

– A prática leva à perfeição.

Marcus pensou ter visto a governanta abafar uma risadinha. Ela enfim levantou os olhos e o viu parado com a jarra de limonada. Marcus levou o dedo aos lábios, a governanta assentiu brevemente, sorriu e se voltou de novo para o piano.

– Estamos prontas? – indagou Honoria.

As violinistas ergueram seus instrumentos.

As mãos da governanta pairaram sobre as teclas do piano.

Iris deixou escapar um gemido de infelicidade, mas ainda assim levou o arco ao violoncelo.

Então o horror começou.

CAPÍTULO 20

Marcus não conseguiria de modo algum descrever o som produzido pelos quatro instrumentos na sala de ensaio das Smythe-Smiths. Não sabia nem se havia palavras para descrevê-lo, ao menos não de forma educada. Abominava a ideia de chamar aquilo de música; na verdade, era mais uma tortura do que qualquer outra coisa.

Ele encarou cada uma das jovens. A governanta estava um pouco frenética, a cabeça balançando para a frente e para trás. Daisy tinha os olhos fechados e oscilava o corpo como se estivesse tomada pela glória da... bem, Marcus supôs que precisaria chamar aquilo de música. Iris parecia ter vontade de chorar. Ou, mais provavelmente, de matar Daisy.

E Honoria...

Ela estava tão encantadora que *ele* quis chorar. Ou, talvez, destruir seu violino.

Honoria não exibia a mesma expressão do recital anterior: o sorriso beatífico e os olhos radiantes de paixão. Agora, atacava o violino com uma determinação implacável, os olhos semicerrados, os dentes trincados, como se guiasse suas tropas em uma batalha.

Era ela que unia aquele quarteto absurdo e Marcus não poderia tê-la amado mais.

Ele não sabia se as jovens tinham a intenção de ensaiar toda a peça musical, mas Iris ergueu os olhos, o viu e deixou escapar um "Oh!" alto o bastante para fazer com que todas se detivessem.

– Marcus! – exclamou Honoria.

Ele teria jurado que ela parecia feliz em vê-lo, apesar de não ter mais tanta certeza se ainda poderia confiar no próprio julgamento nessa questão.

– Por que está aqui? – perguntou ela.

Marcus ergueu a jarra.

– Sua mãe me mandou trazer a limonada.

Por um momento, Honoria apenas o encarou, então caiu na gargalhada. Iris seguiu a deixa e a governanta chegou até a esboçar um sorriso. Daisy ficou parada, desconcertada.

– O que é tão engraçado? – quis saber.

– Nada – disse Honoria às pressas. – É só que... meu Deus, o dia todo... e agora minha mãe manda um conde nos servir limonada.

– Não acho isso engraçado – comentou Daisy –, mas extremamente inapropriado.

– Não lhe dê atenção – replicou Iris. – Daisy não tem senso de humor.

– Isso não é verdade!

Marcus ficou imóvel e permitiu que apenas seus olhos se desviassem para Honoria em busca de orientação. Ela assentiu bem de leve, confirmando a declaração de Iris.

– Diga, milorde – indagou Iris, com exagero –, o que achou de nossa apresentação?

Marcus não responderia essa pergunta sob nenhuma circunstância.

– Estou aqui apenas para servir limonada.

– Boa saída – murmurou Honoria, levantando-se para juntar-se a ele.

– Espero que vocês tenham copos – falou Marcus –, porque não havia nenhum para eu trazer.

– Temos – informou Honoria. – Por favor, poderia servir primeiro a Srta. Wynter? Ela foi a que trabalhou mais duro, já que só se juntou ao quarteto esta tarde.

Marcus concordou em um murmúrio e foi até o piano.

– Ahn, aqui está – disse um tanto rígido, pois, como era de esperar, não estava acostumado a servir bebidas.

– Obrigada, milorde – agradeceu a jovem, estendendo um copo.

Ele a serviu e se inclinou em uma cortesia educada.

– Já nos conhecemos? – perguntou. Ela parecia familiar.

– Acho que não – respondeu a governanta, e rapidamente deu um gole na limonada.

Marcus resolveu não pensar mais naquilo e seguiu para onde estava Daisy. Se ainda a Srta. Wynter tivesse um desses rostos comuns... mas esse não era o caso. Ela era belíssima, só que de modo tranquilo e sereno. Não era de forma alguma o tipo de pessoa que uma mãe costumaria contratar como governanta. Marcus imaginou que lady Pleinsworth se sentira segura para fazer isso, afinal não tinha filhos homens e, pelo que ele sabia, o marido nunca saía da casa em Dorset.

– Obrigada, milorde – disse Daisy quando ele a serviu. – É muito democrático de sua parte assumir essa tarefa.

Marcus não tinha a menor ideia de como responder àquilo, por isso apenas assentiu, constrangido, e se virou para Iris, que revirava os olhos, zombando abertamente da irmã. Ela sorriu em agradecimento quando ele a serviu e Marcus enfim pôde se voltar para Honoria.

– Obrigada – disse ela, dando um gole.

– O que vai fazer?

Ela o encarou com uma expressão questionadora.

– A respeito do quê?

– A respeito do concerto – esclareceu Marcus, achando óbvio.

– Como assim? Vou tocar. O que mais posso fazer?

Ele fez um gesto sutil com a cabeça na direção da governanta.

– Você tem uma desculpa perfeita para cancelar.

– Não posso fazer isso – replicou Honoria, mas havia um toque de arrependimento em sua voz.

– Você não precisa se sacrificar por sua família – comentou ele em voz baixa.

– Não é nenhum sacrifício. É... – Honoria deu um sorriso envergonhado, talvez um pouco melancólico – Não sei o que é, mas não é um sacrifício. – Ela ergueu os olhos enormes e cálidos. – É o que eu faço.

– Eu...

Honoria esperou um instante, então perguntou:

– O que foi?

Marcus quis dizer que ela provavelmente era a pessoa mais corajosa e abnegada que ele conhecia. Quis dizer que assistiria a milhares de recitais das Smythe-Smiths se fosse o necessário para estar com ela.

Quis dizer que a amava. Mas não poderia fazer nada disso ali.

– Não é nada. É só que admiro você.

Honoria deu uma risadinha.

– Talvez você mude de ideia até o fim da noite.

– Eu não conseguiria fazer o que você faz – sussurrou Marcus.

Honoria o encarou, surpresa com a gravidade na voz dele.

– Do que você está falando?

Marcus não sabia muito bem como organizar as palavras, por isso acabou só respondendo, a duras penas:

– Não gosto de estar no centro das atenções.

Ela inclinou a cabeça para o lado e o observou por um longo momento antes de comentar:

– Não, você não gosta. Sempre foi uma árvore.

– Perdão?

A expressão dela se tornou comovida.

– Estou me referindo àquelas terríveis pantomimas que apresentávamos na infância. Você sempre era uma árvore.

– Nunca tive que dizer nada.

– E sempre ficou parado no fundo.

Marcus se deu conta de que abrira um sorriso torto e sincero.

– Eu gostava muito de ser uma árvore.

– Você era uma boa árvore. – Honoria deu um sorriso também... lindo e radiante. – O mundo precisa de mais árvores.

⌒〇

No fim do recital, o rosto de Honoria doía de tanto sorrir. Ela abrira um sorrisinho durante o primeiro movimento, alargara-o no segundo e, já no terceiro, parecia até estar no consultório de um dentista.

A apresentação fora tão terrível quanto ela temera. Na verdade, era bem possível que tivesse sido a pior na história dos concertos das Smythe-Smiths, e isso não era pouco. Anne era razoavelmente talentosa ao piano e, caso houvesse treinado por mais de seis horas, quem sabe pudesse até fazer um trabalho decente. No fim das contas, ela permaneceu o tempo todo um compasso e meio atrás do resto do quarteto.

Para complicar, Daisy estava sempre um compasso e meio *à frente*.

Iris tocou brilhantemente, ou melhor, poderia ter tocado. Honoria a ouvira praticando sozinha e ficara tão surpresa com o talento da prima que não se surpreenderia se Iris se levantasse de repente e anunciasse que fora adotada.

Contudo, Iris estava tão arrasada por ser forçada a subir naquele palco improvisado que movia o arco do violoncelo sem o mínimo vigor. Seus ombros estavam curvados, a expressão sofrida, e toda vez que Honoria relanceava o olhar na direção dela, a prima parecia à beira de desabar sobre o instrumento.

Quanto a Honoria... Bem, ela havia sido terrível. Mas sabia que seria. Na verdade, achou que conseguira ser ainda pior do que o normal. Estava tão concentrada em manter a boca esticada naquele sorriso enlevado que frequentemente se perdia na partitura.

Porém, tinha valido a pena. A maior parte da primeira fila da plateia estava ocupada pela família dela. A mãe se encontrava lá, e todas as tias. Várias irmãs e uma grande quantidade de primos... Todos sorriam encantados para ela, muito orgulhosos e felizes de darem continuidade à tradição.

Os outros espectadores pareciam ligeiramente nauseados, mas, ora, deveriam saber no que estavam se metendo. Depois de quase duas décadas de concertos das Smythe-Smiths, nenhuma pessoa comparecia a um deles sem ter alguma pista dos horrores que a aguardavam.

Houve uma bela rodada de aplausos – Honoria tinha quase certeza de que celebravam o fim do concerto. Quando as palmas cessaram, ela manteve o sorriso, cumprimentando os convidados que tiveram coragem bastante para se aproximar do palco.

Desconfiava de que a maioria deles duvidava da própria capacidade de manter o rosto impassível enquanto parabenizava as musicistas.

Então, quando Honoria achou que não precisaria mais disfarçar que acreditava em todos os que estavam presentes e fingiam ter gostado do recital, a última pessoa se aproximou.

Não era Marcus, maldição. Ele parecia estar muito entretido em uma conversa com Felicity, que todos sabiam ser a mais bela das quatro irmãs Featheringtons.

Com o maxilar já meio travado, Honoria tentou alargar o sorriso enquanto cumprimentava...

Lady Danbury. Ai, meu Deus.

Honoria se esforçou para não parecer apavorada, mas, que se danasse tudo, aquela mulher a apavorava.

Tump tump, fez a bengala.

– Você não é uma das novatas, certo?

– Desculpe, madame? – indagou Honoria, porque sinceramente não tinha ideia do que a mulher queria dizer.

Lady Danbury se inclinou para a frente, o rosto tão enrugado que os olhinhos apertados quase desapareciam.

– Você tocou no ano passado. Não tenho como verificar o programa porque não o guardo. É papel de mais.

– Ah, entendo. Sim, madame, aliás, não, não sou uma das novatas.

Ela tentou manter o autocontrole e enfim resolveu que não importava se havia falado corretamente, porque lady Danbury parecia ter compreendido o que quisera dizer.

Pelo menos metade do cérebro de Honoria estava concentrada em Marcus e no fato de que ele ainda conversava com Felicity Featherington. Não pôde deixar de notar que a moça estava excepcionalmente bela naquela noite, em um vestido do tom exato da prímula que ela, Honoria, tivera a intenção de comprar antes de partir de Londres para cuidar de Marcus.

Havia tempo e lugar para tudo, decidiu Honoria, até mesmo para mesquinharia.

Lady Danbury se inclinou para a frente e olhou para o instrumento nas mãos de Honoria.

– Violino?

Honoria voltou o olhar para a senhora.

– Ahn, sim, madame.

A velha condessa encarou a jovem com uma expressão arguta.

– Você teve vontade de comentar que não podia ser um piano, deu para notar.

– Não, madame. – Então, como a noite tinha sido terrível, decidiu completar: – Eu ia comentar que não era um violoncelo.

O rosto enrugado de lady Danbury se abriu em um sorriso e ela riu alto o bastante para a mãe de Honoria olhar na direção das duas, alarmada.

– Acho difícil distinguir entre um violino e uma viola – comentou a senhora. – Você não acha?

– Não – respondeu Honoria, sentindo-se um pouco mais corajosa agora –, mas talvez seja porque eu toco violino.

Bem, acrescentou mentalmente, *"tocar" talvez seja um verbo ambicioso demais*. Guardou o pensamento para si mesma.

Lady Danbury bateu com a bengala.

– Não reconheci a moça ao piano.

– Aquela é a Srta. Wynter, governanta dos Pleinsworths. Minha prima Sarah ficou doente e precisou ser substituída. – Honoria franziu a testa. – Achei que haveria um comunicado a respeito.

– Deve ter havido. Eu com certeza não estava ouvindo.

Honoria esperava que lady Danbury também não tivesse ouvido nada da apresentação, mas se conteve e não comentou nada. Precisava manter uma fachada de animação e culpava inteiramente Marcus – e, em menor extensão, Felicity Featherington – por estar tão irritada.

– Para quem você está olhando? – perguntou lady Danbury em um tom malicioso.

– Para ninguém – respondeu Honoria depressa demais.

– Então quem você está *procurando*?

Meu Deus, a mulher parecia um carrapato.

– Ninguém, madame – disse Honoria, esperando ter soado doce.

– Humpf. Ele é meu sobrinho, você sabe.

Honoria tentou não parecer alarmada.

– Desculpe?

– Chatteris. Meu sobrinho-bisneto, para ser mais exata, mas a palavra faz com que eu me sinta uma anciã.

Honoria olhou para Marcus, então de volta para lady Danbury.

– Mar... quero dizer, lorde Chatteris é seu sobrinho?

– Não que ele me visite com a frequência que deveria.

– Ora, ele não gosta de Londres – comentou Honoria sem pensar.

Lady Danbury deixou escapar uma gargalhada travessa.

– Você sabe disso, não é mesmo?

Honoria odiou sentir o rosto arder.

– Convivi com ele por quase toda a minha vida.

– Sim, sim – concordou lady Danbury, um tanto distraída –, foi o que ouvi dizer. Eu... – Algo pareceu chamar sua atenção e ela se inclinou com um olhar terrível. – Vou lhe fazer um *enorme* favor.

– Eu gostaria que não fizesse – retrucou Honoria com a voz fraca, porque com certeza nada de bom poderia vir daquela expressão.

– Bobagem. Deixe tudo comigo. Tenho um bom histórico com esse tipo de coisa. – Ela fez uma pausa. – Bem, na verdade houve resultados positivos e negativos, mas sou otimista.

– O quê? – perguntou Honoria, já desesperada.

Lady Danbury a ignorou.

– Sr. Bridgerton! Sr. Bridgerton! – chamou com entusiasmo.

Ela acenou, mas infelizmente segurava a bengala e Honoria precisou desviar para evitar ter a orelha arrancada.

Quando Honoria conseguiu se empertigar de novo, elas tinham a companhia de um belo homem, com um brilho malicioso nos olhos verdes. Demorou um instante, mas pouco antes de ele ser apresentado, ela o reconheceu como Colin Bridgerton, um dos irmãos mais velhos de Gregory. Honoria nunca o encontrara, mas tinha ouvido as irmãs mais velhas suspirarem sem parar por causa do rapaz quando estavam livres e solteiras. O encanto dele era quase tão lendário quanto o sorriso.

E, no momento, o sorriso de Colin Bridgerton se dirigia a ela. Honoria sentiu um sobressalto no estômago, mas logo o controlou. Se não estivesse desesperadamente apaixonada por Marcus (cujo sorriso era muito mais sutil e, portanto, mais significativo), aquele seria um homem perigoso.

– Estive fora do país – comentou o Sr. Bridgerton em uma voz suave, logo depois de beijar a mão de Honoria –, logo não sei se fomos apresentados.

Honoria assentiu e estava prestes a dizer algo banal quando viu que a mão dele estava enfaixada.

– Espero que seu ferimento não tenha sido grave – comentou com educação.

– Ah, isso? – Ele ergueu a mão; apenas os dedos estavam livres da bandagem. – Não foi nada. Um desentendimento com um abridor de cartas.

– Bem, tome cuidado para não infeccionar – disse Honoria, num tom mais vigoroso do que era *de rigueur*. – Se ficar vermelho, inchado ou, ainda pior, amarelo, deve procurar rapidamente um médico.

– E verde? – brincou ele.

– Como?

– É que a senhorita listou duas cores com as quais eu deveria me preocupar.

Por um momento, Honoria só conseguiu encará-lo. Um ferimento infeccionado não era motivo para brincadeira.

– Lady Honoria? – murmurou o Sr. Bridgerton.

Ela decidiu agir como se ele não houvesse dito nada.

– Mais importante ainda: precisa observar se há faixas vermelhas se irradiando a partir do ferimento. Isso é o pior.

Ele piscou, mas, se estava surpreso com o rumo da conversa, não demonstrou. Em vez disso, fitou a mão com uma expressão curiosa e perguntou:

– Vermelho em que medida?

– Como?

– Com qual grau de vermelhidão devo me preocupar?

– Como você sabe tanto de medicina? – interrompeu lady Danbury.

– Entenda, não tenho certeza do grau de vermelhidão – respondeu Honoria ao Sr. Bridgerton. – Eu diria que qualquer mancha é motivo para alarme. – Então, virou-se para lady Danbury e explicou: – Ajudei uma pessoa recentemente, que estava com um ferimento e uma infecção terrível.

– Na mão? – questionou a senhora.

Honoria não tinha a menor ideia do que ela estava falando.

– O ferimento era na mão? No braço? Na perna? Detalhes fazem a diferença, menina. – Lady Danbury bateu a bengala, errando por pouco o pé do Sr. Bridgerton. – Caso contrário, a história é fraca.

– Desculpe. Ahn... na perna.

Lady Danbury ficou em silêncio por um momento, então soltou de novo uma gargalhada gostosa. Honoria não entendeu o motivo. Nesse momento, a senhora disse algo sobre precisar conversar com a outra violinista e saiu, deixando Honoria sozinha com o Sr. Bridgerton – ou tão sozinha quanto duas pessoas poderiam ficar em uma sala cheia.

Honoria só pôde observar lady Danbury abrindo caminho na direção de Daisy.

– Não se preocupe, na maior parte do tempo ela é inofensiva – comentou o Sr. Bridgerton.

– Minha prima Daisy? – perguntou, em dúvida.

– Não – respondeu ele, desconcertado por um instante. – Lady Danbury.

Honoria olhou para além dele, para Daisy e a senhora.

– Ela é surda?

– Sua prima Daisy?

– Não, lady Danbury.

– Acredito que não.

– Ah. – Honoria se encolheu. – Isso é péssimo. Deve passar a ser depois que Daisy terminar com ela.

O Sr. Bridgerton não resistiu e olhou por sobre o ombro. Foi recompensado com a visão – ou, mais corretamente, com o som – de Daisy enunciando todas as frases bem alto e devagar para lady Danbury. Ele também se retraiu.

– Isso não vai terminar bem – murmurou ele.

Honoria não conseguiu fazer nada além de balançar a cabeça e murmurar:

– Não.

– Sua prima gosta de ter os dedos dos pés?

Honoria o encarou, confusa.

– Acredito que sim.

– É melhor ela ficar atenta àquela bengala, então.

Honoria olhou para a prima bem a tempo de vê-la escapar um gritinho enquanto tentava recuar, sem êxito, e a bengala de lady Danbury a prendeu no lugar com firmeza.

Honoria e o Sr. Bridgerton ficaram ali por um momento, tentando não sorrir, então ele comentou:

– Soube que esteve em Cambridge no mês passado.

– Sim. Tive o prazer de jantar com seu irmão.

– Gregory? É mesmo? A senhorita classificaria isso como um prazer?

Colin sorria ao falar e, no mesmo instante, Honoria imaginou como deveria ser a vida na casa dos Bridgertons: cheia de implicâncias e amor.

– Ele foi muito gentil comigo – afirmou Honoria com um sorriso.

– Posso lhe contar um segredo? – murmurou o Sr. Bridgerton.

Honoria decidiu que, no caso dele, era certo e adequado ouvir um mexerico – o homem era um sedutor incrível.

– Devo guardar segredo? – perguntou ela, inclinando-se só um pouco mais para a frente.

– Com certeza não.

Honoria abriu um largo sorriso.

– Então, sim, por favor.

O Sr. Bridgerton se aproximou mais, quase da mesma forma como fizera Honoria.

– Ele ficou conhecido por catapultar ervilhas através da mesa de jantar.

Honoria assentiu, muito séria.

– Ele tem feito isso recentemente?

– Não, não muito recentemente.

Honoria cerrou os lábios, tentando não sorrir. Era tão agradável testemunhar aquele tipo de brincadeira entre irmãos... Houvera muito disso na casa dela, embora, na maior parte do tempo, Honoria tivesse sido apenas uma testemunha. Era muito mais jovem do que o resto dos irmãos e, para dizer a verdade, quase sempre se esqueciam de implicar com ela.

– Tenho apenas uma pergunta, Sr. Bridgerton.

Ele inclinou a cabeça, aguardando.

– Como essa catapulta foi construída?

Ele sorriu.

– Com uma simples colher, lady Honoria. Mas, nas mãos diabólicas de Gregory, não havia nada de simples nela.

Honoria riu. Então, de repente, sentiu uma mão em seu cotovelo.

Era Marcus, e parecia furioso.

CAPÍTULO 21

Marcus não conseguia se lembrar da última vez que se vira inclinado à violência, mas, enquanto permanecia parado, observando o sorrisinho afetado de Colin Bridgerton, sentiu-se terrivelmente tentado a ser agressivo.

– Lorde Chatteris – murmurou Bridgerton, cumprimentando-o com um aceno de cabeça educado.

Um aceno de cabeça educado e um *olhar*. Se Marcus estivesse mais bem-humorado, talvez compreendesse o que naquele olhar o irritara tanto, mas não estava de bom humor. *Estivera* de bom humor, aliás, de ótimo humor, apesar de ter suportado o que devia ser a pior interpretação de Mozart já conhecida pela humanidade.

Não importava que uma trágica porção de seus ouvidos houvesse morrido naquela noite: o resto de seu corpo se inundara de felicidade. Marcus tinha se acomodado em seu lugar e observado Honoria. Durante o último ensaio ela fora uma guerreira severa, mas no recital se tornara um alegre membro do corpo militar. Honoria havia sorrido ao longo de toda a apresentação e Marcus sabia que ela não estava sorrindo para a plateia, ou mesmo devido à música. Honoria sorria para as pessoas que amava. E ele pôde, mesmo que por um brevíssimo instante, imaginar que era uma dessas pessoas.

No coração de Marcus, Honoria sorria para ele.

Mas agora ela estava sorrindo para Colin Bridgerton, famoso pelo charme e pelos cintilantes olhos verdes. Aquilo até havia sido tolerável, mas, quando Colin Bridgerton começara a sorrir para Honoria...

Algumas coisas não podiam ser suportadas.

Porém, antes que pudesse interceder, precisou se desembaraçar da conversa com Felicity Featherington – ou melhor, com a mãe dela, que o prendia no equivalente verbal de um torno. Marcus provavelmente fora mal-educado. Não, com certeza fora, mas escapar das Featheringtons não era algo que se conseguisse com tato ou sutileza.

Por fim, depois de arrancar o braço da mão da Sra. Featherington, Marcus foi até onde estava Honoria, que se mostrava muito animada, rindo feliz com o Sr. Bridgerton.

Marcus tivera toda a intenção de ser educado. De verdade. Mas, bem no momento em que se aproximava, Honoria deu um passinho para o lado e ele viu, aparecendo por baixo da saia dela, um lampejo de cetim vermelho.

Ela estava usando os sapatos vermelhos da sorte.

E, de repente, Marcus sentiu-se arder.

Não queria que outro homem visse aqueles sapatos. Não queria que outro homem nem *soubesse* a respeito deles.

Marcus observou-a retornar para onde estivera, o sedutor relance de vermelho voltando a se ocultar sob a saia. Ele se adiantou e disse, talvez em um tom mais glacial do que pretendera:

– Lady Honoria.

– Lorde Chatteris – replicou ela.

Marcus odiava quando ela o chamava assim.

– Que prazer vê-lo. – O tom de Honoria era o de uma conhecida educada ou talvez de uma prima bem distante. – Já foi apresentado ao Sr. Bridgerton?

– Sim – foi a resposta sucinta de Marcus.

Bridgerton assentiu e Marcus fez o mesmo; ao que parecia, aquele seria o máximo de comunicação que ambos pretendiam travar.

Marcus esperou que Bridgerton inventasse alguma desculpa para se afastar, porque com certeza entendera que era o que se esperava dele. Contudo, o camarada inconveniente permaneceu ali, sorrindo, como se não tivesse uma única preocupação no mundo.

– O Sr. Bridgerton estava dizendo... – começou Honoria.

No mesmo instante, Marcus disse:

– Se puder nos dar licença... Preciso falar em particular com lady Honoria.

Marcus ergueu a voz e foi mais direto, assim conseguiu terminar a frase, ao contrário de Honoria, que fechou a boca com firmeza e se recolheu a um silêncio sepulcral.

Bridgerton encarou Marcus com uma expressão avaliativa, mantendo-se onde estava apenas por tempo suficiente para fazer o outro cerrar o maxilar. Então, como se aquele momento nunca houvesse ocorrido, numa fração de segundos Bridgerton se tornou encantador e fez uma reverência elegante e jovial.

– Mas é claro. Estava mesmo ansiando por um copo de limonada.

Ele fez mais uma mesura, sorriu e se foi.

Honoria esperou até que o Sr. Bridgerton já não pudesse mais ouvi-los, então se virou para Marcus com uma expressão furiosa.

– Isso foi incrivelmente rude da sua parte.

Ele a encarou com firmeza.

– Ao contrário do Sr. Bridgerton mais jovem, esse não é nada ingênuo.

– Do que está falando?

– Você não deveria estar flertando com ele.

Honoria ficou boquiaberta.

– Eu não estava!

– É claro que sim – retorquiu Marcus. – Eu a estava observando.

– Nada disso. Você estava conversando com Felicity Featherington!

– Que é bem mais baixa do que eu. Assim, conseguia ver acima da cabeça dela.

– Se quer saber – atacou Honoria, sem conseguir acreditar que ele estava ofendido –, foi a sua tia que o chamou. Espera que eu seja rude e o destrate aqui, na minha própria casa? Em um evento para o qual, devo acrescentar, ele recebeu um convite?

Honoria não tinha certeza absoluta da última parte, mas imaginou que a mãe não deixaria de convidar um dos Bridgertons.

– Minha tia? – perguntou Marcus.

– Lady Danbury. Sua tatatatatata… – ele a fuzilou com os olhos, mas ela continuou, só para irritá-lo –… tatatatataravó.

Marcus disse algo bem baixinho, então, em um tom ligeiramente mais apropriado, falou:

– Ela é uma ameaça.

– Gosto dela – desafiou Honoria.

Marcus permaneceu em silêncio, mas parecia furioso. Tudo em que Honoria conseguia pensar era… *Por quê?* Era ela, Honoria, que estava apaixonada por um homem que claramente a via como um fardo. Os dois cultivavam uma amizade agradável, mas ainda assim era um fardo. Mesmo ali, naquele momento, ele ainda estava sendo guiado pela promessa idiota que fizera a Daniel, espantando cavalheiros que lhe pareciam inadequados.

Se ele não estava disposto a amá-la, ao menos poderia parar de arruinar as chances dela com todos os outros.

– Estou indo – declarou Honoria, porque não conseguia mais suportar aquilo.

Não queria mais vê-lo, não queria ver Daisy, Iris ou a mãe, nem mesmo o Sr. Bridgerton, que naquele momento estava em um canto, com sua limonada, jogando charme para a irmã mais velha de Felicity Featherington.

– Aonde você vai? – quis saber Marcus.

Ela não respondeu. Não via por que seria da conta dele.

Honoria saiu do salão sem olhar para trás.

*

Maldição.

Marcus sentiu vontade de ir atrás de Honoria, mas nada teria causado uma cena maior. Ele também gostaria de pensar que ninguém percebera a discussão dos dois, mas Colin Bridgerton tinha um sorrisinho debochado acima do copo de limonada. Além disso, lady Danbury exibia aquela expressão que Marcus normalmente ignorava, que lhe dizia: "Sou onisciente, sou onipotente."

Daquela vez, no entanto, desconfiava de que, de algum modo, ela orquestrara a queda dele.

Por fim, quando o irritante Sr. Bridgerton ergueu a mão enfaixada em um cumprimento zombeteiro, Marcus decidiu que já bastava para ele e saiu pisando duro pela mesma porta por onde Honoria passara pouco antes. Ao diabo com os mexericos. Se alguém percebesse que ambos haviam saído e desejasse provocar uma confusão, que exigissem que Marcus a pedisse em casamento.

Ele não via nenhum problema.

Depois de procurar no jardim, na sala de visitas, no salão de música, na biblioteca, até mesmo nas cozinhas, Marcus enfim encontrou Honoria no quarto dela, um lugar que ele se obrigara a não considerar. Entretanto, passara tempo suficiente na Casa Winstead para saber onde ficavam os aposentos particulares. Após buscar em todos os cômodos, bem, ela realmente esperava que ele não a encontraria ali?

– Marcus! – ela quase guinchou. – O que está fazendo aqui?

Bem, ao que parecia, ela não esperava que ele a encontrasse ali.

As primeiras palavras que saíram da boca de Marcus foram infelizes.

– O que há de errado com você?

– O que há de errado comigo?! – Honoria sentou-se rapidamente e arrastou o corpo na direção da cabeceira da cama. – O que há de errado com você?

– Foi você que saiu tempestuosamente de uma festa para ficar emburrada em um canto.

– Não é uma festa. É um concerto.

– É o *seu* concerto.

– E ficarei emburrada se quiser – resmungou ela.

– O quê?

– Nada. – Honoria o encarou, irritada, com os braços cruzados. – Você não deveria estar aqui.

Marcus ergueu a mão para o ar como se dissesse (com grande sarcasmo): *É sério isso?*

Ela olhou para a mão dele, então para o seu rosto.

– O que você quer dizer?

– Você acabou de passar quase uma semana inteira no *meu* quarto.

– Você estava quase morto!

O argumento dela de fato era bom, mas Marcus não estava preparado para admitir.

– Agora, escute aqui – continuou ele, voltando ao ponto que importava –, eu estava lhe fazendo um favor quando pedi a Bridgerton para nos dar licença.

Ela ficou boquiaberta de novo, ultrajada.

– Você...

– Ele não é o tipo de pessoa com quem você deva conviver – concluiu Marcus, interrompendo-a.

– *O quê?*

– Pode manter a voz baixa? – sibilou ele.

– Eu não estava fazendo barulho algum até você entrar – rebateu ela.

Marcus se adiantou um passo, incapaz de manter o corpo inteiramente sob controle.

– Ele não é o homem certo para você.

– Eu nunca disse que era! Foi lady Danbury que o chamou.

– Ela é uma ameaça.

– Você já disse isso.

– Vale a pena repetir.

Honoria – *finalmente!* – saiu da cama.

– O que diabos é tão "ameaçador" no fato de ela me apresentar a Colin Bridgerton?

– Porque ela estava tentando me deixar com ciúmes! – praticamente gritou Marcus.

Os dois ficaram em silêncio. Então, depois de um rápido olhar na direção da porta, ele se apressou até lá e a fechou.

Quando voltou a encarar Honoria, ela estava tão imóvel que ele pôde vê-la engolir em seco. Seus olhos estavam muito arregalados – com aquela expressão sábia e solene que sempre o enervara. Sob a luz bruxuleante das velas, pareciam quase prateados, e Marcus sentiu-se hipnotizado.

Honoria era linda. Ele já sabia disso, mas a realidade voltou a atingi-lo com tamanha força que quase o derrubou.

– Por que ela iria fazer isso? – perguntou Honoria em voz baixa.

Marcus cerrou os dentes, tentando não responder, mas por fim falou:

– Não sei.

– Por que ela acha que *conseguiria* fazer isso? – pressionou Honoria.

– Porque ela acha que pode tudo – retrucou Marcus em um tom desesperado.

Faria tudo para evitar a verdade. Não que ele não quisesse dizer a Honoria que a amava, mas aquele não era o momento. Não era o modo como queria fazer aquilo.

Ela voltou a engolir em seco, o movimento dolorosamente exagerado pela imobilidade total do corpo.

– E por que acha que é seu dever escolher com que homens devo ou não conviver?

Ele não disse nada.

– Por quê, Marcus?

– Daniel me pediu – respondeu ele em uma voz tensa, rígida.

Não se envergonhava disso. Não estava constrangido por não ter contado a ela. Mas não gostava de ficar acuado.

Honoria respirou fundo e soltou um suspiro longo e trêmulo. Ela levou a mão à boca, capturando o fim do suspiro, então fechou os olhos com força. Por um momento, Marcus pensou que ela fosse chorar, mas percebeu que Honoria apenas tentava controlar suas emoções. Tristeza? Raiva? Ele não conseguiu decifrar e, por algum motivo, isso o atingiu como uma estaca no coração.

Queria conhecê-la. Queria conhecê-la totalmente.

– Bem – disse Honoria por fim –, Daniel logo estará de volta, portanto você está liberado de suas responsabilidades.

– Não. – A palavra saiu como um juramento, emergindo do fundo do ser dele.

Ela o encarou com um misto de impaciência e confusão.

– O que quer dizer?

Marcus se adiantou. Não tinha certeza do que estava fazendo. Sabia apenas que não conseguia se deter.

– Não quero ser liberado.

Honoria entreabriu os lábios.

Ele se adiantou outro passo. O coração de Marcus batia disparado e algo dentro dele ardeu, ávido. Naquele momento, se havia mais alguma coisa no mundo além de Honoria, além dele… desconhecia.

– Quero você – disse Marcus, as palavras saindo de repente, quase duras, mas de uma verdade absoluta, inegável. – Quero você – repetiu, e estendeu a mão para pegar a da jovem. – *Eu quero você.*

– Marcus, eu…

– Quero beijá-la – continuou ele, e levou um dedo aos lábios dela. – Quero abraçá-la. – Então, porque não conseguiria manter aquilo dentro de si por mais nem um segundo, acrescentou: – Estou ardendo por você.

Marcus tomou o rosto dela nas mãos e a beijou. Beijou-a com tudo o que vinha crescendo dentro dele, com cada anseio, com a voracidade nascida do desejo. Desde o momento em que se dera conta de que a amava, aquela paixão se intensificava. Provavelmente estivera lá o tempo todo, apenas esperando que ele percebesse.

Ele a amava.

Ele a queria.

Ele precisava dela.

E precisava dela naquele instante.

Passara a vida toda sendo um perfeito cavalheiro. Nunca flertara. Nunca fora um libertino. Odiava ser o centro das atenções, mas, por Deus, desejava ser o centro da atenção de Honoria. Queria fazer o que era errado, o que era maligno. Queria puxá-la para seus braços e levá-la para a cama. Queria despir cada peça de roupa dela e adorá-la. Queria mostrar a Honoria todas as coisas que nem saberia como descrever.

– Honoria – falou Marcus, porque podia ao menos enunciar o nome dela. E talvez ela ouvisse em sua voz o que ele sentia.

– Eu... eu...

Honoria tocou-lhe a face, seus olhos se movendo pelo rosto dele, inquisitivos. Ela entreabriu os lábios, apenas o bastante para que ele pudesse ver a ponta da língua umedecendo-os.

Então Marcus não aguentou mais. Precisava beijá-la de novo. Precisava abraçá-la e sentir o corpo dela pressionado contra o dele. Se Honoria tivesse dito que não, se tivesse sacudido a cabeça ou dado qualquer indicação de que não queria aquilo, ele teria saído do quarto.

Mas ela não fez nada disso. Ficou apenas encarando-o, os olhos bem abertos, plenos de encantamento. Assim, Marcus a puxou para si, abraçou-a e a beijou de novo, dessa vez se livrando das últimas amarras.

Ele se deleitou com as curvas e vales do corpo dela. Honoria deu um gemido baixo – de prazer, de desejo? –, que foi o combustível para as labaredas que o faziam arder por dentro.

– Honoria – gemeu Marcus, as mãos se movendo freneticamente ao longo das costas dela, descendo até a curva deliciosa do traseiro, que ele apertou.

E logo pressionou a barriga macia de Honoria contra sua ereção. Ela soltou um arquejo baixo, surpresa pelo contato, mas ele não tinha condições de se afastar e explicar. Honoria era inocente, Marcus sabia disso, e provavelmente não tinha ideia do que significava o corpo dele reagir daquela forma.

Deveria ir mais devagar, guiá-la naquele momento, porém não conseguiria. Havia limites para o controle de um homem e Marcus passara desse ponto quando Honoria se adiantara e tocara o rosto dele.

Ela era suave e dócil, a boca inexperiente retribuindo com ardor aos beijos de Marcus. Ele a carregou às pressas para a cama. Então, deitou-a com o máximo de ternura que conseguiu. Ainda vestido, deitou-se por cima dela, quase explodindo com a sensação do corpo sob o seu.

O vestido de Honoria tinha as manguinhas bufantes que as damas pareciam adorar. Puxou uma delas para baixo, desnudando totalmente o ombro leitoso.

Com a respiração entrecortada, ele se afastou e baixou os olhos para ela.

– Honoria – disse Marcus.

Se não estivesse tão envolvido no momento, teria rido. O nome dela parecia ser o único som que ele era capaz de pronunciar.

Talvez fosse a única palavra que importava.

Honoria o encarou, os lábios cheios com a intimidade que compartilharam. Ela era a coisa mais linda que ele já vira, os olhos cintilando de desejo, o peito subindo e descendo a cada respiração acelerada.

– Honoria – repetiu Marcus e, dessa vez, havia uma pergunta em seu tom ou talvez um pedido.

Ele se sentou e tirou o casaco e a camisa. Precisava sentir o ar sobre a pele, precisava sentir Honoria sobre a pele. Quando as roupas de Marcus caíram no chão, ela o tocou, pousando a mão macia no seu peito. Então sussurrou o nome dele e Marcus perdeu o controle de vez.

Honoria não estava certa de quando tomara a decisão de se entregar a Marcus. Talvez quando ele dissera seu nome e ela estendera a mão e tocara-lhe o rosto. Ou talvez quando Marcus a fitara, os olhos plenos de calor e desejo e dissera: "Estou ardendo por você."

Na verdade, Honoria tinha a sensação de que havia sido no momento em que ele entrara subitamente no quarto. Naquele instante, algo dentro dela sabia que aquilo iria acontecer, que se Marcus fizesse algo que indicasse que a amava, ou mesmo que a desejava, estaria perdida. Estivera sentada na cama, tentando descobrir como a noite inexplicavelmente entrara em colapso e, de repente, lá estava Marcus, como se ela o houvesse invocado.

Eles tinham discutido e, se houvesse alguém ali para questioná-la, Honoria insistiria que sua única intenção era expulsá-lo do quarto e trancar a porta. Contudo, no fundo, alguma coisa dentro dela começava a despertar e a brilhar. Eles estavam no quarto dela. Honoria, na cama. E a intimidade do momento era irresistível.

Então, Marcus se aproximara e dissera "Estou ardendo por você", e Honoria não conseguira mais negar o desejo que sentia, como não conseguiria parar de respirar. Quando ele a deitara na cama, a única coisa em que ela pensava era que aquele era o lugar a que pertencia, e ao qual Marcus também pertencia, junto a ela.

Ele era dela. Simples assim.

Marcus despiu a camisa, desnudando o peito musculoso e firme. Ela já o vira sem camisa antes, é claro, mas não daquele jeito. Não com ele pairando acima dela, os olhos cheios de um desejo primitivo, reivindicando-a.

E Honoria queria aquilo. Ah, como queria. Se ele era dela, então ela seria dele com toda a felicidade. Para sempre.

Honoria estendeu a mão e o tocou, maravilhando-se com o calor do corpo dele. Conseguia sentir o coração de Marcus batendo e ouviu-se sussurrar seu nome. Ele era tão belo, tão sério, e tão... bom.

Marcus era um bom homem, com um bom coração. E, meu Deus, o que ele estava fazendo com os lábios na base do pescoço dela... era muito bom aquilo, também.

Honoria já havia tirado as sapatilhas antes de Marcus entrar no quarto, e agora correu os dedos dos pés, calçados apenas com as meias finas, pela...

Ela caiu na gargalhada.

Marcus recuou. Sua expressão era questionadora, mas também de grande divertimento.

– Suas botas – explicou Honoria.

Ele ficou imóvel, então virou a cabeça lentamente para os próprios pés.

– Maldição.

Ela riu com mais vontade ainda.

– Não é engraçado – resmungou ele. – É...

Honoria prendeu a respiração.

–... engraçado – admitiu Marcus.

Ela voltou a rir tanto que toda a cama se sacudia.

– Consegue descalçá-las? – perguntou Honoria em um arquejo.

Ele a encarou com a sobrancelha erguida e se sentou na beira da cama. Depois de respirar fundo algumas vezes, ela conseguiu dizer:

– Sob nenhuma hipótese vou pegar uma faca para cortá-las.

A resposta dele foi um baque alto quando a bota direita caiu no chão.

– Não será necessária nenhuma faca.

Honoria tentou exibir uma expressão séria.

– Fico muito feliz por ouvir isso.

Marcus deixou cair a outra bota e se virou para ela com um olhar tão repleto de desejo que Honoria se sentiu derreter por dentro.

– Eu também – murmurou ele, deitando-se ao lado dela. – Eu também.

Os dedos de Marcus encontraram a pequena fileira de botões na parte de trás do vestido de Honoria e a seda rosa pareceu se dissolver, escorregando pelo corpo dela com um suspiro. As mãos de Honoria se ergueram instintivamente para cobrir os seios. Marcus não discutiu nem as afastou. Em vez disso, beijou-a de novo, a boca quente e apaixonada contra a dela. Quanto mais o beijo se aprofundava, mais relaxada Honoria ficava nos braços dele, até perceber que não eram as mãos dela que lhe cobriam os seios.

E ela adorou.

Honoria nunca se dera conta de que seu corpo – qualquer parte dele – poderia ser tão sensível, tão pleno de desejo.

– Marcus! – exclamou, arfante, e arqueou as costas para trás, chocada, quando os dedos dele encontraram o bico rosado de seus seios.

– Você é tão linda... – sussurrou ele.

E Honoria se sentiu linda. Quando Marcus a olhava, quando a tocava, ela se sentia a mulher mais linda que já existira.

Os dedos de Marcus deram lugar à sua boca e Honoria deixou escapar um gemido baixo de surpresa. Ela esticou as pernas e correu as mãos pelos cabelos dele. Precisava se agarrar a algo. Caso contrário, achava que iria despencar. Ou flutuar. Ou apenas desaparecer, explodindo com o calor e a energia que a consumiam.

O próprio corpo parecia tão estranho a Honoria, tão diferente do que ela imaginara... E, ao mesmo tempo, era tudo muito natural. As mãos pareciam saber exatamente aonde ir, o quadril sabia como se mover e, quando os lábios de Marcus desceram pela barriga dela, seguindo a costura do vestido que ele afastava com tanto ardor, Honoria soube que aquilo era certo, bom e que desejava mais. E logo, por favor.

As mãos dele seguraram as coxas dela e as afastaram com delicadeza. Honoria se sentiu derreter mais uma vez e só conseguiu gemer "Sim", "Por favor" e "Marcus!".

Então ele a beijou. Honoria não esperava por aquilo e achou que fosse morrer de prazer. Quando Marcus abriu suas pernas, ela prendeu a respiração, preparando-se para a invasão íntima. No entanto, em vez disso, ele a venerou com a boca, a língua, os lábios, até ela se contorcer, arfar, incoerente de desejo.

– Por favor, Marcus – implorou, e desejou saber pelo que implorava.

Fosse o que fosse, sabia que ele lhe daria. Marcus saberia saciar aquela

256

ânsia intensa que a queimava por dentro. Ele poderia enviá-la ao paraíso e trazê-la de volta à Terra para que pudesse passar o resto da vida em seus braços.

Marcus a afastou de si por um instante e Honoria quase chorou ao perder o contato físico. Ele estava praticamente arrancando os calções e, quando voltou a se aproximar, ele se deitou por cima dela, o rosto dele perto do dela, as mãos de ambos juntas, os quadris dele se acomodando com urgência entre as pernas dela.

Honoria entreabriu os lábios, tentando respirar com mais calma. Quando encarou Marcus, os olhos dele estavam fixos no rosto dela e tudo o que ele disse foi:

– Receba-me.

A ponta do membro dele pressionou a entrada do corpo dela, então a abriu, e Honoria compreendeu. Era muito difícil, porque tudo o que desejava era contrair cada músculo do corpo, mas de algum modo conseguiu relaxar o bastante para que, a cada arremetida, ele a penetrasse mais profundamente, até que, com um arquejo de surpresa, Honoria percebeu que Marcus estava todo dentro dela.

Ele estremeceu de prazer e começou a se mover em um novo ritmo, deslizando para a frente e para trás. Honoria começou a dizer coisas, não sabia bem o quê. Talvez estivesse implorando a ele, pedindo ou tentando fazer algum tipo de acordo para que ele levasse aquilo adiante e a carregasse com ele e fizesse acabar, e fizesse nunca parar, e...

Algo aconteceu.

Cada célula de Honoria pareceu se juntar em uma pequena bola apertada e, então, explodir, como os fogos de artifício que vira sobre Vauxhall. Marcus também gritou e arremeteu uma última vez, derramando-se dentro dela, antes de desmoronar.

Por vários minutos, Honoria só conseguiu ficar deitada onde estava, maravilhando-se com o calor do corpo de Marcus perto. Ele puxara uma manta leve por cima dos dois e, juntos, haviam feito ali um paraíso próprio. A mão dele estava sobre a dela, os dedos entrelaçados, e Honoria não conseguiria imaginar um momento mais tranquilo, mais fantástico. Que permaneceria com ela. Pelo resto da vida.

Marcus não mencionara casamento, mas isso não a preocupava. Era Marcus. Ele jamais abandonaria uma mulher depois de um momento como aquele. E provavelmente estava só esperando a hora certa para pedir sua mão. Ele gostava de fazer as coisas do modo certo; esse era o Marcus dela.

O Marcus *dela*.

Honoria gostava de como isso soava.

É claro, pensou ela com um brilho nos olhos, que ele não havia sido nem um pouco decoroso aquela noite. Assim, talvez...

– No que está pensando? – perguntou Marcus.

– Em nada – mentiu Honoria. – Por que a pergunta?

Ele mudou de posição, apoiou-se nos cotovelos e a fitou.

– Você está com uma expressão terrível no rosto.

– Terrível?

– Dissimulada.

– Não tenho certeza de qual das duas descrições prefiro.

Marcus deu uma risadinha gostosa que reverberou pelo corpo dela. Então ele ficou sério.

– Precisamos voltar.

– Eu sei – disse Honoria com um suspiro. – Vão sentir a nossa falta.

– A minha, não, mas a sua, sim.

– Sempre posso alegar à minha mãe que fiquei doente. Que acabei pegando seja lá o que abateu Sarah. O que é o mesmo que nada, mas ninguém sabe disso além de Sarah. – Ela comprimiu os lábios, irritada. – E de mim. E de Iris. E provavelmente da Srta. Wynter também. Ainda assim...

Marcus riu de novo, então se inclinou e deu um beijinho no nariz dela.

– Se eu pudesse, ficaria aqui para sempre.

Honoria sorriu enquanto o calor das palavras dele se irradiava sobre ela como um beijo.

– Eu estava pensando que este momento é simplesmente o paraíso.

Ele ficou em silêncio por um instante, depois sussurrou, tão baixo que Honoria não teve certeza se ouvira direito:

– O paraíso não poderia se comparar a este momento.

CAPÍTULO 22

Para sorte de Honoria, seus cabelos não tinham sido arrumados em um penteado muito elaborado – com os ensaios extras naquela tarde, não houvera tempo para isso. Assim, não foi difícil rearrumá-los.

A gravata de Marcus era outra história: não importava o que fizessem, os dois não conseguiam refazer o nó intrincado e perfeito.

– Você nunca poderá dispensar seu valete – disse Honoria, depois da terceira tentativa. – Na verdade, talvez precise aumentar o salário dele.

– Já contei a lady Danbury que ele me esfaqueou – murmurou Marcus.

Honoria cobriu a boca.

– Estou tentando não sorrir, porque não é engraçado.

– Mas é.

Ela se conteve o máximo possível.

– É.

Marcus sorriu para Honoria, e parecia tão contente, tão despreocupado que fez o coração dela bater alegre. Como era estranho, e ainda assim esplêndido, que a felicidade dela pudesse depender tanto da felicidade de outra pessoa.

– Deixe-me tentar – disse Marcus.

Ele segurou as pontas da gravata e se posicionou na frente do espelho. Honoria o observou por cerca de dois segundos antes de declarar:

– Você terá que ir embora.

Os olhos dele não abandonaram o reflexo da gravata no espelho.

– Ainda não consegui passar do primeiro nó.

– E nem vai conseguir.

Ele arqueou a sobrancelha para ela.

– Você nunca fará isso direito – declarou Honoria. – Devo dizer que, entre isso e as suas botas, estou revendo a minha opinião sobre qual dos vestuários é menos prático, o feminino ou o masculino.

– É mesmo?

Ela fitou as botas dele, brilhantes de tão engraxadas.

– Ninguém nunca teve que enfiar uma faca para tirar um calçado meu.

– Eu não uso nada que abotoe nas costas – contra-atacou Marcus.

– É verdade, mas posso escolher um vestido que abotoe na frente. Já você não pode sair por aí sem uma gravata.

– Em Fensmore eu posso – murmurou Marcus, os dedos tentando lidar com o tecido já terrivelmente amassado.

– Mas não estamos em Fensmore – lembrou Honoria com um sorriso torto.

– Eu me rendo – falou Marcus, arrancando de vez a gravata. Ele a enfiou no bolso, balançou a cabeça e completou: – É melhor assim, na verdade. Mesmo se eu conseguisse dar o nó direito nessa, não faria sentido eu voltar ao salão de música. Estou certo de que todos acham que fui para casa. – Ele fez uma pausa. – Se é que pensaram em mim em algum momento.

Havia várias jovens damas solteiras na plateia e, talvez o que era mais importante, todas estavam acompanhadas pelas mães. Portanto, Honoria tinha certeza de que a ausência de Marcus fora notada.

Ainda assim, o plano dele era bom, e os dois se esgueiraram juntos pela escada dos fundos. Honoria pretendia cortar caminho por vários cômodos até chegar a um que ficasse perto de onde acontecera a apresentação, enquanto Marcus iria escapulir da casa pela porta dos empregados. No ponto em que precisavam se separar, Marcus olhou para Honoria e tocou gentilmente o rosto dela.

Ela sorriu. Era tanta felicidade que não conseguia impedir que transbordasse.

– Eu a visitarei amanhã – avisou Marcus.

Ela assentiu. Então, porque não pôde se conter, sussurrou:

– Vai me dar um beijo de despedida?

Marcus não precisou de mais incentivo. Inclinou-se para a frente, tomou o rosto dela entre as mãos e capturou sua boca em um beijo apaixonado. Honoria se sentiu arder, então derreter e quase evaporar. Teve que se controlar para não rir alto de tanta alegria e se ergueu na ponta dos pés para tentar chegar mais perto. Então...

Ele se foi.

Ela ouviu um grito terrível. Marcus saiu voando pelo pequeno espaço do saguão e bateu na parede oposta.

Honoria deu um gritinho e correu até ele. Um invasor agarrava Marcus pela garganta. Ela não teve nem tempo de ficar apavorada. Sem pensar duas vezes, jogou-se em cima do intruso e pulou nas costas dele.

– Solte-o – grunhiu, tentando agarrar o braço do homem para impedir que ele desse outro soco em Marcus.

– Pelo amor de Deus – disse o homem, irritado. – Saia de cima de mim, Carrapato.

Carrapato?

Honoria sentiu-se fraquejar.

– Daniel?

– Quem diabos poderia ser?

Ela podia dar algumas respostas àquela pergunta, considerando que o irmão passara mais de três anos fora do país. Mesmo que houvesse escrito avisando que planejava voltar, não estivera disposto a dizer *quando*.

– Daniel – disse Honoria de novo e saltou das costas dele.

Ela se afastou um passo e ficou só encarando-o. Ele parecia mais velho – o que obviamente estava mesmo –, porém mais do que deveria. Talvez mais cansado, talvez mais desanimado. Ou talvez fosse apenas por causa das viagens recentes. Ainda estava empoeirado e amassado, pois qualquer um pareceria cansado e desanimado depois do longo percurso da Itália para Londres.

– Você voltou – constatou Honoria tolamente.

– Isso mesmo – falou ele, ainda irritado –, e que diabos está acontecendo?

– Eu...

Daniel ergueu a mão.

– Fique fora disso, Honoria.

Ele não acabara de lhe fazer uma pergunta?

– Santo Deus, Daniel – disse Marcus, ficando de pé. Ele estava um pouco cambaleante e esfregou a parte de trás da cabeça, onde batera na parede. – Da próxima vez, considere a possibilidade de nos avisar...

– Seu desgraçado – sibilou Daniel, e acertou Marcus no queixo.

– Daniel! – gritou Honoria.

Ela voltou a pular nas costas dele, ou pelo menos tentou: o irmão se sacudiu como se ela fosse um...

Ora, como se fosse um carrapato, irritante assim.

Ela tentou ficar de pé a tempo de evitar que ele atacasse de novo, mas

Daniel sempre fora ágil e, naquele momento, estava furioso. Antes mesmo que Honoria conseguisse levantar, o irmão socou Marcus outra vez.

– Não quero brigar com você, Daniel – disse Marcus, secando o sangue do queixo com a manga da camisa.

– Que diabos você estava fazendo com a minha irmã?

– Você está... uff! ... louco – grunhiu Marcus, a voz parecendo engolida pela força do golpe poderoso que atingiu seu estômago.

– Eu pedi a você para tomar conta dela! Para. Tomar. Conta. Dela! – berrou Daniel, pontuando cada palavra com um golpe na barriga de Marcus.

– Pare, Daniel! – implorou Honoria.

– Ela é minha irmã – bradou Daniel.

– Eu sei – respondeu Marcus com um grunhido. Ele pareceu estar recuperando o equilíbrio, então recuou e acertou um soco no queixo de Daniel. – E você...

Mas Daniel não queria conversar, pelo menos não até que Marcus respondesse a perguntas bem específicas. Antes que Marcus pudesse terminar a frase, Daniel o segurou pelo pescoço e o encostou na parede.

– O que você estava fazendo com a minha irmã? – sibilou.

– Você vai matá-lo – disse Honoria com a voz esganiçada.

Ela se adiantou de novo e tentou puxar o irmão, mas Marcus parecia ser capaz de cuidar de si, porque levantou o joelho e atingiu Daniel entre as pernas. O outro deixou escapar um ruído que certamente não era humano e caiu, levando Honoria com ele.

– Vocês dois são loucos – praguejou ela, arfante, tentando se desvencilhar das pernas do irmão.

Só que os dois não a ouviam; ela poderia muito bem estar falando com as paredes.

Marcus levou as mãos ao pescoço e se encolheu enquanto esfregava o lugar onde Daniel o estrangulara.

– Pelo amor de Deus, Daniel, você quase me matou.

Daniel o encarou com ódio, e mesmo arquejando por causa da dor, repetiu mais uma vez:

– O que você estava fazendo com Honoria?

– Isso não...

Ela tentou interceder, tentou dizer que não importava, mas Marcus a interrompeu:

– O que você viu?

– Não importa o que eu vi – retrucou Daniel, ainda furioso. – Eu pedi a você para tomar conta dela, não para se aprovei...

– Você me *pediu* – cortou-o Marcus, também zangado. – Sim, vamos refletir sobre isso. Você me pediu para tomar conta de sua irmã jovem e solteira. Eu! Que diabos eu sei sobre cuidar de uma jovem dama?

– Ao que parece, mais do que deveria. Você estava com a língua dentro da...

Honoria ficou de queixo caído e acertou um tapa na lateral da cabeça do irmão. Ela o teria golpeado de novo, nem que fosse por causa do empurrão que Daniel lhe deu em retorno, mas, antes que pudesse fazer qualquer movimento, Marcus voou para cima do amigo.

– Hhhhhhhhhhhrrrrrrrrccccchhhh!

Um ruído absolutamente ininteligível emergiu da boca de Marcus. Era um som de fúria e Honoria mal conseguiu sair do caminho antes que ele se atirasse no homem que sempre considerara seu único amigo verdadeiro.

– Pelo amor de Deus, Marcus – falou Daniel, arquejante, entre os golpes. – Que diabos está acontecendo com você?

– Nunca mais fale dela desse jeito – retrucou Marcus com fervor.

Daniel saiu de baixo dele e ficou de pé, cambaleante.

– De que jeito? Eu estava insultando *você*.

– É mesmo? – replicou Marcus em uma voz arrastada, também se levantando. – Ora, então isto – o punho dele acertou um dos lados do rosto de Daniel – é pelo insulto, e isto – outro soco, no lado oposto – é por abandoná-la.

Sua atitude era muito doce, mas Honoria não estava certa de ser a verdade.

– Ora, ele não exatamente...

Daniel segurou a boca, que agora pingava sangue.

– Eu ia ser enforcado!

Marcus empurrou o ombro do amigo duas vezes.

– Você poderia ter voltado há muito tempo.

Honoria arquejou. Aquilo era verdade?

– Não – retrucou Daniel, empurrando Marcus de volta. – Eu não poderia. Ou você nunca percebeu que Ramsgate é insano?

Marcus cruzou os braços.

– Você não escreve para ela há mais de um ano.

– Isso não é verdade.

– É verdade, sim – interveio Honoria.

Foi então que percebeu: eles não iriam escutá-la. Ao menos não naquela briga.

– Sua mãe ficou arrasada – continuou Marcus.

– Não havia nada que eu pudesse fazer.

– Estou indo – avisou Honoria.

– Você poderia ter escrito para ela.

– Para a minha mãe? Eu escrevi! Ela nunca me respondeu.

– Estou indo – repetiu Honoria, mas eles quase encostavam os narizes, sussurrando xingamentos e só Deus sabia mais o quê.

Ela deu de ombros. Pelo menos não tentavam mais se matar. Tudo ficaria bem. Eles já haviam brigado antes, e sem dúvida brigariam de novo. Honoria precisava admitir que uma pequena parte dela – está bem, não tão pequena – ficara empolgada porque os dois tinham trocado socos por sua causa. Não tanto pelo irmão, mas por Marcus...

Ela suspirou, lembrando-se da expressão ardente no rosto dele quando a defendera. Ele a amava. Não revelara ainda, mas a amava, sim, e confessaria depois. Marcus e Daniel acertariam o que fosse preciso acertar, e aquela história de amor – a história de amor *dela*, pensou Honoria, sonhadora – teria um abençoado final feliz. Eles se casariam, teriam um monte de bebês que cresceriam e formariam juntos a família feliz e brincalhona que ela já tivera um dia. A família feliz e brincalhona que Marcus sempre merecera. E haveria torta de melado na casa deles pelo menos uma vez por semana.

Seria incrível.

Honoria relanceou um último olhar para os homens, que empurravam o ombro um do outro, embora felizmente já sem tanta força quanto antes. Ela poderia muito bem voltar ao salão de música. Precisava dizer à mãe que Daniel retornara.

✦

– Para onde Honoria foi? – perguntou Daniel, alguns minutos mais tarde.

Eles estavam sentados no chão, um ao lado do outro. Marcus tinha as pernas dobradas e Daniel as esticara. A certa altura, os dois haviam parado de se empurrar e se provocar e, em um acordo silencioso, deixaram o corpo deslizar pela parede, gemendo de dor, enquanto as mentes enfim registravam o que os corpos tinham sofrido e percebiam o que haviam feito um ao outro.

Marcus levantou a cabeça e olhou ao redor.

– Voltou para a festa, imagino.

Ele esperava sinceramente que Daniel não pretendesse se tornar agressivo de novo, porque não sabia se teria energia para reagir.

– Você está com uma aparência péssima – comentou Daniel.

Marcus deu de ombros.

– Você está pior. – Ao menos ele esperava que sim.

– Você a estava beijando.

Marcus o encarou com irritação.

– E daí?

– E o que pretende fazer?

– Eu ia pedir a mão dela em casamento antes de você me dar um soco no estômago.

Daniel pareceu surpreso.

– Ah...

– Que diabos você pensou? Que eu ia seduzi-la e jogá-la aos lobos?

Daniel ficou tenso no mesmo instante, os olhos cintilando de fúria.

– Você a sedu...

– Não – interrompeu-o Marcus, erguendo a mão. – Não faça essa pergunta.

Daniel segurou a língua, mas olhou desconfiado para o amigo.

– Não – repetiu Marcus, só para deixar claro.

Ele tocou o queixo. Maldição, doía muito. Olhou para Daniel, que flexionava os dedos e examinava as juntas machucadas.

– A propósito, seja bem-vindo de volta.

Daniel o encarou, a sobrancelha erguida.

– Da próxima vez, avise o dia de sua chegada.

Daniel pareceu que ia dizer algo, mas então apenas revirou os olhos.

– Sua mãe não mencionou seu nome por três anos – comentou Marcus, baixinho.

– Por que está me falando isso?

– Porque você partiu. Partiu e...

– Eu não tive escolha.

– Você poderia ter voltado – insistiu Marcus, em um tom desdenhoso. – Sabe que...

– Não – cortou-o Daniel. – Eu não poderia. Ramsgate mandou alguém me seguir.

Marcus ficou em silêncio por um momento.

– Desculpe. Eu não sabia.

– Tudo bem. – Daniel suspirou, então apoiou a cabeça na parede. – Ela nunca respondeu minhas cartas.

Marcus ergueu os olhos.

– Minha mãe – esclareceu Daniel. – Não fico surpreso por ela nunca ter mencionado meu nome.

– Foi muito difícil para Honoria – comentou Marcus, em voz baixa.

Daniel engoliu em seco.

– Há quanto tempo vocês, ahn...

– Só nesta primavera.

– O que aconteceu?

Marcus sentiu um sorriso se abrir em seu rosto... ou melhor, em um dos lados da boca, já que o outro começava a inchar.

– Não sei bem – admitiu.

Não parecia certo contar ao amigo sobre o buraco de toupeira, ou o tornozelo torcido, ou a infecção na perna, ou a torta de melado. Aqueles haviam sido apenas fatos. Não representavam o que acontecera no coração dele.

– Você a ama?

Marcus assentiu.

– Muito bem, então.

Daniel encolheu apenas um dos ombros.

Foi tudo o que precisaram dizer. Foi tudo o que diriam, percebeu Marcus. Eram homens, que assim agiam. Mas era o bastante. Ele começou a estender a mão para dar um tapinha na perna ou talvez no ombro de Daniel. Em vez disso, acabou dando um cutucão camarada na costela do amigo com o cotovelo.

– Estou feliz por você estar em casa.

Daniel ficou em silêncio por um tempo.

– Eu também, Marcus. Eu também.

CAPÍTULO 23

Depois de deixar Marcus e Daniel, Honoria se esgueirou silenciosamente para a sala de ensaio. Estava vazia, como esperava, e ela notou uma faixa de luz se estendendo pelo piso, vindo da porta aberta que dava para o salão principal. Honoria verificou seu reflexo no espelho uma última vez. Estava escuro, portanto não podia ter certeza, mas achou que parecia apresentável.

Ainda havia alguns convidados espalhados pelo salão, o bastante para que Honoria contasse com que não tivessem sentido a sua falta – sem levar em consideração seus parentes. Daisy se encontrava em meio a admiradores no centro do salão, explicando a quem quisesse ouvir como fora construído seu violino Ruggieri. Lady Winstead se mantinha parada de um lado, muito feliz e satisfeita, e Iris estava...

– Onde você se meteu? – sibilou a prima.

Bem perto, ao que parecia.

– Eu não estava me sentindo bem – respondeu Honoria.

Iris bufou com desprezo.

– Ah, sim, você logo vai me dizer que pegou seja qual for a doença que Sarah tem.

– Ahn, talvez.

Iris suspirou.

– Tudo o que desejo é ir embora, mas mamãe não quer nem ouvir falar a respeito.

– Lamento.

Era difícil soar simpática quando ela mesma se sentia prestes a explodir de alegria, mas Honoria tentou.

– O pior é aguentar Daisy – comentou Iris maldosamente. – Ela está se pavoneando... Ei, isso é sangue na sua manga?

– O quê?

Honoria virou a cabeça para verificar. Havia uma mancha do tamanho de uma moeda na parte bufante da manga. Só Deus sabia a qual dos homens pertencia, já que os dois estavam sangrando quando ela os deixara.

– Ah. Ahn, não, não sei o que é isso.

Iris franziu a testa e examinou a mancha mais de perto.

– Acho que é sangue.

– Posso garantir que não é – mentiu Honoria.

– Ora, então o que é...

– O que Daisy fez? – cortou-a Honoria às pressas. Como Iris apenas a encarou, surpresa, ela explicou: – Você disse que o pior era aguentá-la.

– Ora, e é – declarou Iris com ardor. – Ela não precisa fazer nada especificamente. Só...

Iris foi interrompida por uma risada alta e trinada. De Daisy.

– Eu poderia chorar – anunciou Iris.

– Não, Iris, você...

– Permita-me a infelicidade.

– Desculpe – murmurou Honoria, contrita.

– Esse foi com certeza o dia mais humilhante da minha vida. – Iris balançou a cabeça, a expressão quase estupefata. – Não vou conseguir fazer isso de novo, Honoria. Estou dizendo, não vou conseguir. Não me importo se não houver outra violoncelista esperando para ocupar meu lugar. Não consigo mais.

– Se você se casar...

– Sim, sei disso – retrucou Iris, quase ríspida. – Não pense que isso não passou pela minha mente no ano passado. Quase aceitei lorde Venable só para não ter que me juntar ao quarteto.

Honoria se retraiu. Lorde Venable era velho o bastante para ser avô delas. No mínimo.

– Por favor, só não desapareça de novo – pediu Iris, a voz embargada, quase em um soluço. – Não consigo suportar quando as pessoas vêm me cumprimentar pela apresentação. Não sei o que dizer.

– É claro – concordou Honoria, e pegou a mão da prima.

– Honoria, aí está você! – Era a mãe, aproximando-se, apressada. – Onde esteve?

Honoria pigarreou.

– Subi para me deitar por alguns minutos. Subitamente me senti exausta.

– Sim, bem, foi um longo dia – admitiu a mãe com um aceno de cabeça.

– Não sei como acabou se passando tanto tempo. Devo ter adormecido – completou Honoria, em tom de desculpa.

Quem poderia imaginar que ela mentia tão bem? Primeiro o sangue, agora aquilo.

– Não há problema – garantiu a mãe, antes de se virar para Iris. – Você viu a Srta. Wynter?

Iris balançou a cabeça.

– Charlotte está pronta para ir embora e não consegue encontrá-la em lugar algum.

– Talvez ela tenha ido ao toalete? – sugeriu Iris.

Lady Winstead pareceu em dúvida.

– Ela já não é vista há *muito* tempo.

– Ahn, mamãe – lembrou Honoria, pensando em Daniel no corredor –, posso dar uma palavrinha com a senhora?

– Isso terá que esperar – retrucou lady Winstead. – Estou começando a ficar preocupada com a Srta. Wynter.

– Talvez ela também tenha precisado se deitar um pouco – arriscou Honoria.

– Imagino que sim. Espero que Charlotte pense em lhe dar mais um dia de folga esta semana. – Lady Winstead assentiu ligeiramente com a cabeça, como se concordasse consigo mesma. – Acho que vou procurá-la agora mesmo e dar essa sugestão. É o mínimo que podemos fazer. A Srta. Wynter salvou o dia.

As duas jovens a observaram se afastar, então Iris comentou:

– Acho que isso depende da definição da palavra "salvou".

Honoria soltou uma risadinha e deu o braço à prima.

– Venha comigo. Devemos dar uma volta pelo salão, parecendo felizes e orgulhosas.

– Parecer feliz e orgulhosa está além da minha capacidade, mas...

Iris foi interrompida pelo som de um baque violento. Não exatamente um baque. Era mais como algo se partindo. Com alguns estalos. E vibrações.

– O que foi isso? – perguntou Iris.

– Não sei. – Honoria esticou o pescoço. – Pareceu...

– Ah, Honoria! – Elas ouviram o gritinho de Daisy. – Seu violino!

– O quê?

Honoria caminhou devagar em direção à aglomeração, sem conseguir entender.

– Ah, meu Deus – disse Iris de repente, levando a mão à boca.

Ela pousou a outra mão no braço de Honoria, contendo-a, como se dissesse "É melhor você não olhar".

– O que está acontecendo? Eu... – Honoria ficou boquiaberta.

– Lady Honoria! – exclamou lady Danbury. – Sinto tanto por seu violino...

Honoria ficou imóvel, perplexa, encarando os destroços de seu instrumento.

– O quê? Como...?

Lady Danbury balançou a cabeça com o que Honoria desconfiou ser um arrependimento exagerado.

– Não faço ideia. A bengala, sabe... Eu devo tê-lo empurrado de cima da mesa.

Honoria abriu e fechou a boca, mas nenhum som foi emitido. O violino dela não parecia ter caído da mesa. Para ser sincera, não sabia como ele poderia ter ficado em tal estado. Absolutamente destruído. Todas as cordas arrebentadas, todos os pedaços de madeira soltos, e o apoio para o queixo não estava nem à vista.

Fora pisoteado por um elefante.

– Eu insisto em lhe comprar um novo – anunciou lady Danbury.

– Ah. Não – replicou Honoria, com uma estranha falta de inflexão. – Não é necessário.

– Mais do que isso – continuou lady Danbury, ignorando-a por completo –, será um Ruggieri.

Daisy arquejou.

– Não é necessário, sinceramente – insistiu Honoria.

Ela não conseguia afastar os olhos do violino. Algo na cena a tornava hipnotizante.

– Eu causei o estrago – declarou lady Danbury, magnânima. Ela acenou com o braço no ar, o gesto mais dirigido à multidão do que a Honoria. – Devo repará-lo.

– Mas um Ruggieri! – exclamou Daisy, quase em um lamento.

– Eu sei – disse lady Danbury, levando a mão ao coração. – Eles são caríssimos, mas, nesse caso, só o melhor servirá.

– Há uma grande lista de espera – comentou Daisy, fungando.

– É verdade. Você mencionou isso mais cedo.

– Seis meses. Talvez até mesmo um ano.

– Ou mais? – indagou lady Danbury, com um toque de alegria, talvez.

– Não preciso de outro violino – assegurou Honoria.

E não precisava mesmo. Iria se casar com Marcus. Nunca mais na vida tocaria em uma daquelas apresentações.

É claro que não poderia dizer aquilo para ninguém.

E, antes, Marcus precisava pedi-la em casamento.

Mas parecia um assunto resolvido. Honoria estava certa de que ele faria isso.

– Ela pode usar meu violino antigo – disse Daisy. – Eu não me importo.

Enquanto lady Danbury discutia com a garota sobre o assunto, Honoria se inclinou na direção de Iris e, ainda encarando o violino destruído no chão, comentou:

– É mesmo impressionante. Como você acha que ela fez isso?

– Não sei – respondeu Iris, também pasma. – É preciso mais do que uma bengala. Acho que seria necessário um elefante.

Honoria arquejou de prazer e enfim afastou os olhos da carnificina.

– Era exatamente o que eu estava pensando!

Elas olharam uma nos olhos da outra e caíram na gargalhada com tanto gosto que lady Danbury e Daisy pararam de discutir para encará-las.

– Acho que ela está em choque – comentou Daisy.

– Ora, é claro, sua tola! – bradou lady Danbury. – Ela acaba de perder o violino.

– Graças a Deus – disse alguém com muito fervor.

Honoria olhou ao redor. Não sabia bem quem era. Um cavalheiro elegante, de meia-idade, com uma dama tão elegante quanto ao lado. Ele a lembrava das ilustrações que vira de Beau Brummel, considerado o homem mais sofisticado do mundo na época em que as irmãs mais velhas debutaram.

– A moça não precisa de um violino – acrescentou ele. – Precisa ter as mãos atadas para que nunca mais volte a tocar um instrumento.

Algumas poucas pessoas riram. Outras pareceram muito desconfortáveis.

Honoria não tinha ideia do que fazer. Segundo uma regra tácita em Londres, era permitido zombar do recital das Smythe-Smiths, só que jamais para que uma delas escutasse. Nem mesmo os colunistas de fofoca mencionavam como eram péssimas.

Onde estava a mãe dela? Ou tia Charlotte? Elas haviam escutado o homem? Aquilo iria matá-las.

– Ah, vamos – disse ele, dirigindo-se ao grupo que se reunira ao seu redor. – Por que temos tanta dificuldade de falar a verdade? Elas são terríveis. Uma abominação da natureza.

Algumas poucas pessoas riram. Por trás das mãos, mas riram.

Honoria tentou abrir a boca, emitir algum som, qualquer um que pudesse servir como defesa de sua família. Iris agarrava o braço dela como se quisesse morrer ali mesmo e Daisy estava perplexa.

– Eu imploro – prosseguiu o cavalheiro, encarando Honoria. – Não aceite o violino novo da condessa. Nunca mais toque *em* um violino. – Então, depois de uma risadinha, virou-se na direção da acompanhante como se dissesse "Espere até ouvir o que vou falar a seguir" e acrescentou para Honoria: – A senhorita é péssima. Faz os pássaros chorarem. Quase me fez chorar.

– Eu talvez ainda chore – replicou a acompanhante dele.

Os olhos dela cintilaram e a mulher fitou a aglomeração ao redor, radiante. Estava orgulhosa do insulto, satisfeita por sua crueldade ter chegado àquele ponto.

Honoria engoliu em seco e piscou para afastar as lágrimas de fúria. Sempre pensara que, se alguém a atacasse publicamente, ela responderia de forma rápida e incisiva. Que seria precisa e atacaria com tamanho estilo e desenvoltura que seu oponente não teria escolha senão se afastar com o rabo entre as pernas.

Mas agora que estava de fato sendo insultada, sentia-se paralisada. Só conseguia encarar o homem, as mãos trêmulas enquanto se esforçava para manter a compostura. Mais tarde, Honoria saberia como rebater, mas naquele momento sua mente girava, vazia. Não conseguiria pronunciar uma frase decente mesmo se alguém colocasse a obra completa de Shakespeare em suas mãos.

Honoria ouviu uma pessoa rir, e mais outra. Ele estava em vantagem. Aquele homem horrível, de quem não sabia nem o nome, viera à casa dela, a insultava na frente de todos os seus conhecidos, e estava ganhando. Aquilo era errado por muitas razões, a não ser pela mais básica: ela era mesmo terrível ao violino. Mas com certeza – *com certeza* – as pessoas não deveriam agir daquela maneira. Sem dúvida alguém se adiantaria para defendê-la.

Então, acima das gargalhadas abafadas e dos comentários sussurrados, ouviu-se o inconfundível som de botas no piso de madeira. Lentamente, como se em uma onda, as pessoas viraram a cabeça na direção da porta. E o que viram...

Honoria se apaixonou de novo.

Marcus, o homem que sempre quisera ser a árvore nas pantomimas. Marcus, o homem que preferia agir em silêncio, nos bastidores. Marcus, o homem que odiava ser o centro das atenções...

Estava prestes a fazer uma cena e tanto.

– O que disse a ela? – quis saber Marcus, atravessando o salão como um deus furioso.

Um deus furioso, ensanguentado e ferido, que por acaso estava sem gravata, mas, ainda assim, definitivamente furioso. E, na opinião de Honoria, definitivamente um deus.

O cavalheiro parado diante dela se encolheu. Na verdade, outras pessoas também se encolheram – Marcus parecia um pouco fora de si.

– O que disse a ela, Grimston? – repetiu Marcus, só parando bem em frente ao algoz de Honoria.

Ela teve um relance de memória. Aquele era Basil Grimston. Ele ficara longe da cidade por anos, mas, quando estava em seu auge, fora conhecido por seu senso de humor brutal. As irmãs de Honoria o odiavam.

O Sr. Grimston ergueu o queixo e falou:

– Apenas a verdade.

Marcus cerrou um dos punhos e segurou-o com a outra mão.

– O senhor não seria a primeira pessoa que levaria um soco meu esta noite – anunciou, com calma.

Foi quando Honoria enfim deu uma boa olhada em Marcus. Ele parecia definitivamente selvagem: os cabelos despontavam em todas as direções, a pele ao redor de um dos olhos exibia vários tons de azul e preto, a boca começava a inchar no lado esquerdo. A camisa dele estava rasgada, manchada de sangue e poeira, e se Honoria não estava enganada, havia uma pena minúscula presa no ombro do casaco.

Era o homem mais belo que já vira na vida.

– Honoria? – sussurrou Iris, cravando os dedos no braço da prima.

273

Honoria apenas balançou a cabeça. Não queria conversar com Iris. Não queria desviar os olhos de Marcus nem por um segundo.

– O que disse a ela? – insistiu Marcus.

O Sr. Grimston se voltou para as pessoas.

– Ele tem que ser retirado daqui. Onde está nossa anfitriã?

– Bem aqui – respondeu Honoria, adiantando-se.

Não era exatamente a verdade, mas, como a mãe não estava em nenhum lugar visível, Honoria achou que era a melhor opção.

Porém, quando olhou para Marcus, ele balançou a cabeça bem de leve e ela voltou para onde estava.

– Se não se desculpar com lady Honoria – avisou Marcus, a voz tão tranquila que era apavorante –, vou matá-lo.

Ouviu-se um arquejo coletivo e Daisy fingiu um desmaio, deslizando o corpo com elegância contra Iris, que prontamente se afastou para o lado e a deixou cair no chão.

– Ah, vamos – disse Grimston. – Com certeza não chegaremos a um duelo ao amanhecer.

– Não estou falando de um duelo. Estou dizendo que vou matá-lo aqui, agora.

– O senhor está louco – retrucou o Sr. Grimston, arfando.

Marcus deu de ombros.

– Talvez.

O Sr. Grimston olhou de Marcus para a amiga, então para as pessoas aglomeradas, e de volta para a acompanhante. Ninguém parecia disposto a lhe oferecer apoio, silencioso ou não. Assim, como qualquer dândi prestes a ter o rosto socado faria, ele pigarreou, virou-se para Honoria e disse, sem fitá-la nos olhos:

– Sinto muito, lady Honoria.

– Faça isso do modo adequado – grunhiu Marcus.

– Desculpe-me – falou o Sr. Grimston, cerrando os dentes.

– Grimston... – alertou Marcus.

Por fim, o Sr. Grimston baixou os olhos até que encontrassem os de Honoria.

– Por favor, aceite as minhas desculpas. – Ele parecia arrasado e furioso.

– Obrigada – respondeu Honoria rapidamente, antes que Marcus pudesse achar que o pedido não valera.

– Agora vá embora – ordenou Marcus.

– Como se eu fosse sonhar em ficar – retrucou o Sr. Grimston, com um risinho zombeteiro.

– Vou ter que bater no senhor – falou Marcus, balançando a cabeça, como se não acreditasse.

– Isso não será necessário – disse logo a amiga do Sr. Grimston, com um olhar cauteloso na direção de Marcus.

Ela pegou no braço do acompanhante e o arrastou para a saída.

– Obrigada – dirigiu-se a Honoria – pela noite adorável. Pode ter certeza de que, se alguém perguntar, direi que ela se passou sem incidentes.

Honoria ainda não sabia quem ela era, mas assentiu de qualquer modo.

– Graças a Deus eles se foram – murmurou Marcus quando os dois partiram. Ele estava esfregando os nós dos dedos. – Não queria ter que bater em mais ninguém. Seu irmão tem uma cabeça dura.

Honoria se pegou sorrindo. Era um absurdo sorrir por causa daquilo, e em um momento ainda mais absurdo. Daisy ainda estava deitada no chão, gemendo em seu falso desmaio, lady Danbury bradava para quem quisesse escutar que não havia "nada para ver, nada para ver" e Iris não parava de fazer perguntas a Honoria sobre só Deus sabia o quê.

Mas Honoria não estava escutando.

– Amo você – declarou ela, assim que os olhos de Marcus pousaram em seu rosto. Ela não tivera a intenção de dizer aquilo naquele momento, mas não havia como guardar para si. – Amo você. Sempre amarei.

Uma pessoa deve tê-la ouvido, e deve ter dito a outra, que disse a uma terceira, porque, em segundos, todo o salão estava agitado. E, mais uma vez, Marcus se descobriu no centro absoluto das atenções.

– Também amo você – afirmou ele, com a voz firme e clara. Então, com os olhos de metade da nobreza sobre ele, pegou as mãos dela, apoiou-se sobre um dos joelhos e perguntou: – Lady Honoria Smythe-Smith, me daria a enorme honra de se tornar minha esposa?

Honoria tentou responder que sim, mas sua garganta parecia fechada de tanta emoção. Então ela assentiu. Assentiu através das lágrimas. Assentiu tão rápido e com tanto vigor que quase perdeu o equilíbrio e não teve escolha senão se jogar nos braços de Marcus quando ele voltou a ficar de pé.

– Sim – sussurrou finalmente. – Sim.

Mais tarde, Iris contou que todo o salão aplaudiu, mas Honoria não ouviu nada. Naquele momento perfeito, havia apenas Marcus e ela, e o modo como ele sorria quando encostou o nariz no dela.

– Eu ia me declarar, mas você falou primeiro – explicou Marcus.

– Não pretendia – admitiu ela.

– Eu estava esperando o momento certo.

Honoria ficou na ponta dos pés e o beijou. Dessa vez, ouviu os aplausos ao redor.

– Acho que este *é* o momento certo – sussurrou.

Ele deve ter concordado, porque a beijou de novo. Na frente de todo mundo.

EPÍLOGO

– Não estou certo se a primeira fila é a melhor – comentou Marcus, relanceando um olhar melancólico para o resto das cadeiras vazias.

Ele e Honoria haviam chegado cedo ao recital das Smythe-Smiths daquele ano. Ela insistira para que garantissem os "melhores" lugares.

– Não se trata de ser um lugar melhor ou não – replicou ela, examinando a primeira fila com uma expressão exigente. – Trata-se de escutar.

– Eu sei – retrucou Marcus, em um tom soturno.

– Aliás, não se trata exatamente de escutar, mas de mostrar nosso apoio.

Ela abriu um sorriso cintilante e se acomodou no lugar escolhido: primeira fila, bem no centro. Com um suspiro, Marcus se sentou à sua direita.

– Está confortável? – perguntou ele.

Honoria esperava um bebê, e em estado adiantado o bastante para não aparecer em público, mas ela insistira que o concerto era uma exceção.

– É uma tradição familiar.

Para ela, a explicação bastava.

Para ele, era o motivo para amá-la.

Era tão estranho fazer parte de uma família de verdade. Não apenas as hordas de Smythe-Smiths, tantos que Marcus ainda não conseguia memorizar. Toda noite, quando se deitava ao lado da esposa, não conseguia acreditar que Honoria lhe pertencia. E ele a ela. Uma família.

E logo seriam três.

Impressionante.

– Sarah e Iris ainda estão muito insatisfeitas com a apresentação – sussurrou Honoria, embora não houvesse mais ninguém por perto.

– Quem ocupou seu lugar?

– Harriet – respondeu ela, e acrescentou: – A irmã mais nova de Sarah. Ela tem só 15 anos, só que não havia ninguém mais velha.

Marcus pensou em perguntar se Harriet era boa, então decidiu que não queria saber.

– São dois pares de irmãs no quarteto este ano – continuou Honoria, ao que parecia só tendo notado o fato naquele momento. – Eu me pergunto se isso já aconteceu antes.

– Sua mãe com certeza sabe a resposta – comentou Marcus, distraído.

– Ou tia Charlotte. Ela acabou se tornando a historiadora da família.

Alguém passou por eles para se sentar no canto e Marcus olhou ao redor, percebendo que o salão se enchia aos poucos.

– Estou tão nervosa... – confessou Honoria, dando um sorrisinho animado para ele. – Você sabe, essa é a minha primeira vez na plateia.

Marcus a encarou, confuso.

– E quanto aos anos anteriores à sua participação no quarteto?

– É diferente – replicou ela, com um olhar que significava "você com certeza não compreenderia". – Ah, lá vamos nós, lá vamos nós. Já vai começar.

Marcus deu um tapinha carinhoso na mão da esposa e se acomodou no assento para assistir a Iris, Sarah, Daisy e Harriet assumirem seus lugares. Ele pensou ter ouvido Sarah gemer.

Então elas começaram a tocar.

Foi terrível.

Marcus sabia que seria terrível, é claro. Sempre era. Mas de algum modo seus ouvidos haviam conseguido esquecer como era horrível. Ou talvez estivesse ainda pior do que o normal naquele ano. Harriet deixou cair o arco duas vezes. Aquilo não podia ser bom.

Marcus olhou de relance para Honoria, certo de que veria uma expressão de solidariedade em seu rosto. Afinal, estivera ali. Sabia exatamente qual era a sensação de estar naquele palco, produzindo aquele barulho.

Porém, Honoria não parecia nem um pouco aborrecida por causa das primas. Ao contrário, mantinha os olhos nelas com um sorriso radiante, quase como uma mãe orgulhosa que se deleita com o brilho da cria.

Marcus teve que encará-la duas vezes para ter certeza de que não era imaginação sua.

– Não são fantásticas? – murmurou Honoria, inclinando a cabeça na direção dele.

Marcus entreabriu os lábios, chocado, sem saber o que responder.

– Elas melhoraram muito – sussurrou Honoria.

Aquilo podia muito bem ser verdade. Se fosse, Marcus sentia-se imensamente feliz por não ter assistido a nenhum dos ensaios do quarteto.

Ele passou o resto do concerto observando Honoria. Ela sorriu encantada, suspirou, chegou a levar a mão ao coração uma vez. Quando as primas pousaram os instrumentos (já Sarah revirou os olhos ao erguer os dedos das teclas do piano), Honoria foi a primeira a ficar de pé, aplaudindo loucamente.

– Não vai ser maravilhoso quando tivermos filhas que possam tocar no quarteto? – comentou ela, dando um beijo impulsivo no rosto do marido.

Marcus abriu a boca para falar e, com toda a honestidade, não tinha ideia do que pretendia dizer. Mas sem dúvida não o que acabou respondendo:

– Mal posso esperar.

Parado com a mão descansando nas costas da esposa, ouvindo-a tagarelar com as primas, Marcus desviou os olhos para a barriga de Honoria, em que uma nova vida tomava forma. E percebeu que era verdade. Mal podia esperar. Por tudo aquilo.

Ele se inclinou na direção dela.

– Amo você – sussurrou no ouvido da esposa. Só porque teve vontade.

Honoria não ergueu os olhos, mas sorriu.

E Marcus sorriu também.

As formações do Quarteto Smythe-Smith

1807

Anne ▹ VIOLONCELO
Margaret ▹ VIOLINO
Henrietta ▹ VIOLINO
Catherine ▹ VIOLA DE ARCO

1808

Anne ▹ VIOLONCELO
Carolyn ▹ PIANO
Henrietta ▹ VIOLINO
Catherine ▹ VIOLA DE ARCO

1809

Anne ▹ VIOLONCELO
Carolyn ▹ PIANO
Henrietta ▹ VIOLINO
Lydia ▹ VIOLINO

1810

Genevieve ▹ VIOLONCELO
Carolyn ▹ PIANO
Eleanor ▹ VIOLINO
Lydia ▹ VIOLINO

1811

Genevieve ▹ VIOLONCELO
Carolyn ▹ PIANO
Eleanor ▹ VIOLINO
Lydia ▹ VIOLINO

1812

Mary ▷ VIOLONCELO
Carolyn ▷ PIANO
Eleanor ▷ VIOLINO
Constance ▷ VIOLINO

1813

Mary ▷ VIOLONCELO
Carolyn ▷ PIANO
Eleanor ▷ VIOLINO
Constance ▷ VIOLINO

1814

Mary ▷ VIOLONCELO
Philippa ▷ PIANO
Eleanor ▷ VIOLINO
Constance ▷ VIOLINO

1815

Mary ▷ VIOLONCELO
Philippa ▷ PIANO
Eleanor ▷ VIOLINO
Constance ▷ VIOLINO

1816

Mary ▷ VIOLONCELO
Philippa ▷ PIANO
Eleanor ▷ VIOLINO
Charlotte ▷ VIOLINO

1817

Mary ▷ VIOLONCELO
Susan ▷ VIOLA DE ARCO
Rose ▷ VIOLINO
Charlotte ▷ VIOLINO

1818

Mary ▷ VIOLONCELO
Marianne ▷ VIOLA DE ARCO
Rose ▷ VIOLINO
Viola ▷ VIOLINO

1819

Marigold ▷ VIOLONCELO
Marianne ▷ VIOLA DE ARCO
Rose ▷ VIOLINO
Viola ▷ VIOLINO

1820

Marigold ▷ VIOLONCELO
Diana ▷ VIOLA DE ARCO
Rose ▷ VIOLINO
Viola ▷ VIOLINO

1821

Marigold ▷ VIOLONCELO
Diana ▷ VIOLA DE ARCO
Lavender ▷ VIOLINO
Viola ▷ VIOLINO

1822

Marigold ▷	VIOLONCELO
Diana ▷	VIOLA DE ARCO
Lavender ▷	VIOLINO
Viola ▷	VIOLINO

1823

Marigold ▷	VIOLONCELO
Sarah ▷	PIANO
Honoria ▷	VIOLINO
Viola ▷	VIOLINO

1824

Iris ▷	VIOLONCELO
Anne ▷	PIANO
Honoria ▷	VIOLINO
Daisy ▷	VIOLINO

1825

Iris ▷	VIOLONCELO
Sarah ▷	PIANO
Harriet ▷	VIOLINO
Daisy ▷	VIOLINO

CONHEÇA OUTROS LIVROS DA AUTORA

A Srta. Butterworth e o barão louco

UM ROMANCE ILUSTRADO IRRESISTÍVEL E BEM-HUMORADO BASEADO NO LIVRO PREFERIDO DOS BRIDGERTONS

A extravagante aventura *A Srta. Butterworth e o barão louco* já apareceu em várias obras de Julia Quinn e encantou alguns de seus personagens mais amados. Agora você também vai poder ler essa deliciosa história de amor e perigo.

Depois que quase toda a sua família é tragicamente dizimada pela peste, Priscilla Butterworth só pode contar com a mãe e a avó. Mas uma série de infortúnios acaba separando-a também das duas.

Mandada para viver com uma tia malvada, a jovem é forçada a trabalhar sem parar, até que não consegue mais suportar e foge, iniciando uma jornada cheia de reviravoltas. Agora Priscilla terá que usar toda a sua inteligência para sobreviver a diversas enrascadas, sem imaginar que uma delas colocará em seu caminho o amor de sua vida, o barão "louco".

Ilustrada por Violet Charles e contada na voz inconfundível de Julia Quinn, esta animada comédia ambientada no século XIX certamente vai conquistar os leitores de hoje.

História de um grande amor
TRILOGIA BEVELSTOKE, LIVRO 1

Aos 10 anos, Miranda Cheever já dava sinais claros de que não seria nenhuma bela dama. E já nessa idade aprendeu a aceitar o destino de solteirona que a sociedade lhe reservava.

Até que, numa tarde qualquer, Nigel Bevelstoke, o belo e atraente visconde de Turner, beijou solenemente sua mãozinha e lhe prometeu que, quando ela crescesse, seria tão bonita quanto já era inteligente.

Nesse momento, Miranda não só se apaixonou, como teve certeza de que amaria aquele homem para sempre.

Os anos que se seguiram foram implacáveis com Nigel e generosos com Miranda. Ela se tornou a mulher linda e interessante que o visconde previu naquela tarde memorável, enquanto ele virou um homem solitário e amargo, como consequência de um acontecimento devastador.

Mas Miranda nunca esqueceu o que anotou em seu diário tantos anos antes. E agora ela fará de tudo para salvar Nigel da pessoa que ele se tornou e impedir que seu grande amor lhe escape por entre os dedos.

Esplêndida – A história de Emma
DAMAS REBELDES, LIVRO 1

Existem duas coisas que todos sabem sobre Alexander Ridgely. A primeira é que ele é o duque de Ashbourne. A segunda, que é um solteiro convicto.

Isso até uma linda jovem se jogar na frente de uma carruagem para salvar a vida do sobrinho dele. Ela é tudo que Alex nunca pensou desejar em uma mulher: inteligente e engraçada, cheia de princípios e corajosa. Mas é uma criada, inadequada para um nobre. A menos que, talvez, ela não seja bem o que parece...

A herdeira americana Emma Dunster pode estar cercada por ingleses, mas isso não significa que pretenda se casar com um, ainda que tenha concordado em participar de uma temporada em Londres.

Quando ela sai da casa dos primos vestida como criada, só quer um último gostinho de anonimato antes de ser apresentada à sociedade. Em vez disso, vai parar nos braços de um duque perigosamente lindo. Em pouco tempo, fica claro para Emma que o amor floresce quando menos se espera e é capaz de derreter até o mais teimoso dos corações.

Uma dama fora dos padrões
OS ROKESBYS, LIVRO 1

Às vezes você encontra o amor nos lugares mais inesperados...
Esta não é uma dessas vezes.

Todos esperam que Billie Bridgerton se case com um dos irmãos Rokesbys. As duas famílias são vizinhas há séculos e, quando criança, a levada Billie adorava brincar com Edward e Andrew. Qualquer um deles seria um marido perfeito... algum dia.

Às vezes você se apaixona exatamente pela pessoa que acha que deveria...
Ou não.

Há apenas um irmão Rokesby que Billie não suporta: George. Ele até pode ser o mais velho e herdeiro do condado, mas é arrogante e irritante. Billie tem certeza de que ele também não gosta nem um pouco dela, o que é perfeitamente conveniente.

Mas às vezes o destino tem um senso de humor perverso...
Porque quando Billie e George são obrigados a ficar juntos num lugar inusitado, um novo tipo de centelha começa a surgir. E no momento em que esses adversários da vida inteira finalmente se beijam, descobrem que a pessoa que detestam talvez seja a mesma sem a qual não conseguem viver.

CONHEÇA OS LIVROS DE JULIA QUINN

OS BRIDGERTONS
O duque e eu
O visconde que me amava
Um perfeito cavalheiro
Os segredos de Colin Bridgerton
Para Sir Phillip, com amor
O conde enfeitiçado
Um beijo inesquecível
A caminho do altar
E viveram felizes para sempre

Os Bridgertons, um amor de família

Rainha Charlotte

QUARTETO SMYTHE-SMITH
Simplesmente o paraíso
Uma noite como esta
A soma de todos os beijos
Os mistérios de sir Richard

AGENTES DA COROA
Como agarrar uma herdeira
Como se casar com um marquês

IRMÃS LYNDON
Mais lindo que a lua
Mais forte que o sol

OS ROKESBYS
Uma dama fora dos padrões
Um marido de faz de conta
Um cavalheiro a bordo
Uma noiva rebelde

TRILOGIA BEVELSTOKE
História de um grande amor
O que acontece em Londres
Dez coisas que eu amo em você

DAMAS REBELDES
Esplêndida – A história de Emma
Brilhante – A história de Belle
Indomável – A história de Henry

Os dois duques de Wyndham – O fora da lei / O aristocrata

A Srta. Butterworth e o barão louco

editoraarqueiro.com.br